融合型·新形态教材
复旦学前云平台 fudanxueqian.com

普通高等学校学前教育专业系列教材

儿童文学理论与实践

主　　编　孔宝刚
执行主编　蒋　风
编　　写（按姓氏笔画为序）
丁春锁　王一梅　孔宝刚　石　英　朱寅颖
朱　慧　孙可人　吴　敏　沈　约　陈秀莲
陈　洁　陈　琦　胡志远　胡彦吏　徐静静
蒋　风　韩　梅　谢之峰　潘白鸽　濮美琴

復旦大學出版社

内容提要

本教材分为上下两篇：上篇为理论篇，涉及儿童文学的定义、特征、功能、地位及历史发展，儿童文学文体论。下篇为实践篇，涉及文学作品阅读指导、佳作欣赏，并从实用性和师范性角度设计儿童文学作品的教学，提供实用的教案和活动设计指导方案。

本书适用于学前教育专业学生、幼儿园教师和儿童文学研究者使用。

复旦学前云平台
fudanxueqian.com

复旦学前云平台
数字化教学支持说明

为提高教学服务水平，促进课程立体化建设，复旦大学出版社学前教育分社建设了“复旦学前云平台”，以为师生提供丰富的课程配套资源，可通过“电脑端”和“手机端”查看、获取。

【电脑端】

电脑端资源包括PPT课件、电子教案、习题答案、课程大纲、音频、视频等内容。可登录“复旦学前云平台”www.fudanxueqian.com浏览、下载。

Step 1 登录网站“复旦学前云平台”www.fudanxueqian.com，点击右上角“登录/注册”，使用手机号注册。

Step 2 在“搜索”栏输入相关书名，找到该书，点击进入。

Step 3 点击【配套资源】中的“下载”（首次使用需输入教师信息），即可下载。音频、视频内容可通过搜索该书【视听包】在线浏览。

【手机端】

PPT 课件、音视频、阅读材料：用微信扫描书中二维码即可浏览。

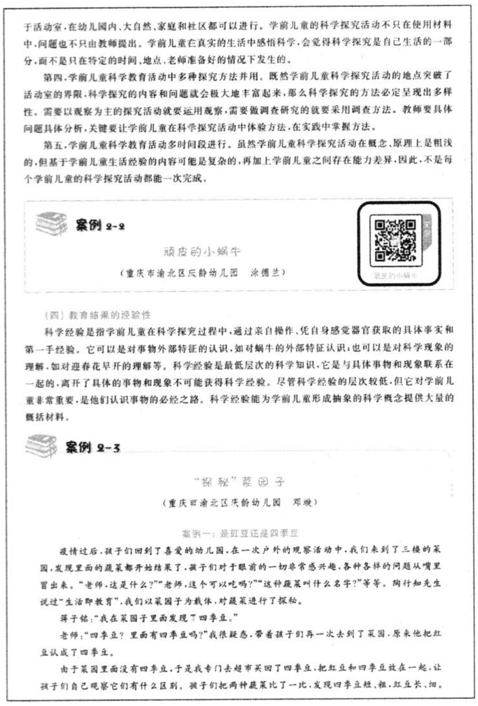

于活动室，在幼儿园内、大自然、家庭和社区都可以进行。学前儿童的科学探究活动不只在使用材料中，问题也不只由教师提出。学前儿童在真实的生活中感悟科学，会觉得科学探究是自己生活的一部分，而不是只在特定的时间、地点、老师准备好的情况下发生的。

第四，学前儿童科学教育活动中多种探究方法并用。既然学前儿童科学探究活动的地点突破了活动室的界限，科学探究的内容和问题就会极大地丰富起来，那么科学探究的方法必定呈现出多样性。需要以观察为主的探究活动就要运用观察，需要做调查研究的就要采用调查方法。教师要具体问题具体分析，关键要让学前儿童在科学探究活动中体验方法，在实践中掌握方法。

第五，学前儿童科学教育活动多时间段进行。虽然学前儿童科学探究活动在概念、原理上是粗浅的，但基于学前儿童生活经验的内容可能是复杂的，再加上学前儿童之间存在能力差异，因此，不是每个学前儿童的科学探究活动都能一次完成。

案例 2-2

顽皮的小蜗牛

（重庆市渝北区庆龄幼儿园　涂德兰）

（四）教育结果的经验性

科学经验是指学前儿童在科学探究过程中，通过亲自操作、凭自身感觉器官获取的具体事实和第一手经验。它可以是对事物外部特征的认识，如对蜗牛的外部特征认识；也可以是对科学现象的理解，如对迎春花早开的理解等。科学经验是最低层次的科学知识，它是与具体事物和现象联系在一起的，离开了具体的事物和现象不可能获得科学经验。尽管科学经验的层次较低，但它对学前儿童非常重要，是他们认识事物的必经之路。科学经验能为学前儿童形成抽象的科学概念提供大量的概括材料。

案例 2-3

“探秘”菜园子

（重庆市渝北区庆龄幼儿园　邓璇）

疫情过后，孩子们回到了喜爱的幼儿园，在一次户外的观察活动中，我们来到了三楼的菜园，发现里面的蔬菜都开始结果了，孩子们对于眼前的一切非常感兴趣，各种各样的问题从嘴里冒出来。“老师，这是什么？”“老师，这个可以吃吗？”“这种蔬菜叫什么名字？”等等。陶行知先生说过“生活即教育”，我们以菜园子为载体，对蔬菜进行了探秘。

蒋子铭：“我在菜园子里面发现了四季豆。”

老师：“四季豆？里面有四季豆吗？”我很疑惑，带着孩子们再一次去到了菜园，原来他把豇豆认成了四季豆。

由于菜园里面没有四季豆，于是我专门去超市买回了四季豆，把豇豆和四季豆放在一起，让孩子们自己观察它们有什么区别。孩子们把两种蔬菜比了一比，发现四季豆短、粗，豇豆长、细。

扫码浏览

【更多相关资源】

更多资源，如专家文章、活动设计案例、绘本阅读、环境创设、图书信息等，可关注“幼师宝”微信公众号，搜索、查阅。

平台技术支持热线：029-68518879。

“幼师宝”微信公众号

小娃娃
需要大文学

金波
二〇〇六·九

目　　录

下篇 实 践

前　言

儿童文学起源于人类对儿童的爱与期待，凝聚着人类文明的结晶。儿童时期是接受各种印象最为敏锐和给终身留下“最初印刻”的时期。儿童文学作为人类最早的教科书，对扩大视野、增强知识、发展想象、丰富情感、启迪心智、陶冶情操、扶植个性、健全人格都有着十分重要的作用，这是任何其他教科书都无法替代的。因此，儿童文学教育、儿童文学研究、繁荣儿童文学、发展儿童文学，理应是幼儿师范、幼儿园及每个幼儿教育工作者义不容辞的责任。这本书正是鉴于此目的而编写的。

本书适用于学前专业的师生、幼教老师和儿童文学研究者。它肯定并详细说明了作为儿童文学教授者的两项主要信念。第一，对成人和孩子来说，体验儿童文学，能够并且也应该会是深刻的有趣经验。第二，对幼儿师范的教师和学生来说，强调理论与实践的结合是迫切而必要的。因为高质量的实践必须依靠理论的指导，而理论的最大价值又在指导实践中实现。

本书上篇为理论篇：第一章到第四章主要论述儿童文学的定义、特征、功能，儿童文学的地位及历史发展。第五章主要介绍了儿童文学各种文体的概念、特点及创作、改编和赏析。本书下篇为实践篇：第六章是儿童文学作品阅读指导，我们认为阅读的关键点在于让孩子感到快乐而不是负担。着重强调亲子共读。第七章是儿童文学作品的朗读。第八章从实用性和师范性的角度谈儿童文学作品的教学。我们这样编排的目的有两点：一是提供理解的脉络及策略，以帮助读者了解；二是读者可以把这些脉络和策略教给孩子——让孩子学习时也受惠。

本教材选用了一些文学作品，其中部分作品的著作权人未能联系上，此部分稿酬暂存出版社。敬请有关著作权人看到后与出版社联系，届时将按地址奉呈稿酬。

本教材的编写者为教学经验丰富的骨干教师，选材以实际应用为主、理论够用为度的原则。选材因限于篇幅，无法面面俱到，加之编者学力有限和时间仓促，难免有不足和疏误之处，恳请专家、儿童文学教学研究的同仁批评指正。

上篇
理论

第一章

儿童文学的定义及其特征

第一节　儿童文学的定义

何谓儿童文学?

“儿童文学”是与“成人文学”相对应存在的一种文学样式。但是两者之间的界限并不是截然分明的。随着时代的不同，儿童文学的定义也在发生变化。

从世界范围来看，十九世纪中叶，别林斯基与车尔尼雪夫斯基为儿童文学的学科建立做了一些工作。十九世纪四十年代，别林斯基写了《新年礼物》、《依里涅爷爷的童话》、《100篇诗体儿童道德新故事》、《评儿童故事》等七十余篇论文，对儿童文学的基本原理作了初步的分析和阐述。车尔尼雪夫斯基和杜勃罗留波夫等对此进一步阐发，他们的论述涉及儿童文学的任务、创作方法以及对作家的要求等方面。高尔基又在此基础上进一步发展，写了一系列有关儿童文学的文章，对儿童文学的题材、体裁、主题以及儿童文学的语言、风格等都作了论述。

在儿童文学作品出现较早的西欧各国，晚至二十世纪初才有人以儿童文学为对象做些研究，开始也是零星的随笔小品，多系感性的随笔型的儿童文学论，其中《书·小孩·大人》就是一部代表作。这部法国著名学者保罗·亚哲尔教授用随笔写成的名著出版于1932年，至今仍被学术界公认为是一本儿童文学理论的经典著作。

另一部儿童文学理论著作是李丽安·史密斯的《欢欣岁月》(又名《儿童文学论》)。李丽安·史密斯出生于加拿大，活跃于加、美两国，是一名儿童图书馆专家，她在大量阅读的基础上，选择有代表性的作家作品，精致地分析它们的文学价值，范围广及各种体裁，内容贯通古今，这本书显示了著者独特的智慧。

在中国，周作人是全面探讨儿童文学理论的第一人。周作人在1906年东渡去日本留学期间接触儿童文学。1911年回国在家乡任教时，搜集家乡的儿歌和童话，并开始从事儿歌和童话的研究。1912年至1913年间，他写了《童话略论》、《童话研究》、《古童话释义》、《儿歌之研究》四篇具有划时代意义的儿童文学论文，此后他又陆续写了二十多篇有关儿童文学的论文，就儿童文学的性质、特征、作用、创作方法等基本理论进行阐述，还对童话、寓言、儿歌、童谣、儿童剧、儿童科学文艺等体裁作了介绍分析，这些文章于1932年汇编成《儿童文学小论》一书，由上海儿童书局出版。

1920年，周作人在北京孔德学校演讲《儿童的文学》的时候，提到了儿童文学之本意在于“顺应满足儿童之本能的兴趣和趣味”(周作人:《儿童的文学》)，儿童文学只是儿童“可以逍遥”的“适宜的花园”(周作人:《关于儿童的书》)。这一时期，儿童文学的定义受以“自由教育论”和杜威等“儿童中心主义”教育理论为基础的儿童文学理论的影响，都认为“儿童文学就是用儿童本位组成的文学”，“是由儿童的感官可以直诉于其

精神堂奥的，拿来表示准依儿童心理所生之创造的想象与感情之艺术。”因此“凡是叫儿童文学的，必得是那些切合儿童的生活，适应儿童的要求，能唤起儿童兴趣的东西”（魏寿镛、周侯予：《儿童文学概论》；朱鼎元：《儿童文学概论》；赵景深：《童话评论》）。“他们既喜欢了，有兴趣了，能够看的，不妨尽搜罗这些东西给他们，尽听他们自己去看，用不着教师来教”，也“不必顾实用不实用”（胡适：《儿童文学的价值》）。

建国后，儿童文学的概念曾一度产生很大的分歧。

有以教育性为主的，“儿童文学是根据教育儿童的需要，专为广大少年儿童创作或改编，适合他们阅读，能为少年儿童所理解和乐于接受的文学作品。它是文学的一部分，具有文学的本质特性，服从于文学的一般规律，但它又是文学的一个独立部门。具有不同于一般文学的本身的特点，即儿童文学的特点。”（蒋风：《儿童文学概论》）这个概念显然把儿童文学的教育作用摆在首位，容易产生将教育性当作儿童文学的根本属性的误解，因而忽视它是文学的一部分而忘了它的审美特征。因此这一概念后来遭到了质疑，“‘教育’不可能成为某一种文学的本质特征。儿童文学也是一种文学，它在本质上是审美的。审美是一种情感的活动；爱也是一种情感，它可以转化为审美。教育从整体上看却不是一种情感。”（刘绪源：《儿童文学的三大母题》）

有以强调儿童本位为主的，“‘儿童本位的文学’是我所选择的理想地表述了儿童文学本质的简洁用语。……作家既不能做君临儿童之上的教训者，也不能做与儿童相向而踞的教育者，……它将不是把儿童的心灵看作一张白纸，而是一颗饱满的种子。……必须考虑到要激活这颗种子的潜在生命力所必需的合适的土壤、阳光和养料。”（朱自强：《儿童文学的本质》）这种认为“儿童文学”即“儿童本位的文学”的认识，将儿童性作为儿童文学的一种本质的属性。

有以强调文学性为主的，“儿童文学是文学，它要求与我们的政治教育区别开来，它只能把文学的全部属性作为自己的属性。”（曹文轩：《儿童文学概念的更新》）“儿童文学的特点和文学的一般规律应当是一致的。如果单讲特点而不讲共同规律，儿童文学就会偏离艺术的轨道，成为一种缺乏艺术特点的东西；反之，如果单讲共同规律而不讲特点，儿童文学又会失去自身存在的价值。”（陈子君：《关于进一步发展儿童文学创作的基本理论问题》）

近些年，在对儿童文学定义的分歧的争论中，又有新的概念产生。曹文轩认为“儿童文学是给孩子带来快感的文学”。王泉根认为“儿童文学是指以十八岁以下的少年儿童为本位，具有契合儿童审美意识与发展心理的艺术特征，有益于儿童精神生命健康成长的文学”。但一直未有定论产生。

针对这种状况，有人提出“儿童文学的概念是一个模糊集”。在 2005 年，马力根据“模糊集”理论，认为“儿童文学”的概念本来就是一个模糊集。就内涵而言，“儿童”、“文学”都是模糊词，很难界定。

1 岁至 18 岁的儿童的年龄分期包括：“(1) 婴儿期(1—3 岁)；(2) 幼儿期(3—6、7 岁)；(3) 童年期(6、7—11、12 岁)；(4) 少年前期(11、12—14、15 岁)；(5) 少年后期(14、15—18 岁)。”（中科院语言研究所词典编辑部编：《现代汉语词典》）

但这种对儿童具体年龄段的划分，显然具有模糊性，并非确指。人们对“儿童”应指哪个具体的年龄段认识的不统一就决定了广义“儿童”概念的模糊性。“文学”即指“以语言文字为工具形象化的反映客观现实的艺术，包括戏剧、诗歌、小说、散文等”。

就外延来看，创作主体、文本、读者范围也都是模糊的。创作主体的模糊性体现在，儿童文学创作的主体大部分是成人，成人作家在为儿童进行创作时，作品中难免有成人作家“自我表现”的文学。文本的模糊性在于，文学（含儿童文学）的文学价值高低永远是相对的，没有绝对的。对于文学创作来说，只有更好，没有最好。在这种情况下，衡量一部作品的文学价值，其标准也只能是相对的。相对的价值尺度不可能确定出哪些作品属于文学，哪些作品属于非文学。因此儿童文学的文学外延永远无法确定。且读者群也存在模糊性，在儿童文学的读者群中，不但存在年龄阶段模糊的儿童读者，而且存在一部分成人读者。由于这些客观存在的模糊性，儿童文学概念的模糊性也是客观存在的。

所以，对于儿童文学的定义，也许应该认同台湾台东大学儿童文学研究所教授林文宝的看法："对儿童文学的定义，我主张采取一种存在主义的态度，看事实而不去谈本质。因为本质也具有流动性和变化性。对于儿童文学来说重要的是能不能被孩子接受，而不是一味地去讨论它的本质。当然儿童文学也有一些基本的东西，最基本的就是儿童文学是教育儿童的需要，它基本上是为儿童而存在的。"（中华读书报：《海峡两岸对话中国当代儿童文学》）这正与加拿大学者培利·诺德曼在其著作《阅读儿童文学的乐趣》中提到的"儿童文学是一个知识集"这一概念类似（张嘉骅：《"知识集"概念与儿童文学研究》，《中国儿童文化》第二辑，浙江少年儿童出版社，2005 年 12 月）。儿童文学的定义与本质是随着时代的变化而变化的。

第二节　儿童文学的特征

因为儿童文学的定义具有模糊性和变化性，所以儿童文学究竟有何特征也是众说纷纭。

首先，儿童文学隶属于广义的文学，它不可避免而且必须具有所有文学作品所共有的一些特性，即文学性。如，文学是"人学"，它以有限的时空来反映广阔而深远的社会生活；文学同时具有娱乐和教化两种功能，应该集"文以载道"和"寓教于乐"于一身。

然而，儿童文学的特殊性决定了儿童文学作品与成人文学作品不同，这主要表现在：

一、独特的审美特征

1. 稚拙之美

植根于儿童生活之中的儿童文学，它的艺术魅力主要来自它的稚拙美。儿童文学作品所表现出的稚拙并不是昏钝愚昧或傻里傻气，而是一种超越原初意义的高级的质朴。未经历过世事的儿童往往在其日常生活的言行举止中表现出内心的稚嫩、纯朴、清新和自然，这些特质经过儿童文学作家表现在其作品中，就演绎和升华成了审美意义上的稚拙之美。这种稚拙之美折射出了儿童内心真实的思想和情感。例如，冰波的《阿笨猫全传》中的主人公阿笨猫，是个有点"缺心眼"但又憨厚、可爱的小家伙。有一次，阿笨猫发现自己家中的水费大增，为了省钱，就弄来了一台电动造水机，结果水费降下来了，电费却猛增。阿笨猫气得要命！又有一次，阿笨猫因错吃了一种迷药，爱上了拳击手大狗熊，结果被大狗熊揍得鼻青脸肿，让人哭笑不得。

2. 幻想原则

幻想对于儿童文学来说，犹如鱼之于水。当提到儿童文学这四个字时，人们仿佛在冥冥之中就会进入一种特殊的语境，产生一种特殊的、交织着浪漫与想象、梦幻与诗意、神秘与瑰丽的意境。没有幻想，就没有儿童文学。因而儿童文学的审美创造无论在什么时候，总是与幻想世界紧密地联系在一起。幻想打开了通向另一种生活的窗子，那里，有一种自由的、无畏的力量存在着和行动着，幻想着更美好的生活。最初的童话幻想缘于原始人对科学知识的贫乏而感到周围事物神秘莫测。在他们看来，自然界的许多东西都是有灵性的，具有超自然的力量。在远古时代，人类有一个普遍的倾向，就是将所有的生物都认为和他们一样，而把他们所熟知的性质推想到它们身上。这种思维方式的结果是给无生命的东西以生命，给无人格的东西以人格，从而构成儿童文学幻想的主要表现形式——拟人化。幻想是人类的天性，幻想是丰富天性的最必要因素之一，幸福对于这类天性来说仅仅寓于人的心灵生活之中，因而培养这种幻想对于儿童的心灵来说是必不可少的。

儿童的理性思维偏弱，现实感不强，儿童往往分不清现实与想象、自我与他人，也不懂得事物的内在联系，常常将不同类别的事物联系在一起，因此儿童文学具有与众不同的奇幻色彩。奇幻色彩的主要表现就是儿童文学主张要张扬幻想。优秀的儿童文学作品就应以与儿童相近的心灵去感知世界，在作品中展现充满奇异色彩的幻想世界，为儿童打开一扇通向幻想王国的大门。

3. 寓言框架

所谓寓言框架，即以一个虚构的故事作为外在的形式框架，这个外在的形式框架是由作品中的人物(无论是拟人化的动植物还是常人或其他生物)关系、情节细节因素构成，而其外在形式框架之中的内在结构则可以看作是对人类生活之某种形态的描述或解释。比如古希腊伊索寓言之一《龟兔赛跑》，其外在的形式是坚持不懈的乌龟在一场长距离的赛跑中战胜了骄傲自满、小觑对手的兔子；其内在结构却意在显示批判生活中那种自以为是、故步自封的错误心态。

寓言形态作为一种文学形态为儿童文学所适宜，它恰恰与儿童文学的作者和读者、创作和欣赏之间的特殊关系同构对应。儿童文学由童年情态审美意象系统所组成的单纯简约的外层结构中，浓缩着来自创作主体的复杂深厚的社会文化积淀。与寓言形态的外在形式同构，因此儿童文学作品作为一种具有单纯、形象、线形形态的审美符号体系很容易为儿童理解接受，并引起共鸣。而蕴涵其中的有关社会、人生、自然的种种复杂丰富的哲理性深层内涵，使这种审美符号体系如同一颗颗根植于儿童意识深处的富于美学生命力的种子，在儿童精神成长过程中潜移默化地释放能量，另外，寓言形态也使不同年龄的读者能够从中感受到不同层次的美学魅力。

二、独特的语言特征

1. 浅显的语言

儿童文学永远存在着一个读者接受问题，儿童文学的语言首先应该为少年儿童读者所能理解和接受。儿童年龄小，生活经验少，思维能力薄弱，所掌握的词汇量有限，这就不仅需要作品语言做到浅显、简洁、准确、流畅，明白如话，而且要求比一般文学语言更具体、更形象、更生动、更风趣。儿童文学作品的语言应以规范化了的儿童口语为主，努力做到浅显明晰。儿童口语以实词为主，实词中又以名词和动词为多，其次是那些比较形象的形容词，虚词则用得较少。比如，儿童习惯说“我累了”，而不是“我感到疲倦”。

儿童文学作品的语言同时应该简短精炼，句子往往比较简短，单句多，复句少。有的句子必须较长才能把意思表达完整，也往往断成几段来念。儿童年龄小，掌握的词汇不多，理解复杂语句的能力比较差，那些含义隐晦的语言，他们是不能接受的。因此儿童文学的语言要力求明快、准确、生动、形象，不仅一看就懂，而且读起来要朗朗上口。

然而，即便是口语，优秀的儿童文学作品使用的也是优美、规范的文学语言。为了使儿童文学作品能够帮助儿童发展语言、发展思维能力，培养他们正确地说话，正确地思维，正确地接受知识，语言的准确性是十分必要的。优秀的儿童文学作品是儿童学习语言的极好教材，儿童可以从中学到大量的词汇、规范化的句子和语法规则，提高语言能力。如郑春华的《浮萍》：

漂在水面上，
一颗，一颗，亮晶晶。
是谁撒下了，
这绿色的小星星？
鱼娃娃抬起头来数星星
数啊，数啊，数不清。

语言优美、生动、简洁，有色彩，有韵律，能给儿童很好的语言熏陶。

2. 语言具象化

所谓具象化，指的是儿童文学作品的叙述语言必须具有一定的具象性，儿童文学的每句话、每个词都尽可能运用形象化手法，把人物和事物的声音、色彩、形状、神态心理等鲜明地、具体地、直接地突现出来。儿童的具体形象思维为主的思维特点决定他们只能看到事物的表面现象，不能透过现象了解本质，所以儿童文学作品的语言应该是形象的、生动的、具体的、动态的，而不是抽象的、刻板的、含蓄的、静态的。这样，儿童通过听觉感受，就会如闻其声，如见其人，如入其境。值得注意的是，儿童文学的语言形象应该和儿童脑子里的形象(表象)相呼应，所以必须是儿童常见的、熟悉的、简单的具体形象。比如"陷阱"这个词的形象对儿童来说太深，改成"坑"或"洞"，虽然不能把"陷阱"的意义表达完全，但形象已简化，而且抓住了"陷阱"的主要特点。为了达到语言形象性的目的，儿童文学往往采用摹状、比喻、比拟、夸张等修辞手段。如鲁兵的儿歌《小刺猬理发》：

小刺猬，去理发。
嚓嚓嚓，嚓嚓嚓，
理完头发瞧瞧他：
不是小刺猬，
是个小娃娃。

这首儿歌一开头便给人一个错觉，以为去理发的真是小刺猬。其实，这"小刺猬"只是一个比喻，而且这比喻也够夸张的。然而只因为比喻贴切，夸张强烈，才把久未理发的小娃娃的特征给强调了出来，给人鲜明的印象。而那摹状剪发的"嚓嚓嚓"的声响，更强化了小刺猬般的头发的形象感。此外，儿童文学的形象性语言往往有较多的动态，显得生动活泼。如金近的童话《小猫钓鱼》中有这样的句子："猫妈妈打开窗子，太阳光就笑着跑进来，把屋子里照得金光透亮。"天亮了，这是平平常常的自然现象，作家把太阳拟人化了，"笑着跑进来"，使静态变成了动态。形象非但鲜明，而且富有生动的美感。

3. 语言幽默感

幽默，是审美趣味的重要因素。幼儿文学的幽默来自幼儿的心理行为，尤其与他们的游戏关系甚密。这在幼儿看来是十分亲切有趣的，很能激扬他们快乐的情绪。

形成幼儿幽默趣味的是错位和夸张。所谓错位，是指"生活现象和它本质之间的矛盾"。错位现象在幼儿的心理行为中十分常见。其实，不仅在幼儿身上，而且在他们的生活周围也常常发生着异乎常情、常理、常态的事情。由错位引起的不协调，只要被幼儿所意识，他们便会产生惊喜感和胜利感。然而，幼儿还不能体验复杂微妙的情感，也不能区分事物之间细微的差别，又需要抓住事物明显的特征把它强调出来，才能感受到、意识到。所以，夸张是十分重要的，它是幼儿表达感情、认识事物的重要特征。错位和夸张一旦结合，幽默感便变得更加鲜明浓烈。例如罗大里的幼儿童话《电话里的童话》中的一则小童话《冰淇淋宫》，说的是从前在波伦亚有一座冰淇淋宫，除了"宫顶是奶皮贴上去的，烟囱是果脯做的，烟囱里的烟是棉花糖"外，剩下的门、墙、家具全是冰淇淋做的。这一建筑材料错位的童话环境，很能反映幼儿的幼稚而新奇的愿望。孩子们最爱吃冰淇淋，常想能够美美饱餐而不受限制。冰淇淋宫这个幻想物，把孩子们爱吃冰淇淋的愿望大大地夸张了。你看，"一个顶小的孩子走到一张小桌子跟前，一口一口地舔桌腿，结果连桌子带上面的盘子全倒下来，扣到他身上。"可是，一点也没有伤着他，因为"那些盘子都是巧克力冰淇淋做的，最好吃了"。幼儿听到这里，一定会为这夸张了的有趣的幻想世界发出愉快的笑声。当然，这种被强调出来的幽默感，并不只是为了逗人发笑，更主要的还是让幼儿自然而然地意识到不能像波伦亚的孩子们那样吃冰淇淋，不然要"闹肚子"的。

这种夸张和幽默在儿童文学中是十分重要的。有经验的儿童文学作者都是把"引起兴趣和使人发笑"

当作写作的一个最重要的法则。这两者在作品中常常是相互结合的，它们的出现是作者善于捕捉儿童生活中最有趣的材料，并加以巧妙构思和想象的结果。

其次，儿童文学应具有儿童性。儿童文学的接受主体大部分是儿童，儿童文学作品描绘的基本是儿童的生活和世界。儿童的生理及心理特征决定了儿童文学的特殊性，主要表现在以下两个方面。

1. 趣味性

儿童对外界事物的注意在很大程度上取决于事物本身的趣味性。儿童喜欢听有趣的故事，做有趣的游戏，对乏味的事物反应淡漠甚至先天厌恶。如果说成人文学的趣味性对于某些层次的读者是必不可少的话，那么儿童文学的趣味性则对于所有的小读者都是不能缺少的。趣味性强的儿童文学作品，即使成年人读了也会受感染、陶醉甚至忘情大笑。刘心武写过一个调皮的小学生，班主任老师找他谈话时，这小家伙表面上洗耳恭听，思想却在走神，总在琢磨"墙纸上那块水渍，究竟像只鸭子，还是像个茶壶?"一个小小的心理细节描写，童趣十足，令人发噱。

当然，儿童文学的趣味性决不只是指叙述上的"惹人发笑"，或者是结构上悬念的设置，情节上的曲折离奇。趣味性是少年儿童的想象、思想、情感等心理状态及与之相应的行为、语言在文学作品中的艺术反映。儿童文学创作要做到这一点，并非易事。

2. 游戏精神

中国儿童文学对"游戏精神"一词的最早使用，可以追溯到五四时期。那时的文献中已经存在"游戏精神"、"游戏性"、"游戏"这样的词汇。中国的儿童文学最早提出"游戏精神"是在五四时期《童话小说在儿童用书中之位置》一文中。但这一词汇在当时的使用是比较随意的，使用者并没有为它特别设定内涵，在二十世纪八十年代再次提起"游戏精神"时，也同样存在这个问题。"游戏精神"似乎是一个信手拈来的词汇，然而却有着强大的包容性，它能一下子表达出一种与小孩子的天性相适应的、与文学的自由精神相符合的美学意味，使人们能立刻体会到其与传统文学迥然相反的昂扬精神。

游戏精神是形成人类审美态度的一个重要来源，每个人自小首先获得的正是这一心理快乐。儿童文学作家是一些仍能获得、品尝这种心理快乐的成人。游戏精神是可以得到发展的——巫术思想和魔术思想都同它关系密切，这两种潜藏在无意识之中的心理，常可在成人的迷幻思维形态和非理性审美情绪中散发出来，这正是一种彼得·潘式的儿童性格，它常以玩耍和胡闹的形式，明显地区别于那种道学气息；它仍感兴趣于超现实、神秘主义和自我幻觉，对理性世界颇感乏味；它始终还对宇宙万物及其关系抱有神奇的观点；并极愿对生命、物质、时间、空间、心理现象和物理现象等等"存在"的材料，去沉浸于一种摆弄和操作的动作思维的乐趣之中。

儿童文学是快乐的文学，娱乐和求知既然是幼儿重要的心理原则，游戏便成了幼儿的天职，成了他们生活中的主导活动。他们在包括玩玩具在内的游戏中，满怀兴趣地模仿着周围生活以至成人世界的一切；他们和自然的、社会的、有生命的、无生命的一切事物进行对话；他们靠自己独特的想象方式，创造出一个天真烂漫的、奇妙无穷的、充满童话色彩的世界。这是一种象征性游戏，主要特点是扮演、模仿和演绎。他们自己组织游戏，规定主题并扮演角色，一方面由于他们想象的再现性，在游戏中重现自己的生活经验；另一方面又由于他们想象的无意性，在游戏中往往不顾生活的真实逻辑，进行想当然的变形、移位、添加和任意组合。值得注意的是，幼儿游戏在"玩"的表面形态之中又融入了幼儿机趣天然的纯真情感。他们的求知愿望、情感态度和他们的游戏形式交融同构，透露出独特情趣的美学意味。

这种游戏精神成了成人作家创作儿童文学最基本的审美原则。所以，在优秀的儿童文学作品中，我们总是可以感受到富于美学意味的游戏精神的存在。它会让人联想起母鸡身旁蹒跚学步的叽叽欢叫的鸡雏，清水池塘摇摇摆摆不停游动的蝌蚪，沐浴在朝霞和晨露中的花苞，碧蓝夜空中闪烁不定的星星……它是那样的稚嫩、纯净、欢乐和奇妙!

再次，儿童文学应具有教育性。文学作品的教育性问题，在我国历来是比较强调的。不但成人文学如此，儿童文学更加如此。儿童文学作为审美对象，以其丰富、乐观向上的内容及繁复多样的样式带给儿童美的享受。儿童在阅读儿童文学作品时，始终处于一种感官愉快、精神愉悦的状态。他们被作品的内容深深陶醉，被作品的形式（语言的音响、色彩、韵律等）深深吸引，在享受审美愉悦的同时也受到了深刻的教化。但在“教育性”这一问题上，儿童文学与成人文学还有明显的差异。

从知识的层面而言，儿童文学作品是将儿童引出蒙昧状态的指路明灯。通过深入浅出、趣味横生的文学作品，儿童可以开阔眼界、丰富知识、培养想象力、激发创造精神。少年儿童正处于长知识时期，在这个阶段应该打下良好的知识基础，以各种必要的文化科学知识武装青年一代，并让他们在掌握知识的过程中为逐步形成辩证唯物主义的世界观奠定基础，这正是儿童文学的特殊任务之一。少年儿童有着强烈的求知欲，对各种新鲜的事物都有浓厚的兴趣，但他们又缺乏足够的抽象思维能力和理解能力。因此，生动有趣、引人入胜的文学作品，尤其是科学文艺作品，就可以吸引他们用好奇心的心理去打开科学文化的大门，让他们接触各种各样的知识。儿童文学就成了形象地普及各种生活知识的有力工具。它使孩子们看到了许多有趣的新天地。为此，我们要为少年儿童提供更多更好的文学作品，打开孩子们的眼界，扩大他们的视野，激发他们学好科学文化知识的兴趣和信心。这是我们儿童文学的任务，也是当前的重要课题之一。

儿童文学各种体裁的作品往往都有丰富的知识内容，包括自然的、社会的，以至日常生活的。这些知识熔铸在艺术形象之中，形成色彩绚丽、奇妙无穷的画面，对儿童具有强烈的诱惑力，能够开阔他们的视野，引导他们观察和思考世界，激发他们向往科学的热情和志趣。例如，被誉为儿童生活知识“百科全书”的瑞特科夫的《我看见了什么》，便写了小主人公阿辽沙跟随妈妈到莫斯科、基辅等地旅行的故事，通过妈妈对阿辽沙所提的问题的解答以及母子途中的见闻，巧妙地为三岁到六岁的幼儿作出很多问题的答案。其中包括动物、植物、铁路交通、轮船、飞机等许多知识。诸如此类的儿童文学作品都承担着开阔幼儿的眼界，丰富他们的知识，回答着“十万个为什么”的任务。

从审美的角度而言，美感是人对事物的审美体验，它是根据一定的美的评价标准而产生的高级情感。审美能力表现在一个人接触到艺术和日常生活中真正的美时，能感到满意，觉得精神愉快，并由此去鉴别美好与丑恶、纯真与虚假、文明与粗野、崇高与卑下等的能力。

儿童文学是最美的文学，它清新明媚，旖旎迷人，既有幽默和智慧，又有勇敢的精神，纯真的情感。因此，儿童文学能给儿童以美的享受、美的渲染、美的陶冶，同时又“锻炼美的感觉”（高尔基语）。儿童文学的教育作用、认识作用都是通过美感作用来实现的。

优秀的儿童文学作品，往往使小读者如痴如醉，如临其境，如见其人，如闻其声，给孩子们带来无穷的愉快和享受。它在发展孩子们的美感、提高审美能力的同时，为幼儿欣赏文学和将来创造更加美好的生活奠定了基础。

从思想的纬度而言，儿童文学作品可以以一种轻松愉悦的方式，帮助儿童在其幼小朦胧的非成人意识中，培养起较为正确合理的人生观、价值观和世界观。儿童文学作品通过或生动有趣、或婉转优美的表述方式，在儿童内心培养自尊自信、爱国爱家、爱人类、爱劳动的正确人生取向，教导他们应当尊老爱幼、锄强扶弱、匡正不义。

第二章

儿童文学的功能

一般来说，文学有审美、娱乐、认知、教育的功能，儿童文学自然也不例外，本章就分别加以论述。

第一节　审 美 功 能

一、情趣是儿童文学审美功能的核心

儿童带着新奇来到这个世界，认识社会是儿童极为重要的精神追求内容，儿童文学为满足这一追求而具有的启蒙性是显而易见的。由于儿童心理不成熟，“万物皆有灵”的泛灵观念在其心目中表现明显，诸如鸟能语、兽能言、石头能说话，孩子往往把外界事物的审美特征融合到自己的心灵中，其思维经常处于幻想状态，他们可以按主观愿望任意把互不相干的事物结合在一起，以“想当然”的前因后果观念，用自己有限的感知对各种事物作出解释，从而产生谐趣横生、异想天开的意境。如“公鸡生个大鸭蛋，小猫游泳多快活”，这样的情景往往把人带入生命归真的境界，正是这种带有自我幻化与精神扮演的童真童趣，展现了一种原始的、质朴的、悖于常情常理而又令人惊奇、赞叹的荒诞美，它美得异常明净、异常透彻。把握了这种美，有利于培养儿童自由的天性，奇特而丰富的形象思维能力。儿童文学这种荒诞美、纯真美、稚拙美给人优美、明朗的体验，让孩子在轻松愉悦中享受快乐，培养活泼开朗的性格。同时儿童只有从小感受美、欣赏美、萌生对美的热爱，才会为日后去追求美、创造美积贮起足够的心理动力。

二、培养丰富的情感

任何高尚的行为总是有高尚的情感作为支点，而高尚情感的形成，往往是通过美感体验的积累而获得的。

儿童文学的语言浅显、优美而规范，是学习语言的极好范例。借助语言，儿童又能从作品中体会到各种情感，儿童文学情感主题的多元性为儿童提供了多样的情感体验。除了挚爱、敬慕、同情、怜悯、友谊、团结、诚实、善良、勇敢、礼貌、信念、关心等人类美好情感外，也可以让儿童体验一些悲剧情感，“悲剧是把人生有价值的东西毁灭给人看”。带有悲剧色彩的童话能引起儿童心灵的震撼。现实不可能都是美好的，悲剧情感对提升儿童的社会情感非常重要。因为儿童天然亲和的安详宁静迟早会被纷繁的现实干扰，不可能永远保持，所以在陶冶情感、净化心灵的过程中，逐渐提高儿童的心理承受能力，就成为情感主题的应有之义。生活并非始终是甜蜜的，让儿童在审美中适度地感受一些生命的苦涩是必要而有益的，但不能毫无节制，不能损害儿童文学欢快明朗的整体色调。

第二节 娱乐功能

如果儿童文学只存在一种审美功能，那么这样的文学园地不仅将是单调的，而且，它的单向的发展，终将使自己走向荒芜。这不是危言耸听。成人的眼光虽然充满着爱，但毕竟有它的局限性，它未必总能促成儿童自身的全面发展，尤其是到了那种“有创造力和能推动未来社会前进的个人”纷纷蓬勃欲出的时代，这种单一的功能就不能适应儿童的全新的需求了。

事实上，从“儿童自己的眼光”出发的带有娱乐功能的作品一直都是存在着的。它在一个很长时期里不是儿童文学的主流，它不受家长、教师们的重视或赏识，甚至屡遭教育主义者的摒弃与排斥；然而它们依然蓬蓬勃勃地存在着，因为儿童读者永远是那样由衷地喜爱着它们。早期的作品包括德国拉斯别的《敏豪生奇遇记》，西班牙的《小癞子》，英国卡洛尔的《爱丽丝漫游奇境记》以及中国吴承恩的《西游记》中的部分章节。具有娱乐功能的儿童文学作品使儿童不仅在审美中获得爱抚和导引，同时也能保持甚至激活儿童内在的热爱自由的天性。儿童的自然的选择，总是有其合理性，它们总是迎向未来的。儿童的喜欢机智不喜欢愚笨浅陋，喜欢成功不喜欢上当受骗，正是面对未来复杂的现实人生的一种最初的心灵准备，它是对教育主义者们的“正面教育”的一种十分必要的补充。卢梭忽略了儿童的自然选择中这种走向未来的新的生机，读不懂儿童们在审美和游戏中所发出的深刻的暗示。

儿童文学是快乐的文学，它有明显的游戏性质，往往可以作幼儿游戏娱乐的材料。儿歌、幼儿戏剧自不必说，就是生活故事、童话故事，也可以边讲述边表演。同时，新奇有趣的情节、绚丽多彩的图画、活泼悦耳的音韵、机智幽默的情趣，会使幼儿神采飞扬、心情愉悦。

例如在林格伦的作品中，在那些无拘无束的、生气蓬勃的让人不得不拍手叫绝的孩子们身上，难道真能学到什么优秀品质，或引出什么道德教训来么？她以一种前所未有的态度津津有味地欣赏着孩子们的天真与调皮！——这样的作品，对小读者有什么积极的作用呢？小飞人卡尔松就算是个自私、任性、贪玩、馋嘴、好吹牛、爱闯大祸又不知害羞的坏孩子，可是我们又忍不住一遍又一遍地看他搞恶作剧的那些细节，我们抛弃一切道德律令为他的行为哈哈大笑，我们感到自己笑得无拘无束，异常轻松和快活。正是被成年人看不起的、被认为缺乏深度的儿童文学，以它的具有娱乐性功能的作品曲折地表达了这一关于人类发展的最深沉也最深刻的呼唤！这就使儿童文学具备了许多成人文学杰作所无法企及的深度，也就使儿童文学具备了对于人类发展来说不可或缺的价值。

当孙悟空在天宫中不顾后果大啃大嚼王母娘娘的蟠桃，随后又跷起双脚呼呼大睡的时候；当爱丽丝跟着那只身穿背心、背心口袋里还藏着一只怀表的野兔，毅然决然跳进了那个怎么也掉不到头的神秘深洞的时候；当彼得·潘偷偷跑进达林夫人的家里，把文蒂、迈克尔和约翰这三个孩子带离家庭，飞往遥远的“永无岛”的时候……有哪个小读者会不感到一种意外的兴奋，心中滋生起一种蠢蠢欲动的感觉？

这种意外获得的美感，就其特性来说，趋向于“外放”而非趋于“内敛”。这是儿童本身具备的狂野的天性的体现，而在这天性背后所隐藏的则是整个人类追求未来的全面发展的自由的愿望。在这痛快淋漓的宣泄中，在这种心灵波动的高潮的冲击下，审美主体自身的思路、情感和情绪大为开放，儿童的想象天性也被迅速地激发和释放了出来。

第三节 认知功能

儿童文学是社会现实生活的反映，儿童通过阅读文学作品可以了解社会、认识生活、开阔视野、增长知识。这里，可以分两种情况加以说明。首先是那些百科全书式的知识性的儿童文学作品的认识功能。这是很明显的，也是容易为人们所承认的。别林斯基说过，儿童文学“可以用知识丰富他们的头脑，开阔他们观察生活的眼界，使他们去认识那美妙的大千世界的无穷无尽、千姿百态的现象”。著名童话《骑鹅旅行记》就是这样的一个典范。童话主人公尼尔斯骑上白鹅周游瑞典，瑞典的自然风光、风土人情、民间传说等组成的一幅幅生动的画面随之展现在少儿读者面前，从而使他们在尼尔斯的愉快的旅行中获得了许多有关地理、社会、文化等知识。其次是非知识性的儿童文学的认识功能，这常为人们所忽视乃至否定。人们往往只强调少年儿童的认识理解能力的局限性，强调少年儿童识别是非、善恶、美丑、真假能力的局限性，并以保卫儿童身心健康为由，给创作设下许多禁区，这实际上限制了儿童社会生活中的诸多可能性，否定了儿童文学的认识功能。现代儿童心理研究证明：儿童不仅有强烈的认识社会参与生活的欲望，而且还有着一定的认识社会参与生活的能力；随着儿童的成长发育，这种能力将不断得到提高。因此，儿童完全可以通过文学作品去认识人生社会。当然，儿童认识社会是用一种不同于成人的方式进行的，幼儿常常通过游戏来表达他们对社会的认识，少年儿童在认识社会时则常有着浓重的理想主义色彩。儿童文学在反映社会生活时应该充分注意儿童的这些特点，不但要注意反映的方式是否容易为儿童所接受，而且要注意反映的内容是否会给儿童留下消极的乃至坏的影响。勇敢地正视现实，正确地加以引导，努力在儿童认识社会人生的同时帮助他们树立正确的人生态度，这才是儿童文学创作者在进行创作时应有的态度。设置禁区的消极回避式写作只能使儿童文学走向粉饰生活脱离现实的泥潭，最后落下一个“哄孩子”的恶名声而被人抛弃。

儿童文学有利于儿童认识万事万物。从大自然到各地的风土人情都可以成为儿童文学创作的题材。在表现形式上，儿歌和低幼的一些识图卡片和读物中还有专门向幼儿介绍动物植物的“动物儿歌”、“植物儿歌”，童话中也有“知识童话”的类型，幼儿科学文艺在引导幼儿学习初步的科学知识上更是功不可没。

还有一些作品能够帮助儿童理解一些日常生活的内容，如吃饭、穿衣、大小便、洗脸。这些基本能力的获得是幼儿日常学习的主要内容，儿童文学能以含蓄的方式，让孩子们在吟唱儿歌或聆听故事时了解这些内容。同时对儿童心理成长也有着启蒙作用。

第四节 教育功能

“教育”不可能成为某一种文学的本质特征。儿童文学也是文学，它在本质上也是审美的。审美是一种情感的活动；爱也是一种情感，它可以转化为审美。教育从整体上看却不是一种情感。一部儿童文学作品可以有比较明显的教育价值，但只有当这种教育价值被爱的情感所笼罩，所推涌，并且整个地融入爱的情感中去的时候，它才可能成为优秀的作品。不然，这种教育就可能成为游离于文学的审美整体之外的赘物，也许还会破坏作品的完整性。只有教育而没有爱的作品，决不是儿童文学作品。在贝洛童话诞生之前，西方就十分流行这种专供儿童阅读的纯教育性的作品，它们往往是宗教教育读物。欧洲十六世纪广泛流行的“入门书”与“角帖书”，就是两种旨在向儿童进行基督教初步训诫的读物。显而易见，这样的作品是不能称为“文学”的，哪怕是用诗的形式写成。

在中国古代，这类作品也很多，所谓“蒙学书籍”即是。如《三字经》、《千字文》、《增广贤文》、《龙文鞭影》等等。单是为女孩准备的，就有《女儿经》、《女论语》、《女诫》、《女训约言》、《闺苑》、《女小儿语》等十几种。书中的内容，当然都是关于封建道德的教育训诫。与西方不同的是，西方将训诫的内容改编成供儿童自己阅读的小册子，中国则几乎千篇一律都是“课本”，是必须在父母或塾师的训导监督下熟读并背诵的。这些压抑儿童思想情感及自由天性的书籍，自然更不是儿童文学。

一般说，教育总是比较偏于伦理或理性的。而理性的认识与伦理的原则总是相对的，随着人类“人化”步伐的前移，它们难免要过时。因此，过去时代的教育，那些“训诫书”、“蒙学书籍”与“课本”，就不可避免地带有浓重的陈腐感，为今人所不取，今天的儿童就更不会读它们了。然而爱却能超越教育的这种短期性与局限性，将教育内容化为爱的情感的长存而长存。安徒生的有些作品也带有宗教教育的内涵，但它们却有着永恒的魅力。这就是文学与审美的优越之所在。

人生最重要的习惯、倾向、态度，多半是在六岁前培养的，所以我们要从小培养人才幼苗。我国著名的教育家陈鹤琴先生曾强调“教小孩要从小教起”，“一开始就要教好”。人在幼儿时期，可塑性强，最容易接受外界的影响，尤其容易接受形象化的教育。幼儿文学以鲜明生动的艺术形象，来启发幼儿辨别生活中的是非、好坏、真伪、善恶、美丑，培养孩子们坚强勇敢的性格以及勤劳、友爱、诚实等美好的思想品德。

第三章

儿童文学的地位

高尔基说:“儿童文学不是成人文学的附庸,而是主动拥有主权和法则的一个独立大国。”我国著名文学家郭沫若也在《儿童文学之管见》一文中指出:“儿童文学的提倡对于我国社会和国民,最是起死回春的特效药,不独职司儿童教育者所应当注意,举凡一切文化运动家都应当别具只眼以相看待。”

作为一种存在,儿童文学已经有非常悠久的历史,它几乎是伴随着人类一起诞生的。因为有人类就会有儿童,有儿童就会有他们自己的文学的需要。例如,母亲哄小孩入睡即兴创作的催眠曲;再如父亲为使哭闹的孩子安静下来,也常会随口编个孩子爱听的故事转移他的注意力。这些应该是儿童文学的雏形。尽管它很粗糙,只是一种随意性的口头形式,但毕竟也是文学的一种原始形式。

儿童文学的读者是身心正在发育的儿童,因此,它与其他种类文学的作用在具体内容上又有不同。儿童文学在扩大幼儿眼界,使儿童增长知识的同时又进一步激发了儿童的求知欲。儿童在阅读文学作品时,注意力、想象力、记忆力、思维能力受到综合训练,阅读刺激着儿童的智力发育,并促使他们在生活中学会观察问题并发现问题。

人的思维活动借助于语言,语言的发展促进思维的发展。儿童文学作用于发展儿童语言的同时也训练了儿童的思维。作品中活跃着的生动的形象和色彩鲜艳的插图,可以帮助儿童分析、判断、综合能力的形成。

随着阅历的加深,儿童文学的审美主体开始向成人的方向靠拢,而且最终将趋于统一。在儿童文学中过于强调实际效益与教育作用,常常会损害作品的完整的审美价值。

儿童文学对于儿童的发展所起到的作用是显而易见的。儿童文学作品,尤其是童话、寓言、民间故事,这些故事性极强的作品往往能激发儿童的无尽想象,以其丰富、乐观向上的内容及繁富多样的样式带给幼儿美的享受。阅读儿童文学作品时,儿童始终处于一种感官愉快、精神愉悦的状态。他们被作品内容深深陶醉,被作品的形式深深吸引,由此而生出一种美感。儿童年龄特征所带来的儿童读者文学接受能力和趣味的分化,意味着每一年龄阶段的儿童读者要求拥有一份属于自己的独特的文学接受空间。根据心理学家荣格的观点,人生的每一季节都有它自己的特征、价值和发展任务。因此,不能简单地认为儿童随着年龄递增而出现的文学接受能力的发展是一个由低到高的发展过程。只有适应不同年龄阶段儿童阅读能力和审美趣味的幼儿文学、童年文学、少年文学,也都各具独特的审美价值和艺术品性。就像儿童文学具有成人的文学所无法替代的生存价值和审美个性一样,儿童文学内部的幼儿文学、童年文学、少年文学,也具有各自鲜明的特点。

儿童文学的产生是以“儿童”、“童年”概念的产生为前提的,没有“儿童”、“童年”的发现,就没有儿童文学的“发现”。按照这一历史逻辑,“儿童”、“童年”的消逝,将直接导致儿童文学的消逝。

要保护“童年生态”,需要儿童文学作家具备思想力。比如,今天的孩子,特别是城市的孩子,拥有着较为丰富的物质生活,但是,很难说,他们的童年比二十世纪五十年代、六十年代出生的那代人更快乐、更幸福。因为精神上的愉悦比物质上的享受更具有人生的质量,同样,精神上的痛苦也一定比物质上的匮乏所造成的身体痛苦更加难以承受。

英国学者大卫·帕金翰用极其敏锐的目光进一步发现，在电子媒体时代成长的儿童，“童年的公共空间——不管是玩耍的现实空间还是传播的虚拟空间——不是逐渐衰落，便是被商业市场所征服。这样一个不可避免的后果使儿童的社会与媒体的世界变得越来越不平等。”童年在泛商业的成人世界的侵蚀下逐渐走向死亡。因此，儿童文学要确保自身的发展，就必须承担起保护“童年”生态的历史使命和现实责任。

儿童文学是关注儿童的精神生活、关怀儿童心灵成长的文学。中国改革开放的新时期，中国儿童文学向儿童性和文学性回归，儿童文学理论和创作都达到了历史上从没有过的高度。仅用一组数字就可以印证改革开放以来，中国儿童文学取得的跨越式发展：“文革”后我国只有两家少儿读物出版社，二十多个儿童读物作家，两百多个儿童读物编辑，每年仅出版两百多种少儿读物，而且大多数是重印。2001 年仅全国作协就有儿童文学作家五百多人，加上各个省市的几千人，队伍可谓庞大。现在全国共有三十多家专业少儿读物出版社，一百三十多个出版社设有儿童读物编辑室。仅 2000 年，全国就出版了七千多种少儿图书，总印数达 1.68 亿册。由此可见，我国新时期的儿童文学正面对特定时代中的儿童的生存状况做出能动的反映。而正是因为儿童文学对于儿童成长的重要作用，儿童文学也越来越受到整个社会的关注和重视。

第四章

儿童文学发展的历史

第一节　中国儿童文学的历史发展

中国是世界上文明发达最早的国家之一，已拥有近四千年有文字记载的历史。在中华民族的发展史上，我们的祖先创造了光辉灿烂的古代文化，形成了悠远的文学传统。作为整个文学组成部分的儿童文学，其历史也是久远的，有其相关的或自身的艺术传统，有其萌发、形成、发展的过程，尤其是近代以来，更具有可供描述的清晰的历史轨迹。

一、中国史前儿童文学

在中国，真正意义上的儿童文学概念直到现代才出现，因此，我们把现代以前的儿童文学称为史前儿童文学。

在现代意义的儿童文学概念出现之前，我国确实没有专为儿童创作的切合他们的阅读需要的儿童文学作品，但这并不意味着我们缺乏这方面的文学遗产。事实上，在我国古代各族人民的口头创作、古代文学典籍及古代传统启蒙读物中，就有大量的作品具备了儿童文学的性质，这些就是我国儿童文学的传统及历史遗产。

（一）人民口头创作对儿童文学的影响

跟世界上其他的民族一样，我国古代各族人民的口头创作也是儿童文学的摇篮。在儿童文学尚未形成的漫长岁月里，人民口头创作中已经有了儿童文学的萌芽与原始雏形，留下了不少宝贵的儿童文学遗产。

神话是最古老的人民口头创作形式。我国古代典籍中保留的零星的神话片段，如“盘古开天辟地”、“女娲补天”、“羲和御日”、“大禹治水”、“夸父逐日”、“后羿射日”、“精卫填海”、“刑天舞干戚”等受到历代儿童的欢迎。

民间传说是叙述有名有姓的特定人物的特定事迹的民间故事。从我国的古书记载中，既可以看到人物传说，如神农尝百草、鲁班造船等，也可以看到历史传说、风物传说等。无论哪一种传说，都带有一定的历史性、真实性以及传奇性，这也正是传说吸引儿童的主要原因。神话传说的深刻的思想性、英雄主义、乐观主义精神以及浪漫主义创作方法和浓郁的幻想色彩，直接为后世的儿童文学所继承。

随着神话、传说的发展，出现了许多带幻想成分的民间故事和民间童话，它们大多在人们口头上流传，数量众多，单就历代典籍和笔记小说中记录下来的、经过加工改写的民间故事和民间童话的数量就很惊人。如《李冰》、《韩凭夫妇》、《左慈》、《千日酒》、《柳毅传书》、《老虎外婆》、《田螺姑娘》等作品对儿童都有巨大的吸引力。

寓言也是一种古老的民间口头艺术形式，比神话出现得稍晚。我国的先秦寓言，如《揠苗助长》、《守株待兔》、《愚公移山》、《画蛇添足》、《狐假虎威》等故事形体短小，寓意鲜明，又多用比拟、象征、夸张等手法，因而能够流传在世世代代的孩子们之间。

歌谣也是一种极古老的人民口头创作形式，它们一般主题单纯，题材广泛，形式短小活泼。在《春秋》、《左传》、《战国策》、《古谣谚》等经史典籍中保留有不少古代歌谣。在宋郭茂倩编的《乐府诗集》、明杨慎编的《古今风谣》等书中，它们已渐趋一体，只是数量仍然有限。明代出现了我国第一部由个人收集整理的儿歌集《演小儿语》。清代问世的《天籁集》含童谣四十八首，每首都有编者按语，为后世儿童文学创作提供了宝贵的艺术借鉴。

以上这些具有民间印记的、为儿童所喜闻乐道的古代人民的口头创作形式，是极其珍贵的历史遗产，对儿童文学萌发有着较为直接的影响。民间口头文学不仅是儿童文学的摇篮，而且在儿童文学独立之后，仍然不断地为之输送滋养。

（二）古典文学作品对儿童文学的影响

由文人创作的古典文学中适合儿童阅读的作品对儿童文学起着重要的补充和丰富的作用。

我国是一个诗歌大国。历代诗家虽很少有专为儿童写作的诗歌，但他们的许多脍炙人口的短小诗作，都很适合儿童阅读。这些诗歌往往内容通俗浅显，感情积极健康，语言朗朗上口，对儿童确有一定的启发和教育作用。如骆宾王的《咏鹅》、李白的《静夜思》、贺知章的《回乡偶书》、陆游的《示儿》等。

许多受民间文学影响的古典小说，也都蕴藏着一定的儿童文学因素。如《西游记》通过不平凡的神奇故事，有助于儿童认识生活、辨别善恶；《世说新语》中周处除三害的故事，《搜神记》中李寄斩蛇的故事可称为少年英雄故事；《聊斋志异》由于拟人化手法的运用，使小说中不少的篇章都成了很优美的童话；此外，《三国演义》、《水浒传》、《镜花缘》、《封神演义》等古典名著中也有一些适合儿童阅读的故事情节。这些故事不仅被古今的少年儿童广泛地阅读着，而且给后世的儿童文学创作提供了宝贵的经验。

当然，由于这些作品不是专为儿童创作的，因此，其中也有许多糟粕性的东西；而且，古典文学作品主要是用文言创作的，即使有些是用白话创作的，也与今天的白话相距甚远，因此，需要进行一些加工与整理，以便这些作品适合儿童阅读。

（三）古代传统启蒙读物

说中国古代完全没有为儿童创作和编写的作品，其实也不尽然。历代私塾所用的课本，以及一些向儿童灌输封建道德、介绍社会自然知识的启蒙读物，如《三字经》、《千字文》、《百家姓》、《幼学琼林》、《小儿语》、《小学》、《三字训》等都是专为儿童编写或选辑的传统儿童读物。只是由于它们多数以说教为主旨，含有封建意识，才逐渐被后人弃而不用。但是，其中也有部分内容及作品所采用的形式，即使在今天，也仍然有可资借鉴的价值。

儿童启蒙读物与某些古代民间文学、古典文学作品一起，作为中国儿童文学萌芽的初级形态存在，它们不仅成为千百年来儿童的精神食粮，而且也为现代儿童文学的产生与发展提供了大量的材料、多种形式的创作经验及许多具体的富有表现力的艺术技巧。

（四）近代儿童文学的萌芽

经过古代民间文学、古典文学与传统启蒙读物的滋养与孕育，再加上现实需要等因素的催发，到了十九世纪末的晚清时代，中国儿童文学虽还处于萌芽状态，但已开始出现一片绚丽多彩的景象，逐渐出现了自成一宗的趋向。更值得惊喜的是，中国近代许多著名的启蒙思想家都曾留心于儿童文学事业，为中国儿童文学史写下了光辉夺目的一章。

晚清时代，无视儿童社会地位的儿童观逐渐解冻。资产阶级改良主义者如康有为、梁启超等人为宣传其政治主张，大力倡导为儿童提供相关内容的文学作品和读物。

1908 年，徐念慈在《余之小说观》(署名东海觉我，刊于《小说林》第九、十期)中论述了“足备学生之观摩”的儿童小说的旨趣、形式、开本、体裁等问题，为儿童小说的进一步发展提供了理论基础。

这个时期的儿童小说，主要是翻译或带有创作性质的译述、改写，其中翻译最为普遍。1901 年至 1909 年间先后发表出版了《爱美尔钞》、《十五小豪杰》、《海底旅行》、《海外天》、《小子之志》、《千年后之世界》、《秘密电光艇》、《罄儿就学记》等译作。这些译作改写的作品多属科学小说、爱国小说、冒险小说和教育小说，明显地反映了科学救国、教育救国的爱国爱民族的思想意识和先觉们的变革政治的迫切心愿。

儿童诗在这个时期大多纯系创作。梁启超的《爱国歌》、黄遵宪的《幼稚园上学歌》、张敬夫的《警醒歌》、珠海梦余生的《劝学》等诗作勉励儿童为报效祖国、抵御外侮而努力学习，健康成长，极富教育意义。

这时期的儿童文学尽管不完全是从儿童的需要出发而创作、译述、改写的，但在客观上不仅起到了教育儿童、开发民智的作用，而且也有力地冲击了封建的封闭型文化，推动了真正自觉地为儿童创作的作品的涌现。

辛亥革命后，儿童文学发展的一个重要特点是既注重创作，也强调理论的研究与探索。周作人强调只有将儿童当作完全的个人，承认他们具有与成人同样的人格，才能真正理解“儿童的世界”，他的以此为立论根据的一系列论文，如《童话研究》、《童话略论》、《儿歌研究》等为草创时期的儿童文学理论奠定了初步的基础。同时，外国作品的翻译、古典书籍的改写以及从生活中取材所进行的创作等方面也有所发展。仅中华书局就出版了“小小说丛书”百种左右，主要是从各种著名小说里选编而成的；商务印书馆先后创办的《童话》、《少年杂志》等期刊大量刊载童话、小说、故事、寓言等，它们中既有译述改写的，如茅盾的《三百年后孵化之卵》，也有真正创作的，如叶圣陶的《穷愁》等。它们虽仍未摆脱旧的思想文化的影响，并有不完全切合儿童实际的弱点，但与前一阶段相比较而言，还是有所改进的，创作的数量明显增多，成人的功利色彩逐渐淡化，有些作品还较贴近国情与儿童口味。

所有这些都表明我国近代儿童文学的萌芽和兴起，这为现代儿童文学的产生、发展提供了基础，做了积极而有意义的准备。

二、中国现代儿童文学

(一) 中国现代儿童文学发展的条件

“五四”时期是中国儿童文学发展的里程碑，产生于“五四”时期的中国现代儿童文学，经过短短的三十年时间的发展，便迅速地壮大、成熟起来，结出了丰硕的果实。这是来自文学内部和外部的各种条件共同推进的结果。

首先一个重要的条件就是，中国悠久、优秀的文学传统的滋养。中国现代儿童文学的开拓者们在草创时期曾主动而充分地利用了中国传统的儿童文学遗产，可以说，这份遗产对中国现代儿童文学的创作产生了很大的影响，中国现代儿童文学正是对我国源远流长的儿童文学艺术传统的继承和发展。

另一个更为重要的条件是“五四”新文化运动的影响与推动。由于“五四”新文化运动的冲击，中国数千年来天经地义的传统意识和价值观念开始动摇崩溃，这直接促进了全社会对儿童和儿童教育的重视，儿童文学被当作儿童问题之一提上了议事日程。参与新文学运动关注儿童问题的许多现代著名作家如鲁迅、周作人、郭沫若、郑振铎等人都曾介入儿童文学领域，他们的译介、创作及理论探索为中国现代儿童文学的繁荣奠定了基础，而叶圣陶、冰心、张天翼等人的创作则成为中国现代儿童文学创作走向繁荣的标志。

中国现代儿童文学迅速发展成熟的第三个条件是对世界进步儿童文学的借鉴和吸收。在思想内容上，欧洲近代批判现实主义儿童文学和苏联无产阶级革命儿童文学，对我国现代儿童文学的影响是巨大而深远的。冰心的作品中可见泰戈尔《飞鸟集》的印记；叶圣陶的《小白船》等作品中有着《爱的教育》的思想闪光。在文学样式和技巧上，艺术童话、儿童戏剧和科学文艺就是直接从国外引进的。世界儿童文学已经有了几百年的历史，这使得中国现代儿童文学一开始就有了"拿来主义"的基础和条件，能以开阔的眼界和充足的信心去攀登世界儿童文学的高峰。

（二）五四时期的儿童文学

现代儿童文学着重探讨的是怎样从封建桎梏中解放孩子，"将儿童的文学给予儿童"。由陈独秀、鲁迅、李大钊等主编的《新青年》率先登载了安徒生、托尔斯泰、梭罗古勃等人的童话，还刊登了鲁迅、胡适、周作人等人创作的以儿童生活为题材的白话诗，发表了周作人的热情鼓吹儿童文学的文章《读安徒生童话》、《儿童的文学》等；《教育杂志》、《东方杂志》以及著名的四大副刊(《京报》、《晨报》、《民国日报》、《时事新报》的副刊)纷纷发表文章，热烈探讨儿童读物与儿童文学，刊登儿童文学作品；有的报刊还开辟了儿童文学专栏，如《晨报》的《儿童世界》、《京报》的《儿童周刊》；在学校教育中，儿童文学成了国语课的主要教材；与此同时，五四以后全国各地蜂起的新文学社团普遍关注儿童文学建设，热情为孩子们创作编译作品，使儿童文学出现了新的气象，其中以文学研究会最为突出，他们以《儿童世界》、《小说月报》为阵地，掀起了一场有声有色的"儿童文学运动"。

在全社会的共同努力下，五四时期的儿童文学取得了多方面的发展。

这些发展首先体现在思想理论的建设上。初创时期的儿童文学拓荒者们通过吸纳"儿童本位论"的合理因素，从理论上认识到儿童文学必须以儿童为出发点，以及理解和服务儿童的重要性。最早进行这项工作也最有成就的是周作人，他充分肯定儿童文学在儿童教育中的作用，第一个提出"儿童的文学"的命题。鲁迅也是一位儿童文学的热心倡导者。另外，郭沫若、叶圣陶、赵景深等人也各有贡献。这一时期，主要发表了《儿童的文学》、《儿童文学之管见》等著名论文以及《儿童文学概论》、《儿童文学研究》等专著。

其次体现在对外国儿童文学的引进上。儿童文学拓荒者们在新型儿童观的引导下重译了诸多外国儿童文学名著，其中以安徒生的童话及《爱丽丝漫游奇境记》、《鹅妈妈的故事》、《木偶奇遇记》等最有影响。外国儿童文学的大量输入，为儿童文学的新发展提供了有启发和借鉴意义的范本。

五四时期儿童文学的另一大实绩是对我国民间儿童文学的整理和开发。儿童文学的开拓者们通过采集童话，收集儿歌，把寓言引入儿童文学领域，对古代传统儿童读物中比较适合儿童阅读的文本加以改编，这些工作促进了我国现代儿童文学的快速发展。

最能体现五四儿童文学成就的当数作家们的创作。这一时期的儿童文学创作有一个鲜明的特点，就是多为成人作家的兼作，并且以童话与儿童诗最多。茅盾的改写童话、郑振铎的评述童话等都很有影响；叶圣陶的童话创作更是"给中国的童话开了一条自己的路"，1923 年他的童话集《稻草人》出版，这是我国有史以来第一部作家创作的童话集；冰心的代表作《寄小读者》奠定了她在儿童散文史上的开拓者地位。此外，赵景深的《一片槐叶》、王统照的《湖畔儿语》、丰子恺的《华瞻的日记》、许地山的《落花生》、俞平伯的中国第一本白话诗集《忆》以及黎锦晖的儿童歌舞剧《麻雀与小孩》、《葡萄仙子》等作品也深受儿童喜爱。同期，还出现了不少儿童刊物，其中最突出的是商务印书馆的《儿童世界》和中华书局的《小朋友》。

（三）从"左联"成立到抗战爆发时期的儿童文学

"左翼文化运动"为中国现代儿童文学的发展起了积极的推动和促进作用。1930 年"左联"成立后不久，

《大众文艺》即创办了《少年大众》副刊，刊登少儿作品，并召开过两次"关于编辑儿童文学刊物"的座谈会，探讨建设和发展无产阶级儿童文学问题；1935年，"儿童文化协会"于上海成立；1937年，"儿童读物研究会"成立。这些活动都促进了中国现代儿童文学的深刻变化。

这一时期的儿童出版业发展迅速，出现了许多专门的儿童书局；儿童报刊不断增加，各出版机构还竞相出版了"儿童文学丛书"、"小朋友丛书"等儿童丛书；同时期，还形成了一支力量较强的编辑队伍，其中，贡献较大的有陈伯吹、赵景深等人。

外国优秀的儿童文学作品，如西欧、前苏联的儿童文学作品都被大量译介过来，这为中国儿童文学的发展增添了新的生机和活力；同时还有不少儿童文学理论著作被译介进来，如日本的《儿童文学研究》、《世界童话研究》，前苏联高尔基的《儿童文学主题论》等。

"左联"时期，儿童文学的发展出现了前所未有的盛况，儿童文学的理论建设和创作实践都取得了显著的成绩。在理论方面，出版了《儿童文学小论》(周作人)、《儿童文学概论》(张圣瑜)、《儿童故事研究》(陈伯吹)等近二十种儿童文学专著。在创作方面，作家队伍明显扩大，各种文体都有所发展。其中，童话的发展是最为突出的，张天翼的《大林和小林》、《秃秃大王》代表了这一时期童话创作的最高水平。张天翼是中国现代儿童文学的拓荒者之一，《大林和小林》在儿童文学发展史上具有里程碑式的意义，《秃秃大王》则奠定了他在长篇童话创作中的地位。张天翼的作品表明现代中国儿童文学在艺术上已经基本趋于成熟。在小说方面，张天翼的《奇怪的地方》、茅盾的《大鼻子的故事》以及叶圣陶、王统照等人的作品影响较大。少儿科学文艺在这一时期崛起，热心于此领域创作的作家主要有高士其、董纯才、贾祖璋等。儿童诗歌、儿童散文在这一时期也出现了不少佳作，笔触范围不断扩大，题材日渐靠拢时代中心，而且作品的思想性、倾向性更为明确。

在苏区，儿童文艺也兴盛起来，出现了相当数量的红色儿歌、儿童剧本，如《送红军》、《无论如何要胜利》等。它们是中国现代儿童文学不可或缺的一部分。

(四) 从抗日战争爆发到解放战争胜利期间的儿童文学

抗日战争的爆发打断了中国儿童文学发展的正常进程，儿童文学队伍分成了三支：一部分辗转到国统区大后方；一部分深入扎根抗日根据地；还有一部分坚持战斗在"孤岛"上海。从抗战到解放战争，民族解放和人民解放的战争题材成为儿童文学创作的主流题材。根据地和解放区的儿童文学迅速发展，各种体裁的儿童文学创作都得到了发展。其中最具代表性的创作是华山的《鸡毛信》、管桦的《雨来没有死》，这些作品塑造的少年英雄形象，为小读者所喜爱。在国统区，陈伯吹、张天翼、金近等许多进步儿童文学作家写出了不少优秀的儿童文学作品。在"孤岛"上海，出现了贺宜的《凯旋门》、苏苏的《新木偶奇遇记》等儿童文学作品。综观这一时期的儿童文学，虽不可避免地受到战争的干扰，但从总体上看仍有所发展。

从五四运动中崛起的中国现代儿童文学，至此走完了三十年艰苦的历程。尽管长期的战乱给它烙下了深深的印痕，但儿童文学还是在中国广袤的土地上成长起来了。

三、中国当代儿童文学

(一) 中国当代儿童文学发展的条件

随着中华人民共和国的诞生，儿童文学迈进了当代这一历史发展阶段。中国当代儿童文学在五十多年的发展历程中，经历过曲折，也取得了成就，尤其是新时期以来，中国儿童文学呈现出一派蓬勃发展的景象。当代儿童文学的发展超越了历史上任一时期，取得了空前巨大的成就，这是各方面条件共同作用的结果。

中国现代儿童文学的开拓者、建设者在儿童文学的理论研究、创作实践、出版机构、编辑队伍等方面为当代儿童文学的发展打下了坚实的基础，也提供了宝贵的经验。

党和政府的大力支持，对引导儿童文学的发展，鼓舞儿童文学创作者的创作热情，都起到了很好的作用。

文学新思潮的冲击，文学价值观的变化，对成人文学和外国儿童文学有益经验的借鉴和吸收，提高了儿童文学的文化品位，增强了儿童文学的创新意识。

现代科技的发展也为儿童文学的繁荣提供了有利的条件。一方面，它为儿童文学提供了更多的艺术手段与途径，扩大了儿童文学创作的领域与范围；另一方面，它也带动了儿童读物出版业的蓬勃发展。

（二）中华人民共和国成立后十七年的儿童文学

中华人民共和国成立后十七年是中国当代儿童文学发展的第一个黄金时代。

新中国成立后，党和政府对儿童成长和教育等问题十分重视。1950年召开了第一次全国少年儿童工作会议；1952年举办了第一次全国少年儿童文艺创作评奖；1955年又在北京成立了中国少年儿童出版社；此外，一大批少儿文学刊物也被创办起来，1957年还创办了中国第一个儿童文学理论刊物《儿童文学研究》；专业的儿童文学作家队伍和儿童读物专业编辑队伍也很快形成并迅速成长，中国儿童文学真正确立了在文学领域的独立地位。

这一时期，苏联的儿童文学作品、理论被大量译介过来，东欧、亚非拉及西方的不少儿童文学作品也被译介过来。儿童文学的理论建设有了不少的收获，除单篇论文外，出版了陈伯吹的《儿童文学简论》、《儿童戏剧、电影与教育》，金近的《童话创作及其他》，贺宜的《散论儿童文学》，蒋风的《中国儿童文学讲话》等专著。

学者的研究成果和理论的引进都有力地促进了创作的发展，可以说，这一时期在创作上的收获比理论上的收获更大。

儿童小说创作是这一时期的创作中数量较多、质量也较高的一种。其中，有描写战争题材的，如刘真的《我和小荣》、杨朔的《雪花飘飘》、徐光耀的《小兵张嘎》等；也有描写新中国儿童生活的，如萧平的《海滨的孩子》、任大星的《吕小钢和他的妹妹》、任大霖的《蟋蟀》、马烽的《韩梅梅》、张天翼的《罗文应的故事》等。

童话在这个时期也取得了创作上的丰收，主要体现在长篇童话的创作上。张天翼的《宝葫芦的秘密》、严文井的《"下次开船"港》被誉为二十世纪五十年代童话园地里的两朵奇葩，代表了当代长篇童话的最高水平。此外，陈伯吹、贺宜、包蕾、黄庆云等作家也创作了一些童话作品。建国后成长起来的中、青年作家的创作为祖国的儿童文学赢得了国际声誉，如洪汛涛的《神笔马良》、葛翠琳的《野葡萄》、孙幼军的《小布头奇遇记》等作品受到小读者的普遍热爱。这一时期，为幼儿创作的短小童话也有了突破，出现了不少好作品，如方轶群的《萝卜回来了》，方惠珍、盛璐德的《小蝌蚪找妈妈》，彭文席的《小马过河》等。

这一时期的儿童诗创作也取得了大丰收。艾青的《春姑娘》、金近的《小队长的苦恼》、圣野的《欢迎小雨点》、任溶溶的《爸爸的老师》等诗篇都受到好评，给小读者以思想的启迪和美的熏陶。

儿童散文创作的收获也很突出。冰心的《再寄小读者》、陈伯吹的《从山冈上跑下来的小女孩》、袁鹰的长篇游记《丁丁游历北京城》、任大霖的《童年时代的朋友》均以鲜明的时代色彩、丰富的内涵抒发了健康、清新的情感。

十七年中，儿童剧的创作和演出也很活跃，其中，比较有影响的作品主要有张天翼的《大灰狼》、老舍的《宝船》、任德耀的《马兰花》、刘厚明的《小雁齐飞》、乔羽的《果园姐妹》、包蕾的《小熊请客》、柯岩的《双双和姥姥》、葛翠琳的《草原小姐妹》等。

这一时期，科学文艺的各种样式都有所发展。其中，高士其的《我们的土壤妈妈》等科学诗至今仍为科学诗的典范。科学童话有陈伯吹的《摘草莓的故事》、孙幼忱的《"小伞兵"和"小刺猬"》以及鲁克的《小黑鳗游大海》等。本时期的科幻小说在郑文光等开拓者的努力下得到了稳步发展，出版了郑文光的《从地球到火星》、鲁克的《奇妙的刀》、童恩正的《五万年以前的客人》、肖建亨的《布克的奇遇》、刘兴诗的《北方的云》等作品。

这17年，儿童文学不仅形成了自己的创作队伍，而且在作品题材的深广、艺术的娴熟、手法的多样等方面也超越了历史上任一阶段，从而使二十世纪五十年代成为中国儿童文学发展道路上一个喜人的黄金时代。

（三）“文化大革命”十年

1966年开始的十年“文化大革命”，是儿童文学发展比较坎坷的十年。许多优秀的儿童文学作品被打击，许多作家、评论家、编辑遭到迫害。仅有的两家少年儿童出版社及其他出版少儿读物的部门全部被迫停止出书业务，所有少儿期刊、丛刊也陆续停刊；儿童文学组织也被迫解散。

创作方面几乎是一片空白。前一时期有成就的一批作家因受冲击大多停止了创作，零星从事创作的是一批文学新人，但他们的创作大多受政治气候及“样板戏”模式的影响，有着明显的缺陷。相对较好的作品主要有李心田的《闪闪的红星》、杨啸的《红雨》、浩然的《大肚子蝈蝈》等。

（四）新时期的儿童文学

“文革”结束以后，中国当代儿童文学开始复苏。1978年10月，全国少年儿童读物出版工作座谈会在庐山召开。会后，《人民日报》发表了《努力作好少年儿童读物的创作出版工作》的社论，国务院也发布了专门的文件，儿童文学的出版、评奖、科研、教学等方面的活动重新步入正轨。专业的少年儿童出版社由原来的两家增加到几十家，每年出版各类儿童文学书籍达几千种。少儿期刊也大量涌现，遍布全国各地，除了复刊的《儿童文学》、《少年文艺》、《儿童时代》、《小朋友》外，比较有影响的还有《巨人》、《未来》、《东方少年》、《小溪流》、《童话大王》等，1981年，《儿童文学选刊》创刊。1980年举行了全国第二次少年儿童文艺创作评奖；其他评选优秀儿童文学作品的奖项有：中国作协的优秀儿童文学评奖、陈伯吹儿童文学奖、张天翼儿童文学奖、冰心儿童文学奖、宋庆龄儿童文学奖、儿童文学园丁奖等。1980年1月，中国作协成立儿童文学艺术委员会；7月，中国儿童文学研究会成立；10月，文化部成立少年儿童艺术委员会，后又成立了少年儿童文化艺术司，这些机构的成立大大促进了儿童文学的发展与交流。全国性的儿童文学会议经常召开，几次较有影响的儿童文学讲习班的举办也在全国产生了巨大的影响。高等院校的儿童文学学科研究和教学也非常活跃，1979年以来，浙江师范大学、北京师范大学等高校先后成立儿童文学研究所（室），并开始招收儿童文学研究生，这对促进中国儿童文学的理论建设和人才培养发挥了积极作用。作家队伍不断壮大，老中青三代已有三四千人；理论和评论队伍也扩展到两百多人，理论研究迅速超越历史，并朝着有中国特色的儿童文学理论体系进军；全方位的外国儿童文学的译介再次形成高潮。

中国儿童文学在新时期取得了前所未有的收获。

新时期的儿童文学理论建设空前活跃，发展较快。出版了多种学术著作，如《儿童文学概论》、《童话学》、《教育儿童的文学》、《安徒生简论》、《中国现代儿童文学史》、《中国当代儿童文学史》、《二十世纪中国儿童文学导论》、《比较儿童文学初探》、《童话艺术空间论》、《中国童话史》、《外国童话史》、《欧美童话史》、《儿童文学辞典》、《世界儿童文学事典》、《寓言学概论》、《中国儿童文学大系理论卷》、《童话辞典》等。

新时期的儿童文学创作在老中青三代作家的合力耕耘和创造性劳动下，出现了崭新的风貌，并且显出鲜明的特色。

新时期创作数量最多、成就最为突出的是儿童小说和童话。

儿童“伤痕小说”是整个新时期儿童文学的先导，代表性作品主要有刘心武的《班主任》、程远的《弯弯的小河》、黄蓓佳的《阿兔》。随之而来的是“问题小说”，王安忆的《谁是未来的中队长》、罗辰生的《白脖儿》、邱勋的《三色圆珠笔》、刘厚明的《黑箭》等作品以强烈的现实主义精神、忧患意识和思辨热情发掘问题，剖析人生。随着社会的发展，出现了以塑造具有二十世纪八十年代风貌的新型少年形象的“新人小说”，如刘建屏的《我要我的雕刻刀》、庄之明的《新星女队一号》、李建树的《蓝军越过防线》、范锡林的《一个与众不同的同学》等都是其中的优秀之作。此外，还有青年作家尝试用现代主义的写作技巧来更新原有的小说形体样式，这类实验性作品的代表作主要有《鱼幻》、《那个夜，迷失在深夏古镇中》（班马）、《在路上》（梅子涵）、《橡皮膏大王》（张之路）、《月光下的荒野》（金逸铭）等，虽然这些作品的艺术水准并非无可挑剔，但显示了先锋作家的探索热情和勇气。农村乡土题材的优秀作品量多质高，有老作家反映旧社会儿童生活的，如《三个铜板豆腐》（任大星）、《大仙的宅邸》（任大霖）、《野孩子阿亭》（岑桑）等；有反映农村新问题、新冲突的，如王申浩的《父亲和土地》、丁阿虎的《祭蛇》、鲍光满的《棋王阿利》；动物题材小说在新时期异军突起，优秀作品迭出，如《老人和鹿》（乌热尔图）、《第七条猎狗》（沈石溪）、《冰河上的激战》（蔺瑾）、《阿诚的龟》（刘厚明）等；另外像《独船》（常新港）、《古堡》（曹文轩）、《上锁的抽屉》（陈丹燕）等作品也各有特色。任氏兄弟、丁阿虎、金曾豪、鱼在洋、夏有志、韩辉光、张成新等人也都有佳作问世；秦文君的《男生贾里》系列、杨红缨的《淘气包马小跳》等校园系列小说在全国引起了很大的反响。

这一时期的童话创作也出现了前所未有的繁荣，首先是一批老作家不断地有新作问世，如严文井的《南风的话》、金近的《一篇没有烂的童话》、陈伯吹的《骆驼寻宝记》、叶君健的《真假皇帝》等作品为新时期的童话发展奠定良好的基础。真正使新时期童话出现变化的是一批青年童话作家，随着这批作家的童话观念的更新和蜕变，童话文坛出现了“热闹型”和“抒情型”两种风格并存的创作潮流。“热闹型”童话倾向于热闹并带有喜剧效果，代表作家作品有郑渊洁的《开直升飞机的小老鼠》、《红沙发音乐城》，彭懿的《四十大盗新传》、《宇宙刺客在行动》，周锐的《勇敢理发店》、《F 星：13 月 59 日》。“抒情型”童话倾向于抒情优美，代表作家作品主要有冰波的《窗下的树皮小屋》、《绿色的音符》，金逸铭的《花孩子》、《贴邮票的彩云》等。低幼童话在这一时期取得了长足的发展，出现了《岩石上的小蝌蚪》（谢华）、《鼹鼠的月亮河》（王一梅）等优秀作品。童话在这一时期还增加了不少新的品种，如“小巴掌童话”、“魔方童话”等。

少年报告文学的崛起是新时期儿童文学的一个特点。出现了专门从事报告文学创作的作家，孙云晓、刘保法是其中的代表，写出了《“邪门大队长”的冤屈》、《星期日的烦恼》等佳作。此外，较有影响的作家还有理由、孟晓云、董宏猷、赵丽宏等。

儿童诗歌的创作已走向初步繁荣，出现了郑春华的组诗《甜甜的托儿所》、金波的组诗《春的消息》、聪聪的《彩色校园》等优秀作品。另外，柯岩、鲁兵、圣野等作家也有佳作问世。

在散文创作方面则以班马、乔传藻、陈丹燕等的作品比较出色。特别值得一提的是郭风探索多年的童话散文已然成熟为一种风格独特的文体，他的《孙悟空在我们村子里》完全体现了这种文体的艺术魅力。

科学文艺领域则以郑文光、童恩正、叶永烈的科幻小说最有影响，鲁克、冰子等的科学童话也较优秀。

戏剧、电影、电视文学也有了新的发展，出现了不少优秀作品，如《啊，摇篮》、《苗苗》、《应声阿哥》、《报童》、《寻找回来的世界》、《好爸爸坏爸爸》等。

综观整个新时期的儿童文学创作，儿童文学的主题从单一走向丰富，题材从狭窄走向开阔，作家们的艺术探索更使新时期儿童文学充满了生气和活力。

第二节 世界儿童文学的发展历史

一、儿童文学产生的原因

在人类精神漫游的旅行图上，儿童文学曾长久未标出其方位。就世界范围而言，它真正意义上的诞生并走向自觉的时间是在十八世纪初。作为一门具有独立品格的学科，儿童文学的历史是较短的，而且由于种种原因，它的发生、发展、成熟的历程也是坎坷不平的。然而当我们从一个更宏大的精神文化背景来考察这一文学历程时，我们会深切地感到：对儿童、对未来的关注和重视，是人类历史上一次极其宝贵的精神觉醒。儿童文学的历程，是人类文明史的生动剪影。

（一）儿童观的觉醒催生了儿童文学

在漫长的文明历史进程中，人类曾有两千多年没有发现儿童，没有把儿童当成区别于成人的、有独特心理特点、有精神个性的独立人格的社会个体看待。在西方奴隶社会时期，人们认为儿童存在的重要性不在于他们自己，而在于"终极的目标"：男孩——潜在的战士；女孩——生育未来战士的工具。进入封建社会，儿童也始终被认为是缩小的成人。社会没有"发现"儿童，当然也就不可能看到他们精神、文化上的特殊需要，儿童文学的产生也就势必不能。只有"发现"了儿童，才会产生真正意义上的儿童文学。在西欧，儿童观具有现代意义上的觉醒，是缓慢地发生在十六、十七、十八三个世纪。这种觉醒首先是由于十四世纪至十六世纪欧洲文艺复兴运动的推动，这场"人类从来没有经历过的最伟大的进步的变革"（恩格斯语）影响所及，使人文主义者意识到应该谨慎、细致地去对待儿童，尊重儿童的人格。他们强调要注重儿童的天性，发展儿童的独立性，激发儿童的创造力。1658 年，捷克教育家夸美纽斯出版了他的《世界图解》。这部教科书的出现及其中崭新的观点，标志着人类对儿童的认识有了一个飞跃性的转折——童年开始被当作一个独立人生阶段来认识。

十八世纪后半期，英法启蒙运动代表人物卢梭在他的《爱弥尔》这部经典性作品中，第一次喊出"要尊重儿童"，这是科学的儿童观形成的一座丰碑。也就是在卢梭的年代里，中产阶级逐步兴起，妇女解放、个性解放运动开始高涨，儿童的地位得到进一步认可。包括美育问题在内的有关儿童的许多问题都被提了出来，于是以文学为内容、儿童为读者对象的特殊产品——儿童读物出现了，世界儿童文学历史的大幕终于拉开了。

（二）教育观的变革为儿童文学的发展开拓了道路

儿童观的变更为儿童文学的诞生提供了基点，教育观念的进一步变革和教育界对儿童文学的重视，则为儿童文学的发展提供了现实的可能和保证。

在原始社会，根本不存在教育儿童的专门机构。随着奴隶制的建立，开始有了阶级教育的萌芽。到封建社会时期，则出现了学校教育，但能接受教育的儿童仅限于少数特权阶级的子女，学校开设的文法、修辞等课程也不包括真正意义上的儿童文学内容。

进入文艺复兴时期后，随着对"人的重新发现"，个人意识的张扬，儿童也受到了前所未有的重视。在十八世纪全欧性的启蒙运动中，对儿童的培养与教育成为社会关注的一个中心，人们要求把年幼一代培养成为健全的社会一分子，由此导致了教育学、儿童心理学等学科的勃兴，人们开始认识儿童年龄特征、审美特点等问题，并由此意识到儿童读物的写作有其自身的规律。至此，儿童文学作为文学中一个独特领域开始出现长足进步，展示儿童生活的童年题材读物也逐渐摆脱成人文学的附庸地位而独树一帜。到了十九世纪，世界儿童文学进入了发展的"黄金时代"。

儿童观的确立，推动了教育观的变革；教育观的更新，使儿童文学在跨进新世纪门槛的瞬间，鼓满双翼开始腾飞。

（三）民间文学孕育了儿童文学

儿童文学和民间文学有着天然的血缘关系，儿童文学是在民间口头文学的母体中孕育出来的，而且，民间口头文学是一座挖掘不尽的宝藏，有待儿童文学对其进一步开发。美国作家伊萨克·辛格说得好："文学如果没有文学的因素深深植根于某一块特定的土壤，文学要衰落、要枯萎。如今，儿童文学比成人文学更加植根于民间。”

流传至今的神话、传说、宗教故事等，经作家采录、整理、转述、加工、润色、编纂后加以出版，这对儿童文学的形成有着重大的推动作用。如法国诗人夏尔·贝洛的《鹅妈妈的故事》，包括《林中睡美人》、《小红帽》、《穿靴子的猫》等十一篇，是一部在世界儿童文学史上有奠基意义的童话故事集。此外，如西方的《卡里来和笛木乃》、《一千零一夜》等作品不仅成了世世代代儿童的精神食粮，也为后世的儿童文学发展提供了极其丰富的最原始的资源。

（四）名家名著帮助儿童文学成长

在儿童文学的形成过程中，一批名家名著对其产生过很大的影响。如法国作家拉伯雷的《巨人传》、西班牙作家塞万提斯的《堂吉诃德》、英国作家丹尼尔·笛福的《鲁滨孙漂流记》、法国作家弗朗索瓦·费讷隆的童话、英国作家江奈生·斯威夫特的《格列佛游记》等作品都引起了儿童极大的阅读兴趣。

此外，对儿童文学的形成、发展有着重要影响的有两个因素。

第一，国家民族的独特的思想观念、文化意识造就儿童文学不同的美学风貌。整个世界儿童文学是“一个拥有主权和法规的独立大国”，但由于受不同文化背景的影响，不同国家、不同民族的儿童文学往往有着不同的发生、发展轨迹，呈现出的美学风貌也不同。比较中西方儿童文学，可以清楚地看到中西方儿童文学不同的生命轨迹和美学风貌。如在创作意向上，中国的儿童文学更多地负有阶级教育生命，十分注重对儿童进行精神教化的功能；而西方的儿童文学则标榜“快乐”原则和返璞归真的内在动机。在审美标准和美学风貌上，中国儿童文学强调“和谐”与“平衡”的观念，如教育与审美的平衡、一般规范与创作个性的平衡、现实生活与幻想的平衡、平易与怪诞的平衡等，而且基本偏重前者；而西方儿童文学的审美准则表现为希腊童话式的崇尚自然、赞美生命、歌颂冒险，肯定人生欢娱感和富于幻想、感情奔放、异彩纷呈的美学风貌。

第二，儿童文学观在很大程度上制约着儿童文学的发展。回顾中外儿童文学发展史，我们可以发现，儿童文学观显然是儿童文学发展历程中的又一个制动卡。

历史已经昭示我们，制约儿童文学从新生走向发展、走向繁荣的方方面面的内外因素，只是新的历史时期会有新的内涵，形成新的推动力和阻力。穿过历史展望未来，儿童文学应该会有更辉煌的前景。

二、儿童文学发展的简要历程

就世界范围而言，儿童文学开始于何时，说法尚不一致，不过，这并不影响我们把握世界儿童文学发生和发展的一般过程。就目前掌握的史料看，世界儿童文学的发展，大致可以分为四个时期：十七世纪以前，一般称为史前期；十七世纪末是儿童文学萌芽、诞生和开始发展的时期；十八世纪，儿童文学迅速发展，进入第一个繁荣期；二十世纪，儿童文学在诸多方面有所突破，进入了它的第二个繁荣期。

（一）史前时期的儿童读物

这一个时期，虽然还没有形成系统的儿童文学，但这并不等于儿童与文学无缘，历史总会提供适宜他们阅读的文学作品。

从历史事实看，这一时期适合儿童阅读的作品大抵有两类：一类是流传于民间的人民口头创作的作品，其中不乏儿童爱听爱读的神话、传说、故事、歌谣，它们也确实含有今天所谓的儿童文学的许多特质；另一类是成人文学中一些贴近儿童审美趣味的作品，它们的题材多为儿童生活、成人冒险经历或动物故事，因而常常被小读者选中，列为自己的精神食粮。

古印度寓言童话集《五卷书》是儿童喜爱的最早的文学读物，它源于民间的口头创作。公元750年，伊拉克作家伊本·阿里·穆加发把它由波斯语译为阿拉伯语,定名为《卡里来和笛木乃》,在译时有意增删内容,修饰文字,使之更适合儿童阅读。这就开了为适应儿童读者需要而改写成人文学作品的先河。

在西方,一千多年来,一直视《伊索寓言》为传统的儿童读物,它既是民间文学作品成为儿童文学作品的例证,也是成人文学作品为儿童选择并作为自己的读物的有力证据。

阿拉伯民间故事《一千零一夜》(又名《天方夜谭》)中的许多篇章,如《辛伯达航海旅行的故事》、《阿里巴巴和四十大盗》等吸引了一代又一代儿童读者,至今仍是畅销的儿童文学读物。

十七世纪,西班牙著名的人文主义作家塞万提斯的《堂吉诃德》历来让儿童读得入迷,爱不释手。

儿童文学的史前期经历了漫长的岁月。在许多世纪中,儿童不断地到成人文学中去探寻适合自己阅读的作品,因而,相当一部分民间文学和成人文学作品成了史前期儿童读物的重要组成部分。

(二)十八世纪的世界儿童文学

十八世纪是儿童文学萌发、诞生的时期。

随着时代的进步和生产力的发展,欧洲出现了比较富裕的中产阶级。他们对儿童的教育和培养较为关注,经济上也有条件为儿童购买书籍;同时,为了适应资本主义生产的发展和科学化的文明劳动,普及教育的任务被提上了社会的议事日程。

这样,专门为教育儿童而创作的儿童文学应运而生了。1762年出版的《爱弥儿》是法国启蒙运动思想家让·雅克·卢梭最早自觉地为儿童而写的有着世界影响的儿童文学作品之一。它是世界儿童文学史上第一部把儿童作为具有独立人格的个体来加以描写的小说,具有首创的意义。

十八世纪,英国启蒙主义文学家笛福的《鲁滨孙漂流记》和斯威夫特的《格列佛游记》都是成人读物,但它们出版后引起了儿童的极大兴趣,很快就被删改和节选而重新出版,成为适合儿童阅读的儿童文学版本。

十八世纪后期,由德国作家拉斯别整理出版的《敏豪生奇遇记》在各国儿童中广泛流传。

推动十八世纪的儿童文学萌芽并形成一股独立的支流的渠道主要有:由民间口头文学整理和改编而直接成为儿童文学作品的读物;少年儿童自发地把适合他们阅读和欣赏的成人作品据为已有的作品;作家对一些儿童感兴趣的成人文学作品进行删节和改编,使它们成为适合儿童阅读的文学作品;作家考虑到儿童的特点,自觉地为儿童写的文学作品。这些渠道汇集到一起,形成一股滔滔不绝的儿童文学支流。

(三)十九世纪的世界儿童文学

从十八世纪进入十九世纪,随着欧洲各国封建社会的崩溃和资本主义的建立和巩固,社会生产力和科学技术的迅速发展,儿童教育思想和文学想象力都得到了解放,世界儿童文学也有了迅速的发展。

十九世纪的世界文坛,不仅儿童文学作家的队伍空前壮大,而且其中很多作家的创作达到了世界一流水平,许多闻名世界的文学巨匠也为儿童献出了珍品;儿童文学作品不仅如雨后春笋般成批地涌现,而且具有世界影响、流传久远的优秀作品也充实着世界儿童文学的宝库。世界儿童文学的发展进入了初步繁荣时期。

世界童话大师安徒生是十九世纪第一位赢得世界声誉的丹麦作家,他一生共写了一百六十八篇童话。安徒生童话往往充满人道主义精神,具有诗情画意,在艺术上达到了世界高峰,赢得成人和儿童的共同喜爱。一百多年来,几乎每个国家都有安徒生童话的译本。

英国著名作家卡洛尔的长篇童话《爱丽丝漫游奇境记》出版后很快就赢得了广大少年儿童和成人读者的喜爱。这部广为流传的天才之作所表现的空前的想象力和幽默谐趣的艺术魅力,为从训诫儿童文学转向快乐儿童文学开了个好头,树立了典范;同时,它也"把荒诞文学的艺术提到最高水准",为以荒诞为特征的童话高耸起了第一座里程碑。作为想象的第一次重大胜利,它给世界儿童文学发展的影响是无以估量的。

优秀的英国作家和作品还有：金斯莱的童话《水孩子》，狄更斯的《大卫·科波菲尔》和《雾都孤儿》，斯蒂文森的长篇小说《宝岛》，柯南道尔的以福尔摩斯为主角的闻名全球的侦探小说，李耳的《闲扯的书》和《荒诞的歌》、《让孩子笑笑的诗》等笑话诗和童话诗。

德国格林兄弟的三卷本童话《儿童与家庭童话集》发表后成了世界儿童文学宝库中的瑰宝，其中的《灰姑娘》、《白雪公主》、《小红帽》等童话都是我国广大儿童和成人所熟悉和喜爱的。豪夫的《童话选》和《豪夫童话》、霍夫曼的童话《咬胡桃的小人和老鼠国王》和《金制的魔罐》等也很受儿童欢迎。

法国优秀的作家和作品有：都德的短篇小说《最后一课》，法朗士的童话《蜜蜂公主》，马洛的小说《苦儿流浪记》，"科学幻想小说之父"儒勒·凡尔纳的三部曲《格兰特船长的女儿》、《海底两万里》和《神秘岛》，莫泊桑的短篇小说《西蒙的爸爸》等。

意大利的优秀作家作品主要有卡洛·科洛迪的童话《木偶奇遇记》、乔万尼奥里的历史小说《斯巴达克思》、亚米契斯的中篇小说《爱的教育》等。

伟大的俄罗斯诗人普希金的童话诗具有形象具体真实、语言简洁明快等特点，如《渔夫和金鱼的故事》。俄罗斯文学巨匠列夫·托尔斯泰也为儿童创作了一批珍贵的儿童文学作品，如《狼来了》（又名《爱说谎的孩子》）、《狼和山羊》、《狗和自己的影子》等。俄罗斯其他的作家和作品还有：契诃夫的短篇小说《万卡》和《渴睡》、柯罗连科的《盲音乐家》等中篇小说，涅克拉索夫的儿童诗集《献给俄罗斯儿童的诗》等。

美国诗人朗费罗的《海华沙之歌》是歌颂印第安民族英雄的史诗；比切·斯托夫人的长篇小说《汤姆叔叔的小屋》是美国最早被列为世界儿童读物的长篇小说之一；马克·吐温的《汤姆·索亚历险记》和《哈克贝利·费恩历险记》老少咸宜。

瑞士的儿童文学女作家施比丽的《小海蒂》是一部有口皆碑的世界名著，有评论者称她为"屹立于世界之巅的女作家"。波兰作家显克微支的一些儿童题材的小说，如《奥尔索》等是世界儿童文学中的优秀短篇；普鲁斯的儿童小说《孤儿的命运》、《童年的罪过》等也享有盛誉。古巴的何塞·马蒂是拉丁美洲儿童文学的先驱，他的《黑布娃娃》被评为是"洞察儿童心理、表达儿童感情最优美的儿童小说"。

（四）二十世纪的世界儿童文学

二十世纪是世界政治、经济、文化和科学技术迅速发展的世纪，也是世界儿童文学发展史上又一个具有划时代意义的转折期，空前繁荣的创作局面达到令人目不暇接的程度。儿童文学在许多国家相继形成独立的文学分支，一大批具有经典作家风范和国际影响的大家竞相展露出惊人的创作才华。他们自觉地为少年儿童创作，提供了众多世界第一流的、具有广泛影响的儿童文学作品。如英国作家巴里的《彼得·潘》、格雷厄姆的《柳林风声》、米尔恩的《小熊温尼·普》、托尔金的《指环王》、刘易斯的《纳尼亚神魔图》，比利时作家梅特林克的《青鸟》，美国作家怀特的《夏洛的网》、塞尔登的《蟋蟀在时报广场》，瑞典作家林格伦的《长袜子皮皮》、拉格勒芙的《骑鹅旅行记》，意大利作家罗大里的《洋葱头历险记》，德国作家普雷斯列的《大盗霍金普罗兹》、克吕斯的《被出卖的笑声》、恩德的《嫫嫫》，挪威作家埃格纳的《豆蔻镇的居民和强盗》以及日本作家松谷美代子的《两个意达》等。

进入二十世纪，儿童文学引起了社会普遍的关注和重视。人们从不同的角度去关心儿童文学：家长着眼于它对儿童心智的启迪；教育工作者重视它在培养道德品行方面的作用；儿童文学评论家从美学角度去探讨其艺术特征；政治家、社会活动家则着重其提高年幼一代素质的功效；出版家、图书工作者、书商也都从各自的角度关心儿童文学。不过，人们依然有达成共识的一点，那就是：当今一代儿童是未来世界的主人，决不能轻视文学在他们成长过程中留下的印痕，因此，如何利用文学形式去引导他们健康成长是关系到国家和民族的未来命运的问题。

正是由于以上种种认识，各种儿童文学机构得以设立，相关工作、活动得以开展，地区性、全国性甚至跨国的组织也应运而生。如 1954 年在苏黎世设立的以童话大师安徒生的名字命名的国际性儿童文学奖 IBBY，每两年评选一次，奖励参加国的一位杰出作家，这是二十世纪儿童文学发展的一座重要里程碑。这些组织和活动都极为有力地促进了世界儿童文学的进一步繁荣。

儿童文学发展到二十世纪，特别是四十年代后期，即进入第二次世界大战以后的当代社会，出现了一些新的特点。

1. 儿童文学表现出愈益鲜明的美学特征

随着二十世纪儿童文学的发展和成熟，它日渐表现出自己独立的个性，在内容、形式、审美趣味、审美评价、审美理想等方面都显示出与成人文学日益明显的差异，如儿童文学创作强调人道主义精神、幻想成分、快乐原则、幽默意识和智巧之美等。

2. 幼儿文学崛起并走向兴盛

二十世纪后半期，欧美的一些国家已把幼儿文学置于整个儿童文学的重要位置上，尤其是近期，各国都大力出版发行幼儿读物，以满足幼儿早期教育和学龄前儿童的需要，成为儿童文学极富特色的一部分。

3. 传统的文艺形式与现代化传播媒介并存，相得益彰

二十世纪以来，不仅各种传统体裁形式的作品繁花似锦、美不胜收，即使古老民间口头文学中的童话、故事、传说也仍然是儿童文学的一个重要来源；另一方面，随着当代科技的飞速发展，广播、电影、电视、网络等也成为儿童文学的传播媒介，使儿童文学得到更为广泛的流传，而且增添了风采，受到更多的少年儿童乃至成人的喜爱。

4. 儿童文学题材、形式、风格呈扇形发展

在二十世纪，儿童文学题材甚为广阔：学校生活、动物故事、科学知识、科学幻想、探险活动、异国风情以及战争中儿童的生活、战事给年幼一代带来的影响等题材都大量地出现于作家笔下。

二十世纪儿童文学的体裁、样式和表现形式也更多样化。中篇童话、中篇小说继续发展，还出现了多部头童话、系列童话和长篇小说；儿童诗派生出了“儿童散文诗”形式；儿童剧本在二十世纪开始成为儿童文学的一种体裁，影视文学剧本也开始列入儿童文学的样式之中；深受幼儿喜爱的图画故事在许多国家受到重视，发展迅速。

二十世纪儿童文学的表现风格也是异彩纷呈。就童话而言，东方民族劝喻色彩浓重的传统手法和以安徒生为代表的优美、蕴藉深远、富于抒情性的风格也都各有其承继者，并有所发展和创新。在儿童小说创作方面，作家又向成人文学借鉴，汲取各种各样的表现手法，使儿童小说园圃的色彩更加绚丽。

第五章

儿童文学文体论

第一节　图画书

一、图画书的概念

图画书，在英文中人们叫为“Picture Book”，在日本称为“绘本”。在我国，我们通常将图画书定义为：以儿童为主要阅读对象，用语言和绘画巧妙结合的艺术形式来进行叙事抒情、表情达意的一种特殊的儿童文学样式。或者如彭懿所说，图画书“是透过图画与文字这两种媒介在两个不同的层面上交织、互动来诉说故事的一门艺术”。

日本图画书研究者松居直常用以下公式来描述图画书与一般的有插图的书的区别：

文＋画＝带插图的书

文×画＝图画书

图画书中插图的作用，并不单是文字的说明和补充，插图本身参与表现图画书的内容、主题和细节。图画书中的图画也能讲故事，优秀的图画书，单单看画就能大体明白故事梗概和内容，而且只有这样的图画书才算得上是好图画书。

二、图画书的基本特征

1. 图像性

图画书是以图像为主来传达故事内容，主要通过谐趣鲜明的色彩、创意独特的构图、富有动感的画面构成完整意义的故事。从而以直观的故事形象直接作用于儿童的视觉，作品的内容直接呈现为可感可视的连续的图像。这一点，是与纯粹的语言艺术完全不同的。而且，图画书中的图像具有开放性思考的性质，给予了读者多元的感受与开阔的想象空间。

2. 传达性

图画书中的图画具有一种独特的传达性——用绘画来表达、描绘事物的特征，同时又融涵着独特的内在的文学性。图画书中的图画实际上是文学语言的延伸表达。图画书的外部形态是图画，但它的内在基础仍然是文学。这是图画书最实质性的特征。

3. 艺术性

图画书由文字和图像构成，优秀的图画书文字具备了美感与意义，有较高的艺术内涵，其图像则以视觉传达形式原理为基础，如色彩搭配、版面构图、造型设计、绘画技法等，来传达作者要表达的意涵。因此，图画书除了文辞的艺术，还包含了图像的艺术。

4. 趣味性

图画书为了吸引儿童的目光，在故事安排与人物设计等要素上，均讲求新奇、逗趣、好玩，使其能因文字或图像的趣味来引发儿童阅读的兴趣。

5. 创意性

许多图画书中含有让人拍案叫绝的创意。这种创意有时是体现在情节的设计上，有时是体现在图书形式的制作上。如英文版《饥饿的毛毛虫》书中每个水果都挖了一个小圆洞，一只不停叫饿的毛毛虫从小圆洞里爬出来。毛毛虫就这样透过书页上的小圆洞一直吃个不停，吃到最后，变成一条巨大无比的毛毛虫，变成了一只五颜六色的蝴蝶。

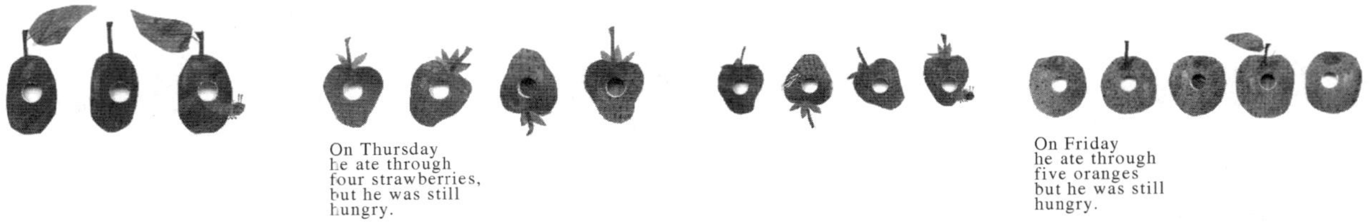

三、图画书的历史发展

1658 年捷克教育家夸美纽斯(1592—1670)所编写的《世界图绘》一书于 1637 年在纽伦堡出版，是西方世界第一本有插画的儿童书。

十七世纪至十八世纪间，随着雕版技术的普及，欧洲出现了带大量插图的儿童书。1744 年英国的纽伯瑞(1713—1767)创立了世界第一家儿童书店，并出版了内页配有木刻插画的童书“Little Pretty Pocket Book”。

十九世纪彩色印刷技术发明，英国著名出版家、画家爱德蒙·埃文斯在他的画坊出版彩色图画书。造就了三位著名的图画书先驱：沃尔特·克雷恩、伦道夫·凯迪克、凯特·格林威。

二十世纪初，英国出现了以比阿特丽克斯·波特(1866—1943)为代表的图画书作家。1902 年，波特原本自费出版的两百五十本《兔子彼得的故事》，由 Warne 出版社正式出版，被认为是现代图画书之始，堪称图画书进入新纪元的里程碑之作，这个系列也成为百年来最畅销的图画书。她也被尊为“现代图画书之母”。

到了二十世纪三十年代，西欧的许多画家，因第二次世界大战爆发而亡命国外，很多人来到了美国。这些移民者的第二代出生在多元文化传统的绘画世界，逐渐把祖国的传统和美国的风格相糅合，使得美国新大陆的图画书有了更丰富的样式，创造出了历史上空前的多种、多量、多元的图画书世界。

1928 年，由德国移民美国的童书作者旺达·盖格(1893—1946)，以处女作《100 万只猫》一举成名，被认为是美国的第一本真正意义上的图画书。

此后图画书更是风行一时。1938 年，美国图书馆协会为纪念英国插画家伦道夫·凯迪克对图画书的贡献，成立了凯迪克奖，授予前一年美国所出版的最佳儿童图画书插画家。

1942 年，美国的罗伯·麦克克洛斯基凭《让路给小鸭》和《美妙时光》两次获得凯迪克金牌奖，他也是第一位两次获得该奖的插画家。这两本书中简短而强烈的叙事手段，人与自然和谐相融的精神内核，深受读者的欢迎，销售数十年不衰。美国的莫里斯·桑达克、李欧·李奥尼、艾瑞·卡尔等开拓出了各种各样的图画书风格，将图画书发展推向高潮。莫里斯·桑达克的《野兽出没的地方》被形容为“美国的第一本承认孩子具有强烈情感的图画书”。

1955年，英国设立凯特·格林威奖，是英国插画家每年的最高荣誉奖。

1966年，国际少年图书评议会增设“国际安徒生大奖”插画家奖，每两年授奖给在儿童插画上有杰出贡献并且活着的插画家，予以鼓励。

二十世纪八十年代，东方人创作的图画书开始登上世界的舞台。1982年日本的赤羽末吉(1910—1990)获该年的国际安徒生插画家大奖，这是第一位获此大奖的东方人。赤羽末吉的代表作有：《苏赫的白马》、《追、追、追》、《马头琴》、《桃太郎》等。1984年，日本的安野光雅(1926—2020)获国际安徒生插画家大奖，他的代表作有：《ABC的图画书》、《天动说》、《旅之绘本》、《奇妙的种子》等。

美籍华人插画家杨志成以《狼婆婆》一书获得凯迪克金牌奖，这是第一位美籍华人创作者获得该奖，该故事的主题来自中国的民间故事。

二十世纪八十年代之后，图画书在世界各地都得到了不同程度的发展。澳洲的罗伯·英潘、捷克的杜桑·凯利、柯薇塔·波兹卡、奥地利插画家莉丝白·茨威格、德国的克劳斯·恩希卡特、法国的汤米·温格尔、英国的安东尼·布朗、荷兰的马科斯·维尔修斯等先后获得国际安徒生插画奖。涌现了相当数量且具有较高艺术质量的图画书作品。图画书在世界范围内呈现出欣欣向荣的发展趋势，并且将会随着人们对它认识的加深而被更多的人所重视。

在中国古代漫长的历史长河中，仅在明朝出版过一本《日记故事》专门供儿童阅读的带有插画的书。直到二十世纪二十年代，才出现了个别儿童图画书作家和插画家。其中现代儿童文学先驱郑振铎是积极的倡导者和开拓者。其创办的《儿童世界》周刊，陆续发表了《两个小猴子的冒险》、《河马幼稚园》、《爱笛之美》等四十六篇长短不一的带有大量插画的儿童故事。这些可以说是中国图画书的雏形，对图画书的发展产生了深远的影响。赵景深也是当时积极创作图画故事的作家。他编写了《哭哭笑笑》、《秋虫游艺会》、《一粒豌豆》等五十四个图画故事。

抗战时期，少年出版社出版过笑苹的图画故事书《小牛》和林丁的《小夏伯阳》等。

二十世纪五十年代，图画书曾经出现过一个小高潮。由明杨改编、陈永镇绘图的《小马过河》，由鲁兵配诗、陈秋草绘图的《小蝌蚪找妈妈》等作品，具有浓郁的民族特色，画面细腻传神，文字和图画也结合得十分融洽。可惜故事情节结构相对单薄，画面处理得还不够成熟，可见当时人们对图画书还没有充足的认识，文字和图画都有较大的时代局限性。

二十世纪八十年代以来，由于早期教育逐步受到重视，加上欧美、日本等的影响，人们的观念逐渐解放，视野开阔了起来。中日两国曾经合办了两届“小松树”儿童图画书奖，以鼓励国内的图画书创作。其中郑春华撰文、沈苑苑绘图的《贝加的樱桃班》，孙幼军撰文、周翔绘图的《贝贝流浪记》，余理撰文并绘图的《兔子当了大侦探》是那个时期相对出色的图画故事书。

但是，以上的图画书并不是真正意义上的图画书。这些作品的创作缺乏图画书的意识，文图没有紧密的结合，严格地说，许多作品只能称其为“带有大量插画的童书”，图画缺乏“语言”。真正的图画书中的画面带有一定的叙事能力，传达故事的内涵。而这些图画书的插画没有很好地讲述故事，只有辅助而已。

中国大陆的原创作品还在起步中。二十一世纪初，“我真棒”幼儿成长图画书系列、小企鹅心灵成长故事、爱的教育图画书系列、无字书棒棒糖卷等有一定水准的原创图画书的出现，让人们看到了原创图画书的

潜力和希望。有些作品甚至逐步在国外获得了认可。如周翔的《荷花镇的早市》，熊磊、熊亮兄弟的《小石狮》等让国人增添了信心。世界的读者逐渐会被中国悠久的历史文化传统和具有民族特色的绘画风格所吸引。

四、图画书的基本表现方式与创作

封面：拿起一本书，首先映入我们眼帘的是封面，封面是我们对一本书进行预测最重要的来源。哪怕是一个孩子，也可以从图画书的封面中猜出这本书讲了一个什么故事。多数的图画书的封面都是取自于正文中的一幅图画，但也有的不是，如约翰·伯宁罕的《外公》的封面就是书中并没有出现过的画面。还有些封面与封底连在一起构成一幅图画，这时就要求你把它们同时翻开连在一起看。

环衬：环衬是封面与书芯之间的一张纸。孩子一般是不会漏过环衬的。所以创作者要精心地设计。可以让前后环衬先后呼应，可以提升主题，还可以说出故事之外的另外一个结尾。还有如《爷爷一定有办法》的环衬看起来是蓝蓝的夜空，繁星点点，当我们再仔细看第一页爷爷手里拿着缝进缝出的布料，就会发现布料的颜色、图案与环衬上的是一模一样的。

扉页：就是环衬之后、正文之前的一页，上面一般写着图书的书名、作者以及出版社的名称。图画书往往从扉页就有图画，这些图画的作用不可忽视。如《女巫温妮》，扉页就告诉你主人公是谁——一个疯狂的女巫。又如《三个强盗》，一轮黄色的满月之下是三个头上戴高帽子的人，漆黑的帽子漆黑的脸，只有眼睛是白的……今天晚上他们要去抢什么呢？作者在扉页就开始讲故事，给人留下悬念。有的扉页会给我们第二次阅读的乐趣。如《母鸡萝丝去散步》的扉页，在第一次阅读的时候看不出什么名堂，可是第二次阅读的时候就发现，扉页就是母鸡萝丝散步的地图。

封底：看一本图画书，有时要一直看到封底。在《妞妞的鹿角》一书中，封面与封底是同一幅画。《第一次上街买东西》的封底就把故事的结尾延续到了封底：小女孩和婴儿在喝她新买的牛奶，她的一条腿搁在妈妈的腿上，两个膝盖上都贴上了创可贴……

图画与文字的关系：美国著名插画家芭芭拉·库尼说过：图画书像是一串珍珠项链，图画是珍珠，文字是串起珍珠的细线，细线没有珍珠不能美丽，项链没有细线也不存在。在绝大部分的图画书里，图画与文字呈现出一种互补的关系，缺一不可，具有一种所谓的交互作用。“一本图画书至少包含三种故事：文字讲的故事、图画暗示的故事，以及两者结合后所产生的故事。”图画与文字有时相互补充，如《下雪天》。有时分别

讲述，如《莎莉，离水远一点》。有时又形成滑稽的比较，如《母鸡萝丝去散步》。

画面的连贯与叙述：其实，每一本图画书的画面与画面之间都是被一根线串联起来的，只不过这根线有时你看得见，也有时却是看不见的。像谢尔·希尔弗斯坦的《失落的一角》画面上就始终有一根象征着地面的线。“失落的一角”在这根线上经历了漫长的等待与失望之后，他遇上一个名叫“大圆满”的圆，于是，他走出往日的孤单，开始上路，向着他自己都不知道的远方一路滚去，去寻找他那失落的一角……就是这根举足轻重的黑线，贯穿全书，把一幅幅画面串联了起来。

潜在的节奏：有一类图画书，会有一个不断重复的结构，如果找出它的规律，把一幅幅画面按小组排列，我们就会看到一种类似音乐里的节拍般的节奏了。如《第五个》惟妙惟肖地刻画了幼儿的恐惧心理。文字极其简洁，而且十六个画面里，有十五个是一模一样的——一扇紧闭的门外，靠墙的一排椅子上坐着五个残缺不全的玩具，依次分别是少了两个翅膀的企鹅，缺了一个轮子的小鸭子，左眼戴着黑眼罩、右手缠着绷带的小熊，丢了皇冠的青蛙王子和断了长鼻子的匹诺曹。这一排小家伙坐在门外忐忑不安地等什么呢？

门开了，一个出来。

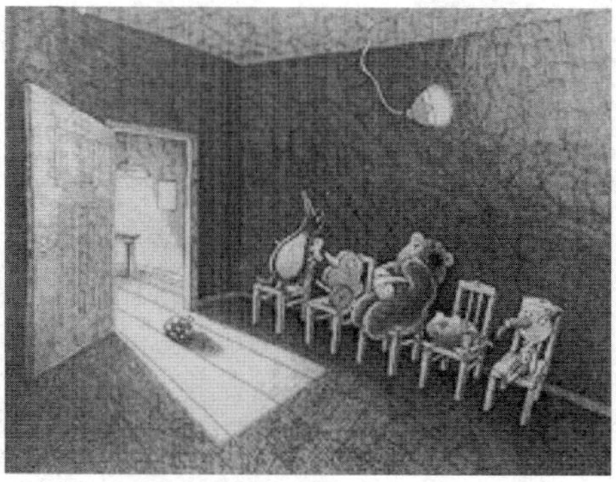

1. 左面一页的文字是：“门开了，一个出来。”右面的画面是，门开了，一个治愈的玩具走了出来。

进去一个。

2. 左面一页的文字是：“进去一个。”右面的画面是，一个残缺的玩具走了进去。

还剩四个。

3. 左面的一页文字是："还剩四个。"右面的画面是，门关上了，椅子上还剩下四个玩具……

文字和画面就这样1·2·3、1·2·3地一遍又一遍地重复着。其实，这本书里还交织着另外一种节奏，就是光亮与黑暗，门被打开时，整个画面都被照亮了，当门被关上时，画面又陷于一片黑暗，这交替出现的光亮与黑暗形象地表现了人物内心的希望与不安。

隐藏着的细节：在一本图画书里，常常隐藏着许多作者在经意或不经意之间留下的细节。它们有的与作品的主题无关，只不过是增加一点小噱头或是出自于作者个人的癖好，但也有的与主题息息相关，甚至可以说，缺少了这样一个细节，整个作品就缺少了一种发人深省的力量。如美籍华人杨志成的《狼婆婆》从开头妈妈告别三个女儿出门去外婆家起，一直到狼现出原形为止，有十四页之多，画家始终没有让我们看清狼的真面目，然而它又无处不在，比如第一个画面即妈妈出门去时，她其实就踩在了狼的鼻子上——她们房子下的那个山丘，就是一个狼头的形状，这实际上已经意味着危险逼近了。影影绰绰，有时比看清一头狼更可怕。隐喻，是图画书常见的一种表现手法。

颜色：不少人主观地认为孩子们只喜欢艳丽的颜色，但是对图画书来说，可以不用丰富的颜色，只要能充分表达故事就行。即使是单纯的黑色、褐色，只要出色地描绘出故事的世界，孩子们就会从画中充分地了解故事，想象色彩的世界。《兔子彼得的故事》就是波特那温馨的画作最相配的例证。图画书不是用来做观赏的书，它的作用在于在孩子心中创造故事的世界。颜色是和孩子沟通的特殊语言，有时候一种颜色在孩子的心里就代表着一种心境。《菲菲生气了——非常非常的生气》一书从封面到内页，火焰般鲜红的背景形象而又生动地表现了小女孩愤怒的情绪。还有，色彩会影响观赏者对画里空间的了解，色彩的深或浅、暖调或冷调、明确或含糊都会使空间前进或是后退。因此，形体在空间中的关系可以借由色彩来表达。

文字的排列：有的图画书里，一行行排列整齐的文字会像脱缰的野马，突然挣脱束缚，变得又大、又粗、又黑，甚至歪七扭八地扭曲起来——这时的文字就不仅仅是文字了，是图画，是情绪，给我们带来了一种视觉上的冲击！如海伦·库柏的《南瓜汤》：有一天早上，鸭子起了一个绝早，去够那把挂在墙上、本不属于它的汤匙。于是，伴随着"咣啷"一声巨响，汤匙掉了下来，不但画面里的猫和松鼠被震醒了，这时，"咣啷！汤匙噼里啪啦掉下来"几个字，字体突然被醒目地放大了，变形了，好像和汤匙一起掉了下来。这种排列方式，显然是突破了一般图画书文字排列的清规戒律。又如，弗吉利亚·李·伯顿的《小房子》中有一幅对开的画面，左面一页的文字的排列方式与右面一页的画面对称，产生一种强烈的形式美感。那呈"S"形走向的文字，像那条蜿蜒在山丘之间的小路。为了达到最好的效果，作者有时甚至还会削减文字来配合画面。

框线：这里说的框线包括四周规则的留白。有的图画书有框线，有的图画书没有框线。加上框线，画面看上去四平八稳、持重多了。然而一些想象力狂野激放的图画书，偏偏也要加上一个框线。为什么呢？那是为了给幻想加上真实的特质。为了给亦真亦幻的故事增加一种真实感，作者有时候会特意加上一圈宽宽的留白框线，收敛了故事的幻想性。有时，画家也会让图画中的人物冷不丁地探到框线之外。如《鼠小弟的小背心》，为了突出大象的庞大以及穿上小背心勒得很紧的样子，大象的头部顶出了框线。

方向性：绝大多数的图画书阅读时都是从左面一页看到右面一页的。因此，故事的叙述方向也是从左到右的。如果方向性发生逆转，一般就表示故事发生了转折或者预示人物遭遇麻烦了。如《小兔子彼得的故事》中，不听话的彼得偷偷地溜进了菜园，它进去时是从左往右的，当遭遇了菜园主人的追赶时，却是从右往左逃跑出来的。

留白：留白可以表现心理距离或者空间距离。《我最讨厌你了》讲述的是，詹姆士和约翰是两个亲密的好朋友，可有一天，两个人闹别扭了。在画面中，两个背对背互不理睬的男孩被一大片留白隔开了，分别站在画面的两边，这是两个孩子心理上的距离。孩子心中的怒火有多大，这距离就有多远。在《三只小猪》里，当三只小猪坐着纸飞机飞起来的时候，有两个页面什么内容也没有，这其实不是空白页，它们分别是两个跨页图的大面积的留白。把这四页连成一个画面，你就可以看出三只小猪在天上飞过了怎样长长的一段开心而又刺激的距离了。

视点：是观赏者与图画之间的相对位置。它会积极配合主题，让故事的视觉语言变得跌宕起伏。低视点（虫观）使得图像的重要性提高，因为感觉上它君临于观赏者的上方。高视点（鸟瞰）把世界摊在观赏者的脚下。放在同一水平上的多重视点可以带领我们遨游整个画面。

题材：图画书的题材十分广泛。有我们熟悉的民间故事，如瑞士的费里克斯·霍夫曼就是以《睡美人》为基础进行图画书的改编创作，成为一本经典的图画书。有幻想故事，如《梦想家威利》。有幽默故事，如《我的妈妈真麻烦》。有成长故事，如《威斯利国王》等等。图画书可以涉及许多的主题。如"青蛙弗洛格系列"就涉及了学会给予爱和接受爱、学会关爱别人、学会接纳与自己不一样的人、学会战胜恐惧、学会珍爱生命、学会对自己有信心、学会接触外面的世界、学会助人和自助、学会战胜困难、学会让自己快乐、学会热爱生活、学会珍惜友情等等。在图画书里可以有爱情和婚姻的故事，如《当鳄鱼爱上长颈鹿》。可以讲述单亲家庭的艰辛与酸楚，如《妈妈的红沙发》、《我的爸爸是焦尼》都是感人至深的杰作。另外，在图画书中，死亡也不再是一个禁忌的话题。《长大做个好爷爷》就是用淡淡的口吻、淡淡的水彩讲述爷爷的死亡。甚至在《爷爷有没有穿西装?》一书中，画家还将爷爷躺在棺材里的画面画了出来。因为逃离不是选择，一个孩子在成长中不可能不直面死亡。所以只要用恰当的表现方式，许多的题材都是可以为儿童所接受。

媒材与技法：铅笔画，《流浪狗之歌》整本书没有一个字，作者却用她的悲悯情怀，用铅笔的线条为我们描绘了一条狗的悲惨命运。水彩画，水彩透明、轻盈、亮丽而又湿润流畅，常常可以画出梦幻般瑰丽的画面。油画，它的覆盖性、重量感，以及厚涂之后形成的厚重等特点，都让它非常适合表现那些凝重、严肃而又深刻的题材。拼贴，就是把布料、纸、照片、印刷品或是其他材料贴在画面上的技术。拼贴会造成视觉张力，因为观赏者能辨识出各样材料的原貌，可是面对一件完成的作品时，观赏者又得把各样材料当作整体构图的一部分。也许这种技法更贴近孩子们的天真烂漫的天性，许多大师级的画家都对拼贴偏爱有加。

艺术家的风格：艺术家的风格是指人运用媒材、技巧的独特方式，以及所偏好的某种图像效果。风格往往充满表现力，并且会反映出艺术家的个性、价值观，以及他和某一种文化或历史的渊源。《小蓝和小黄》是一部公认的抽象派作品，作者完全摒弃了我们常见的具象，用一蓝一黄两个近乎圆形的抽象的色块，象征两个孩子，讲述一个关于爱与融合的故事。印象派，不那么在乎物体的实质，而是把注意力都放到了光影与色彩的变化上。还有，安东尼·布朗的作品，总是让人联想起超现实主义。

五、图画书的功能

图画书的插画可以使孩子在心中培育故事形象，为孩子的阅读提供帮助。

图画书的插画虽然不像电影和电视画面会动，但是它一旦进入孩子们的想象世界，孩子们心中映现出的人物形象就会动起来。

文本的文字所引发的图像或者想法的乐趣——可以去想象未曾谋面的人与物，以及去思考不曾考虑过的想法。

故事的乐趣——情绪投注与抽离、疑惧的延长、高潮与结局、构成情节繁复的机会与巧合。

公式的乐趣——重复我们以前所喜欢的故事当中，那种令人心安的熟悉经验。

结构的乐趣——意识到文字、图像或时间如何组成有意义的故事。以及知道一部作品的各种元素如何恰如其分地组合成一个整体的乐趣。

为自己找镜子的乐趣——认同作品中的角色。

逃避的乐趣——至少在想象中脱离现实，并体验不同人的生活与思想。

了解的乐趣——看见文学不仅反映生活，还对生活加以评论，使我们能够思考自身经验的意义。透过文学获得对于历史及文化见解的乐趣。

总之，文学阅读的乐趣——在于加入与他人沟通的行动；回应故事或图画就是在和表达不同人格或经验情趣的文本交流；而和他人谈论我们体验过的文本，则是不同心灵的交流。所以文学的乐趣就是对话之乐趣——读者与文本之间的对话、读者与其他读者对于那些文本的对话。

图画书也是文学的一个部分，图画书阅读也同样能获取到上面所述的文学阅读的乐趣。但是，图画书因为包含插图，所以提供的是一种不同于其他说故事形式的乐趣。图画书也包含文字，所以提供的乐趣也不同于其他形式的视觉艺术（一般的美术作品）。图画书中，图画涵盖的是空间，语言文字涵盖的是时间。文字不易传达有关物体外表的信息，但图画却可以轻易做到；所以，图画书所提供的独特乐趣，就在于我们感受到插画者如何利用文字与图画的差异，进行创造。

如陈致元的《小鱼散步》，讲述的是少女小鱼被爸爸派去买鸡蛋的故事，第二个画面上最后的一行文字是："然后，跟着影子猫，走在屋顶上。"如果不看图画，也许会令人吓一跳：小鱼怎么上房了？看了画面才知道，原来小鱼是踩在屋顶的影子上。

如被人们奉为图画书经典的《母鸡萝丝去散步》，图画与文字形成滑稽的比较。就因为它在画面里叙述了一个文字里并没有提到的故事，让文字与图画形成一种非常滑稽的比照。整本书十四个画面，一共只有32个单词。如果单看文字，这本书叙述的是这样一个故事——母鸡萝丝去散步，穿过院子，绕过池塘，翻过干草垛，经过磨面房，钻过栅栏，从蜂箱下面走过去，回到鸡舍，正好赶上吃晚饭——似乎一切正常，只不过是一只母鸡在农场里兜了一个圈子而已，但每个画面里都有一只狐狸。于是，母鸡散步的故事就变成了一个狐狸追母鸡的故事，《母鸡萝丝去散步》叙述的重点在于隐藏在文字背后的事实，在于作者充分发挥利用了图画与语言的各自功能，并将两者融合在一起，形成了独特的艺术效果，给读者巨大的阅读思想空间。

因此，图画书不是仅仅当作观赏的画册或是实用的识字手册，它的最重要的作用是在孩子的心中创造故事，给孩子阅读的享受、乐趣。播在孩子心中的快乐的图画书种子，会在不知不觉中发芽。无论在什么时代，向孩子们的心倾诉是件快乐的工作，因为在那里拥有未来。

六、重点作家作品推荐赏析

（一）作品赏析

佳作赏析一　**比阿特丽克斯·波特：《兔子彼得的故事》**

【内容简介】

从前，有四只小兔，他们分别是弗洛普西、默普西、棉球尾和彼得。他们和妈妈住在沙窝里，沙窝就在一棵大冷杉树下。

一天早上，兔妈妈说："你们到田野上去玩吧。千万别跑到麦克格莱高先生的菜园子里去，你们的爸爸就是在那儿出的事，他被做成了馅饼。"

弗洛普西、默普西、棉球尾都是听话的乖孩子，去摘黑莓子了，彼得却十分淘气，他奔向了麦克格莱高先生的菜园子。

他从篱笆门下面挤了进去。吃完莴苣、扁豆、小萝卜，又想找点芹菜消消食，可在一排黄瓜架的尽头，他碰到了麦克格莱高先生！"抓小偷！"彼得吓得魂都飞了，乱跑一气，跑丢了两只鞋子不说，还撞进了黑醋栗丛中的网子里。在几只好心的麻雀的鼓励下，彼得及时地从麦克格莱高先生的筛子下面逃脱。不过，那件新的蓝上衣却留在了那里。

彼得怎么也找不到通向大门的路了。他听到锄地声，爬上独轮车一看，麦克格莱高先生正在地里锄洋葱，篱笆门就在他的旁边。

彼得撒开四腿奔起来，麦克格莱高先生在彼得拐弯时发现了他，但他已经从篱笆门下面蹿了出去，逃到了菜园子外面的树林里。

回到家里，彼得一头栽倒在了沙地上。那天晚上，彼得病了。

【作品点评】

《兔子彼得的故事》里的彼得兔其实就是淘气的孩子，是孩子们在日常生活中的投影。但是波特画的动物与其他人画的拟人化的动物又不同，彼得兔再怎么穿上人的衣服，兔妈妈再怎么提着篮子、拿着伞去卖东西，还是兔子。这成了波特图画书的一大特征。

在《我的图画书论》中有这样一个例子：一位日本幼儿园教师刚刚开始给小朋友讲"一寸法师"的故事，一个男孩冷不丁地问："老师，一寸帽子是怎样的帽子？"（在日语中，法师和帽子发音相同）一寸和法师这两个词在四岁的孩子的生活体验中是很少遇见的。但是，即使这样，那个男孩还是努力地搜索理解的线索，并且找出自己知道的词语，就是"帽子"，恐怕在那一瞬间，那个孩子脑海中出现的是帽子的想象。一寸法师却变成了一寸帽子，故事就不好讲了。怎么办呢？对儿童来说，当故事不能形成形象时，就会失去倾听的乐趣。这时，这位教师突然想到，利用图画书可以使一寸法师形象化。四岁的孩子还没有能力去想象一寸法师。最后她找来了图画书，一边让孩子们看，一边讲述起来。这下孩子们有了想象一寸法师的故事世界的共同形象——插画。孩子们看着书中的画儿，心中描绘出老爷爷、老奶奶和小小的一寸法师的形象。当形象中断的时候下一幅插画又提供了塑造形象的线索。

图画书的可视性，对应了儿童有限的知识层面和他们的接受心理，在孩子们观图、识图、读图、解图的过程中，以最直观的形式帮助他们消解听讲故事时产生的某些困惑，并进而受到美的熏陶，获得最初的文学艺术的启蒙。

图画书在补充丰富儿童还没有发展起来的想象力方面，具有巨大的作用。儿童并不是生来就有想象力的，想象力是通过直接、间接的体验获得的。体验越丰富，想象力也就越丰富。图画书对儿童来说就提供了丰富体验的机会。如刚才的“一寸法师”，孩子们如果看了图画书中的插画，就能借助它们在心中描绘出“一寸法师”的样子。当场面随着故事的进展发生变化时，新的插画接上来使孩子心中快要模糊消失的形象清晰起来。就这样，在插画的帮助下，孩子在心中描绘出故事的世界，从而获得一种新的体验。在用多种多样的形象丰富了自己的体验之后，人才变得能够想象、了解未知的事物。把“一寸法师”变成自己的东西之后的孩子，在听“拇指姑娘”的故事时，就能够以一寸法师的形象为依据，想象“拇指公主”的世界，在心中描绘新的图景。在儿童时期培养孩子丰富的想象力，是影响读书能力的关键。

李利安·H·史密斯在《欢欣岁月》里说：“波特是根据动物的本性和特征去想象的，她在她那小小的袖珍本里，创出一个缩小了的世界，那是用幼儿的尺法去创造，而配合他们的知性和想象力的世界，在那里有根本的真实。”

所以，波特不仅仅只是个画家，更是一个细心的生态观察者，她正是在这个基础上将孩子们的日常生活与幻想世界结合到一起，创造了一个自己的世界。这本书的主题是告诉孩子要听父母的话，这个主题没有什么不好。但是对于孩子，我们在和他们一起阅读的过程中，着重让幼儿跟随彼得兔经历冒险，享受故事本身带给人的愉悦以及多层次的关注，而不是把视野仅限制在那个带着训教意味的主题上。

在波特之前，图画书还只是可有可无的“装饰”，但从波特开始，文与图已经是不可分割了，图画也是在讲故事，两者完全融合到了一起。波特这个维多利亚时代的小女子开创了现代图画书的原型。

佳作赏析二　莫里斯·桑达克：《野兽出没的地方》

【内容简介】

那天晚上，麦克斯穿上他的“狼服”，开始了恶作剧。妈妈骂他：“野兽！”麦克斯说：“我要吃掉你！”结果妈妈没让他吃晚饭，把他关到了房间里。

正是在那天晚上，麦克斯的房间里长出了一片树林，海上漂来了一艘小船。他日夜航行，一个星期又一个星期，几乎用了一年的时间，到了一个野兽出没的地方。野兽们发出了可怕的咆哮，磨着可怕的牙齿，转动着可怕的眼睛，伸出了可怕的爪子。“别动！”麦克斯的眼睛一眨也不眨，盯着它们的黄眼睛，用魔法驯服了它们。它们全都害怕了，把他当成了野兽之王。

“现在，”麦克斯喊，“让野兽们闹起来吧！”它们又是对着月亮吼叫，又是吊在树上，等闹够了，“停！”麦克斯不让它们吃晚饭就让它们去睡觉了。可是他这个野兽之王突然感到孤独起来，想到一个被人爱的地方去。这时，从遥远的世界的那一边，飘来了好吃的东西的香味。

他决定放弃在这个野兽出没的地方当国王了。可是野兽们喊：“哦，请不要走——我们要把你吃掉——我们如此爱你！”野兽们发出可怕的咆哮，磨着可怕的牙齿，转动着可怕的黄眼睛，伸出了可怕的爪子。但麦克斯还是上了他的小船，挥手说再见了。

然后他航行了一年，又回到了他自己房间的那个夜晚。他发现他的晚饭正等着他，而饭还是热的。

【作品点评】

1963 年，《野兽出没的地方》刚一出版时曾经遭受过人们的猛烈抨击。在英国，读者们花了很长时间才接受这本书，因为他们认为这本书会吓坏孩子。他们怕叛逆的小主人公和野兽成为孩子们潜在的暴力的示范。然而，四十多年过去了，这本图画书不但没有吓坏孩子，反而畅销不衰，而且大人们慢慢地也喜欢起它来了。艾登·钱伯斯说:“因为这本书,图画书成年了。”彼得·亨特说,这本书是二十世纪最成功的图画书之一。朱迪思·希尔曼说,它开拓了现代童年的意义。今天,《野兽出没的地方》已经成了被人们分析、解读得最多的一本图画书,莫里斯·桑达克已经成了被人们研究最多的创作者。为什么这本书会获得如此高的评价?因为它是“美国第一本承认孩子具有强烈情感的图画书”。

麦克斯因为遭到妈妈的惩罚,便开始用自己狂野的幻想来进行反抗、发泄。在野兽出没的地方,他不再是一个弱者了,他成了一个发号施令的野兽之王,成了一个征服者、支配者。他命令野兽对月狂舞,还以牙还牙,不许野兽们吃晚饭就去睡觉。正是通过这种幻想中的权力,使得麦克斯的负面情绪得到了安抚。

莫里斯·桑达克把这本书看成是孩子们玩的一个游戏,相信这样的游戏可以平衡孩子们的一些不必要的恐惧,他这样解释自己的这部作品:“用来挑战属于童年的一个可怕的现实:当孩子恐惧、愤怒、痛恨和受挫折时感受到的无助——所有这些情绪都是他们日常生活的一部分,而他们认为那是难以控制的危险的力量。为了征服它们,孩子们就求助于幻想:在想象的世界中那些令人不安的情绪得到解决,直到他们满意为止。通过幻想,麦克斯消解了对妈妈的愤怒,然后困倦、饥饿和心平气和地返回到真实的世界里……正是通过幻想,孩子们完成了宣泄。这是他们驯服‘野兽’的最好方法。”

其实,莫里斯·桑达克一直都在探索童年时代的心理恐惧和渴望,只不过这种探索在这本书里达到了一个巅峰。他的《野兽出没的地方》、《厨房之夜狂想曲》、《在那遥远的地方》都是“同一主题的变化:孩子如何掌握各种感觉——气氛、无聊、恐惧、挫败、嫉妒——并设法接受人生的事实”。

该书另一个独特的地方就是画面大小的变化。第一个画面时只有一张明信片大小。当麦克斯成为众兽之王时,是第十二、十三、十四那三个跨页画面,没有文字,让幻想彻底凌驾于现实之上,是真正的高潮。然后等狂野骚动结束之后,故事又倒了回去,画面开始慢慢缩小。这里的画面的大小其实是暗示着主人公的心境、情绪的消长。

《野兽出没的地方》之所以深受孩子们的喜爱,还有一个原因,就是作者故意把这群张牙舞爪的怪兽画得圆滚滚、胖嘟嘟的,不但不吓人,反而还逗人喜爱。难怪有一个小读者会写信给莫里斯·桑达克,问他:“到底要花多少钱才能到达野兽国?如果票价不是太贵的话,我和妹妹都想去那里度假。”

(二)图画书重要作家简介

伦道夫·凯迪克(1848—1886),世界图画书先驱。他为《骑士约翰的趣闻》一书约翰骑在马上驰骋的插图,后成为美国凯迪克奖的标志。他的画往往是热闹而华丽的,但并不是用杂乱的画来拼凑。无论是喜悦还是恐惧,迷惑还是委屈,他的素描能准确地把那种情绪表达出来,而且清晰如同在眼前。他的童谣图画书,充满着动感和幽默,以及十足的幻想,高度地显示了故事性的重要。他的代表作是《玫瑰花环》、《金鸭子的书》、《乌鸦詹尼的庭园》等。

凯特·格林纳威(1846—1915),英国图画书先驱。他的组合、构图,都是人们日常所看见的那样。譬如人们日常在生活中不会看见玫瑰花放在摇篮中这样的组合,可是当这个画家把这样的画面呈现给你的时候,你会觉得平凡中有创意。谁也无法像她那样,如实地把美好的情境,在画面中很自然地表现出来。她为你创作的小精灵,并不是在遥不可及的天空,也不是在深邃的海底,而就在你身边,你家的门口。其代表作是《窗下》、《玛格丽特的花坛》、《孩子的一天》。

苏斯博士(1904—1991),美国人。他的图画书开创了一个想象的世纪。他画的故事很夸张,有点儿怪异,有一个主要的形象,在书里无处不在。这个形象变形很严重,所以很有特征,你一眼就可以看出来。人物的言行疯疯癫癫,语言一个劲儿地重复,却又变化多端,颠来倒去。他画的图不是追求被“欣赏”的,而是讲故事的,图画里有许多细节,几乎每样东西都是变形的,所以无论是整体还是细节都让人感到很古怪。用

“古灵精怪”来形容他的图画书很合适。

阿诺德·洛贝尔(1933—1987),美国极负盛名的插图画家,同时又在幼儿童话创作上表现出令人惊喜的天才。曾获1970年纽伯瑞奖等多项儿童文学奖。他的名世之作《青蛙和癞蛤蟆是好朋友》,由以青蛙和癞蛤蟆为主人公的八个短篇童话组成。它们互为补充,丰满地表现了作为一类孩子形象的青蛙的开朗、外向的性格,出色地描述了作为另一类孩子形象的癞蛤蟆的犹豫、内向的性格。

雅诺什(1931—),德国画家和幼儿童话的多产作家。他的作品想象独特,多以动物为主人公,尤以小熊和小老虎为多,内容富有批判性和知识性,能引导幼儿思考各种问题,在德国享有盛名。代表作有《哦,美丽的巴拿马》、《走,让我们寻宝去》、《小猪、你好!》、《妈妈,你说孩子从哪里来》等。其童话的题材惊人地广泛,且敢于大胆尝试和孩子谈幸福的问题以及“孩子从哪里来”等一系列难题。

李欧·李奥尼(1910—1999),虽然以四十九岁之年开始创作图画书,但其后陆续创作了数十本图画书。被誉为儿童文学界的寓言大师,以深入浅出、耐人寻味的小故事传达出隽永的人生智慧。擅长以贴画来表现,把各种可以粘贴的材料,如报纸、墙纸、色纸、木筷、毛线、邮票、果皮等来代替颜料,粘贴在图画或画布上,呈现出不同的肌理,表现出浮雕味的特殊质感来丰富画面。代表作是《小蓝和小黄》。

嘉贝丽·文生(1928—2000),比利时人。1980年开始创作图画书,1982年出版的《流浪狗之歌》获得极高赞誉并广为流传,奠定其世界经典插画家的地位。图画书代表作还包括:“艾特熊和赛娜鼠”系列、《蛋》等。她创作的图画书主要围绕“孤独”、“追寻”与“做伴”的主题。赛娜鼠是她创作的最鲜活的形象,赛娜在很多方面与她本人相似:纤巧的身型,爱细致地打扮自己;易发脾气,任性又挑剔,但言行间散发一股自然的诱惑力;对人对事,一眼看透。她的编辑曾经这样评价:“她是从自己内心感情出发的,尤其那股孤独的害怕感,被遗弃的焦虑感,这些感觉不仅发生在我们孩提时,也同时存在成年人心中。”

法兰克·艾许(1948—),至今共出版了三十多本图画书,而最脍炙人口的Moon Bear系列,结合了计算机绘图与照片的技术以色块加上简单的线条、对话,勾勒出儿童纯朴的内在;他惯用浅显优美的文字,将孩子的纯真借由主角“小熊”和好朋友“小鸟”传递,表现出友情、关心、爱心及梦想。书中清新淡雅的色调、柔和的勾边,将主角的神韵鲜活凸显,同时融入了各种大自然景象,更增添了文字的表情。

汤米·温格尔(1931—2019),当今世界图画书的创作巨匠。至今已创作了一百二十本图画书,带领孩子在广泛的领域里探索生命的真相,让人们进一步深刻地体会和理解人生。《三个强盗》是他的代表作。强盗是社会边缘人物,他们在财宝和孩子面前权衡轻重的问题确能给社会中心人物以启示:在孩子面前,财宝显得无足轻重了。这是对财宝至上的观念的颠覆。故事的结尾可以让我们无限延伸着善良和美好的愿望。作者于1998年获国际安徒生插画家大奖。

约克·米勒(1942—),瑞士人,于1973年创作《挖土机年年作响——乡村变了》,1994年获国际安徒生大奖,代表作有《鬼子岛》、《两个岛》、《发现小锡兵》等。

克利斯·凡·艾斯伯(1949—),于1981年出版《天灵灵》,此书获1982年凯迪克奖。1985年出版《北极特快车》,此书又获1986年凯迪克奖。

马柯斯·费斯特(1960—),瑞士人。1993创作了一本运用七彩亮片的印刷特殊效果制作了闪闪亮光的《彩虹鱼》获1993年波隆那国际儿童书展儿童部推荐大奖。

克劳斯·恩希卡特(1937—),德国人。1996年获国际安徒生插画家大奖,代表作有《爱丽丝梦游仙境》、《布莱梅的乐师》等。

安东尼·布朗(1946—),英国人,2000年获国际安徒生插画家大奖,代表作有《穿过隧道》、《威利的梦》、《动物园》、《我爸爸》、《我妈妈》等。

周翔:毕业于南京艺术学院美术系,现任江苏少年儿童出版社《东方娃娃》主编。创作的绘本《小猫和老虎》1987年获全国儿童美术邀请赛优秀作品奖;《泥阿福》1992年获全国优秀少年儿童读物一等奖;《贝贝流浪记》获国际儿童读物联盟中国分会(CBBY)第一届小松树奖;《小青虫的梦》获1992年"五个一工程"奖;获国际儿童读物联盟中国分会(CBBY)第二届小松树奖。

王晓明:2003年国际儿童读物联盟中国分会评出的"中国安徒生(插图)奖"获得者。他从1991年起,在各种儿童画刊上陆续撰写、绘制了一系列幽默有趣的科学童话,作品总量已达到一千多篇,创作主题是表达人文理想并对现实世界的思考和关注,他努力以最通畅的图画方式让儿童感受阅读的快乐,也用写作童话的方式补充绘画中未能完全表达清楚的理想和观念。代表作有"人文科学图画书系列"。

熊氏兄弟:熊亮,画家,散文作家。代表作有《小石狮》等,其画作具有浓郁的中国特色。熊磊,2002年获冰心小说奖大奖,其代表作《小鼹鼠的土豆》获得中国作家协会第六届全国儿童文学奖。

第二节　儿歌·儿童诗·谜语

一、儿歌

1. 儿歌的概念

儿歌是一种采用韵语形式,以低幼儿童为主要接受对象的歌谣。

在我国古代,儿歌一般被称作"童谣",对此1914年周作人在《儿歌之研究》中作过解释:"儿歌者,儿童歌讴之词,古言童谣。"在漫长的历史进程中,儿歌除了被称作"童谣",还有别的种种名称,如"孺子歌"、"小儿语"、"童儿歌"、"童女谣"等。虽然名称不同,但它们所指的内容在实质上是大致相同的,即都是指在儿童口中传唱的"徒歌"。至于"儿歌"一词的普遍使用则是"五四"以后的事情。1918年,北京大学在校长蔡元培和学者沈尹默、刘半农等人的倡导下,建立了"歌谣研究会",并成立了"歌谣征集处",还创办了《歌谣》周刊来发表从各地民间所搜集到的歌谣作品。与此同时,他们对所搜集到的歌谣中的儿童歌谣冠以"儿歌"的称呼,从此至今,"儿歌"一词就代替了其他的歌谣名称而被广泛地使用。

传统的儿歌是指在民间口头流传的歌谣。对于歌谣的理解,古人认为歌是有曲谱和歌词的歌曲,而谣则是没有固定曲调而唱法自由的"徒歌"。可见,儿童歌谣不仅是一种接近儿童生活的口头文学样式,而且是一种没有固定音乐相伴奏的唱法自由的短歌。

儿歌在我国有悠久的发展历史。公认的最早的童谣,是《国语·郑语》:"檿弧箕服,实亡周国。"这首童谣的意思是:那卖桑树弓和箕草箭袋的夫妇,就是使周国灭亡的人。看来,童谣的适合儿童吟唱的特点在春秋战国时期并不明显。在封建社会里,虽然有与儿童生活紧密联系的童谣,但是由于儿童在那个社会里毫无地位可言,导致这些童谣的命运是:无人记录整理,自生自灭。这些童谣即使偶尔有被记录的,也往往被罩上天星垂象、儆戒世人的神秘外衣。所以,今天我们能够见到的古代童谣,大部分是被扭曲的。它们或者被当作政治斗争的工具,如秦末农民起义中流传着"阿房、阿房,亡始皇"的歌谣;或者被披上迷信的衣纱,如在相当长的一段时间里,儿歌被阴阳五行家当作反映"诗妖"现象的"咎征"。可以说,古代童谣被蒙上了政治色彩与迷信特征,失去了与儿童的生活和情感的联系。这种情况,直到明代,才开始有所转变。十六世纪后期,由于资本主义因素的萌芽,不少知识分子突破宋元理学的束缚,开始把目光投注到前人未曾注意的领域,这为童谣的重新认识提供了宽松的思想环境。而当时印刷业的兴盛也为童谣的收集整理提供了有利的物质条件。1593年,吕坤把从民间搜集来的童谣加以改编,著成了《演小儿语》。《演小儿语》就体现了对五行迷信思想的束缚的突破,成为我国古代第一部儿歌专集。此后,清代的儿歌观念更趋向多元化。其中既有神秘主义的倾向,也有"天地之妙文"、"纯乎天籁"的思想,还有"内存至理"的观点,等等。虽然清代的儿歌观念复杂，但是在本质上还是力求摆脱政治和迷信色彩，更多地尊重儿歌与儿童紧密联系的本来面貌，并且多从美学上来关照儿歌的艺术。在这样的儿歌观念的指导下，康熙初年郑旭旦编成了《天籁集》，收入浙江儿歌四十六首。“天籁”意为儿歌是“天地之妙文”，犹如自然的声音。同治十一年(1872)，署名悟彻生的人编成《广天籁集》。1896 年，意大利人威大利出版了《北京儿歌》。然而，真正从儿童文学的意义上去关照、解释儿歌的则是在二十世纪初叶。在新文化运动思想的引导下，学者们对传统儿歌观念进行了批判与继承，同时又借鉴西方的儿歌理论，使我国的儿歌观念显得科学与民主，更接近于儿歌的实际。而创作儿歌的出现，则标志着儿歌从自由走向了自觉。

2. 儿歌的特点

儿歌既然是以低幼儿童为主要的接受对象，那么在内容的选择上、语言的运用上、节奏音律的把握上，都显示出低幼儿童的接受特点，从而形成了儿歌自身的独特个性。

(1) 内容浅显，主题单一

幼儿的生理、心理、思维的特点决定了他们是以形象思维进行认识世界的，注意力也是“无意注意”，因此，儿歌的内容除了要切近儿童的生活外，还要求不能复杂，应该简单明了、浅显易懂。一首儿歌往往集中地描述一种现象或事物，清楚地表达一种意思或道理，让幼儿在简单中得到启迪。如蓝星、徐华的《小纽扣》：“小纽扣，掉下来；弯着腰，拾起来；带回家，缝起来……”。这首儿歌三字一句，十八个字就描述了孩子自己动手缝纽扣的全过程，在简短明了中自然地传达出了希望孩子自己动手缝纽扣的意思。

(2) 节奏明快，极富音乐性

和谐的音韵，明快的节奏能从听觉上给予幼儿愉悦之感，而幼儿对事物的认识就是从器官的接触中，从感知中获得的。因此，儿歌非常重视韵律节奏，要求节奏明快，音韵和谐，强调音乐感。构成音韵美，一是要押韵，即在某些句子末尾有规律地出现带有相近韵尾的字词，在回环往复中形成摇曳之美。构成音韵美，二是节奏要合拍，反映在诗句中就是在句式的错落有致中形成整齐而又跳跃的节拍。如河南传统儿歌《菊花开》：

板凳，板凳，歪歪，
菊花，菊花，开开！
开几朵？
开三朵。
爹一朵，
娘一朵，
剩下那朵给白鸽。

《菊花开》开头是两个六字句，各自由两字音节分开、对应，押的是 āi 韵，继而转入下一节，换成 ō 韵，同时这五节共同构成常见的“三、三、七”句式。这首儿歌音韵流畅，在变化中显出整齐。

(3) 篇幅短小，用词口语化

儿歌为了贴近儿童，除了描写他们熟悉的事物外，还可以在语言的运用上采用口语化的字词和短小的句子，因为复杂的长句和书面语对于幼儿而言是不易理解的。此外，幼儿的记忆能力还处在发展状态中，精短的篇幅可以便于幼儿记诵。比如：“小鸡小鸡　叽叽叽叽　吃完虫子　练习写字　小小‘个’字　写了一地”，短短的二十个字就生动活泼地写出了小鸡啄食的可爱形象。

(4) 易诵唱，娱乐性强

儿歌被称为“歌”是因为它更适合吟唱。儿童富有游戏精神，在吟唱时配以一定的游戏，则更富有儿童情趣。比如柯岩的《坐火车》，孩子们在吟唱的同时，常常配合着开火车的动作，在游戏中其乐无穷。

坐　火　车

柯　岩

小板凳，摆一排。
小朋友们坐上来，

这是火车跑得快，
我当司机把车开。
轰隆隆，轰隆隆，
呜！呜！

3. 儿歌的分类和特殊形式

内容与形式总是不可分割，紧密地联系在一起。内容可以选择适合的形式，形式也可以决定相应的内容，两者互生互息，秉承的标准是要和谐统一。所以，儿歌外在的艺术形式往往与内在的内容联结着。对于儿歌的分类，为了便于命名，我们可以从内容和形式两个方面予以分别地考虑，但内容和形式不可分地都会涉及。从内容上，我们可以把儿歌分为：摇篮歌、颠倒歌、数数歌、时序歌；从形式上，我们可以把儿歌分为：问答歌、连锁调、绕口令。

（1）摇篮歌

摇篮歌又称“摇篮曲”、“催眠曲”、“抚儿歌”，是长辈哄孩子睡觉时所吟唱的一种儿歌。其内容一般有母亲对孩子的爱抚和安慰，有长辈对孩子命运的祝福等。其形式是语言柔美，节奏舒缓，具有“歌”的韵味。

摇篮曲对孩子的意义在于在温柔悠扬的声调和节奏的摇曳中，营造出一种静谧、温馨的氛围，使孩子在轻松、愉快中安然入睡。所以，摇篮曲对孩子的作用主要在于“声”，而不在于“义”。如四川儿歌：

啊哦……
啊哦……
乖乖哟……
觉觉喽……
狗不咬哟……
狗不叫哟……
乖乖睡觉喽……

（2）颠倒歌

颠倒歌又称“滑稽歌”、“古怪歌”、“反唱歌”等。它是一种通过展现违背常理的表象来揭示事物的本相与实质的传统儿歌形式。

颠倒歌有其实用目的和审美效果。颠倒歌的实用目的在于引导幼儿从违背事理的现象中去分辨是非、分清真伪，也就是从否定谬误的过程中达到提高认识能力的目的。颠倒歌的颠倒的内容构成了其审美效果，即内容上的悖理、错位和夸张而造成的幽默感。如北京儿歌：“太阳从西往东落，听我唱个颠倒歌。天上打雷没有响，地上石头滚上坡……”

（3）数数歌

数数歌是指将数字和具体形象事物结合起来，通过数数吟唱，帮助儿童认识数字和数序的儿歌。数数歌的特征是必须有数的排列，无论是顺着排，倒着排，横着排，竖着排。另外，数字的排列必须符合数字的逻辑数序，或从大到小，或从小到大。

数数在数数歌中既是目的，又是手段。数数作为目的是指当数字与具体的事物形象结合在一起时，这些抽象的数字便会变得具体可感，与幼儿的形象思维取得了一致，从而能够引起幼儿识记的兴趣。数数作为手段是指数字在与具体的事物结合后，可以被用来组织数字游戏，在带给幼儿娱乐的同时，也开启了幼儿识物的心智。如《数青蛙》：“一只青蛙一张嘴，两只眼睛四条腿，扑通一声跳下水……”

（4）时序歌

时序歌，也称时令歌，是指用优美的韵律反映不同时节的不同自然现象和活动的传统儿歌形式。

时序歌一般按照四季或以十二个月为顺序，反映不同时节中出现的不同的自然现象。儿童在朗朗上口的诵唱中可以明白四季的自然变化，加深对一年四季中的“农事活动”、“传统节日”、“民间风俗”的认识和记忆。如浙江《月月花》：“正月梅花香又香，二月兰花盆里装，三月桃花红十里，四月蔷薇靠矮墙……”

(5) 问答歌

问答歌是一种通过设问的修辞手法,以自问自答的方式来铺展内容的儿歌形式。

问答歌有一问一答的,也有多问多答的,通常采用连环、排比等句式进行问答。为了便于孩子记诵,连问带答的问答设计一般并不超过四组。这种既有提问又有相应的回答的形式给孩子组织游戏提供了便利。此外,儿童在诵读问答歌的过程中,能够在问答中引起他们的思考和想象从而得到某种启迪。如《称谓歌》:“爸爸的爸爸叫什么?爸爸的爸爸叫爷爷。爸爸的妈妈叫什么?爸爸的妈妈叫奶奶。……”

(6) 连锁调

连锁调是一种采用“顶真”修辞手法来组织语句的传统儿歌形式。

“顶真”修辞手法是指儿歌上一句的末尾一词是下一句开头的词。连锁调在用韵上,每个层次换一个韵脚,上句起韵,并由此韵引出下句,且往往是“随韵接合,义不相贯”。如“唐僧取经冬勒个冬,后面跟着个孙悟空。孙悟空跑得快,后面跟着个猪八戒。猪八戒鼻子长,后面是个沙和尚。……”

(7) 绕口令

绕口令,也称拗口令或急口令,指用声、韵、调相近的词语组成意义简单,内容诙谐幽默的儿歌形式。

绕口令的特点就是拗口。拗口的意思是难念。这类儿歌,是把许多近似的双声、叠韵词语或发声相同、相近的词语集合在一起,从而造成回环交错,拗口的朗读难度,以此来帮助儿童训练口齿、校正发音,提高口语能力。比如:“扁担长,板凳宽。扁担没有板凳宽,板凳没有扁担长。扁担想要绑在板凳上,板凳不让扁担绑在板凳上,扁担偏要绑在板凳上。”这个绕口令能使儿童在诵读中分清楚“an”和“ang”的区别,从而提高朗读水平。绕口令的审美效果就是在拗口中,在发出异乎寻常的语音语调中产生幽默和诙谐。

除了以上介绍的两类七种特殊形式外,儿歌还有“字头歌”、“游戏歌”、“拼音歌”、“物象歌”、“风俗谣”等。

4. 主要作家作品推荐赏析

(1) 主要作家作品

鲁兵(参阅儿童诗作家作品介绍)

金波(参阅儿童诗作家作品介绍)

张继楼(1927—),我国著名儿童诗人,以创作儿歌为主。出版的儿歌、儿童诗作品有:《唱个歌儿给外婆听》、《夏天到来虫虫飞》、《彩色的童年》、《种子坐飞机》等。《一张图画占垛墙》获第二次全国少儿文艺创作评奖三等奖。张继楼的儿歌善于借鉴传统儿歌的创作手法并予以创新,在保留民间儿歌风味的同时又能显示出时代的特征。如《东家西家蒸馍馍》、《错了歌》、《小蚱蜢》等都是流传的佳作。

刘饶民(参阅儿童诗作家作品介绍)

林良(1924—2019),台湾儿童文学前辈作家。二十世纪四十年代便在《国语日报》担任儿童副刊主编,并撰写“看图说话”。五十年代以来,已经出版儿童文学各种文体作品数十种,翻译并编写儿童读物二百多种。他的儿歌韵律和谐、想象奇妙、意境优美,代表作品有《小动物儿歌集》、《犀牛坦克车》等。

(2) 作品赏析举例

以张继楼的《小蚱蜢》为例进行赏析。

这首儿歌刻画了一个骄傲的小蚱蜢的形象:小蚱蜢去学跳高,一跳跳上了狗尾草。它自以为很了不起,自傲地叫道:“哪个有我跳得高!”结果是,草一摇动,它马上就摔了下来,还肿起了一个大青包。为了突出小蚱蜢的个性,诗人采用多个动词来描写,如“跳、弹、翘、摇、摔、跌”,形象地呈现了小蚱蜢的井底之蛙似的个性,同时动词的使用也使人物心理实现了外化,适合幼儿的审美接受心理。读完这首儿歌,我们无疑会从小蚱蜢的身上看到了顽皮的小孩子的形象。

这首儿歌一共三节,每节采用的是儿歌中常用的“三、三、七”句式,使得每节的形式相呼应,在反复中构成有序的节奏感。每句句末的字依次分别是“高”、“草”、“翘”、“高”、“跤”、“包”,形成了句句押 ao 韵,一韵到底。明快反复的节奏和句句的押韵使这首儿歌读来音韵和谐，奇妙无穷。

5. 儿歌的创作

儿歌是儿童文学一种重要的体裁，以其娱乐性与教育性的融合以及可诵可唱的特点，颇受家长与孩子们的喜爱。从“五四”开始，就有创作儿歌的出现，近年来儿歌的创作作品不断出现，这就涉及儿歌的创作问题。儿歌作为低幼儿主要接受的文体，其创作避不开低幼儿童的年龄特征所带来的审美心理、接受能力等方面的创作上的特点。

第一，低幼儿童的阅读能力有限，不识字或识字很少，以口语的方式与外界进行交流，所以，儿歌在语言的选择上应该尽量使用幼儿熟悉的或贴近幼儿生活的口语化的语言，浅显明白的口语化的语言便于幼儿的接受。

第二，幼儿是以形象思维作为主导思维，那么儿歌创作就应当充分地运用形象思维，借助具体的事物形象，给幼儿以直观可感性。幼儿的审美主要是感知审美，主要是通过大人念诵、吟唱来获得快感，所以儿歌的创作要注意节奏与韵律，要节奏鲜明、音韵和谐，念起来朗朗上口。

第三，幼儿好动，喜欢模仿，这既是幼儿情趣的体现也是幼儿认识事物的方式，所以许多儿歌是可以配合游戏的，如数数歌、问答歌等。因此，儿歌创作应该考虑到幼儿的游戏精神，可以使儿歌和游戏相配合。

第四，幼儿纯真而又稚拙，因而儿歌在内容的选择上要切近幼儿的生活，表现幼儿的生活情趣，流露幼儿的天真、可爱，营造轻松、愉快的氛围。

儿歌，以其可诵可唱的特点，较早地进入了幼儿的口耳之中，是婴幼儿接受到的最早的文学体裁。儿歌从民间的流传到诗人的创作，从通俗演变到诗化，这是儿歌发展变化的必然，也是儿歌寻求突破与创新的表现。创作儿歌的“俗”中带“雅”的风格，成为其有别于民间儿歌的特色。儿歌作为陪伴婴幼儿成长的文学，是婴幼儿的精神伙伴和向导，儿歌创作应当攀登上更高的山峰。

作品选读

1. 小 纽 扣

蓝星、徐华

小纽扣，掉下来；
弯着腰，拾起来；
带回家，缝起来；
一二三，站一排。

2. 数 数 歌

“1”像铅笔细长条，
“2”像鸭子水上漂，
“3”像耳朵听声音，
“4”像小旗随风飘，
“5”像秤钩来卖菜，
“6”像豆芽咧口笑，
“7”像镰刀割青草，
“8”像麻花拧一遭，
“9”像勺子能吃饭，
“0”像鸡蛋做蛋糕。

3. 大 西 瓜

金　近

大西瓜，
圆又圆，
切开就变两大碗。
你吃一大碗，

我吃一大碗，
留下空碗当小船。

二、儿童诗

1. 儿童诗的概念

儿童诗是为儿童创作的，反映儿童情趣和心声，适合于儿童听赏诵读的诗歌。

儿童诗的历史在我国并不太长。"五四"时期的白话文运动促使自由诗的产生。自由诗明白浅显的语言、自由无拘的韵律，很快受到当时蓬勃发展起来的儿童文学的青睐，于是，儿童诗便在自由诗的基础上应运而生。

2. 儿童诗与儿歌的异同

儿童诗与儿歌都是儿童文学的美丽花朵，是人生最早接触的文学作品。儿童诗与儿歌的主要阅读对象都是儿童，并且都是用富有音乐性的语言来反映儿童的生活，对儿童进行审美、智力和语言等多方面的综合训练。儿童诗与儿歌虽然分属于不同的文体，但是在创作中，儿童诗儿歌化与儿歌儿童诗化的例子并不少见。如刘饶民的《春雨》，既有诗歌的意境深远也有儿歌的明白晓畅。也就是说，在创作的过程中，儿童诗与儿歌是被打通的，可以互补互渗的。

不过，儿童诗与儿歌既然是不同的体裁，也就存在着区别。儿童诗与儿歌的主要区别在于：

(1) 思想内容：儿歌更贴近婴幼儿的生活，主题浅显单一，追求幽默诙谐；儿童诗则在内容上比儿歌更广泛，在思想感情的抒发上更细腻，追求意境的深远。

(2) 遣词用语：儿歌的词语通俗自然，浅白晓畅，多使用加工后的口语，具有"俗味"；儿童诗则比较注重遣词造句，追求意象的仔细选择和情感的妥帖传达，具有"雅趣"。

(3) 音韵节奏：儿歌讲究韵律节奏，注重合口押韵和语音层上的音乐感，可诵可唱，朗朗上口，人称"半格律诗"；儿童诗的语音层比较自由，没有太多的约束，人称"自由体"。

(4) 功能效果：儿歌适宜于歌唱嬉戏，有娱乐和游戏的功能；儿童诗更适合于阅读欣赏，讲求审美效果。

3. 儿童诗的艺术特征

儿童诗作为诗歌中的一类，具有一般诗歌的共同点：语言凝练、文雅，韵律和谐、优美，意境含蓄、深远等。然而，儿童诗毕竟不同于供成人阅读的诗歌。接受对象不同，各类诗歌也会相应地显现出各自的特点。

儿童诗的艺术特点与接受者——儿童的特性息息相关，从描写儿童的生活到抒发儿童的情趣直至传达儿童特有的境界等等，无不表露出儿童诗为儿童创作的意图。儿童诗的艺术特点表现为：

(1) 诗的语言浅显生动，更富音乐性

儿童单纯活泼又天真稚拙的天性，决定了儿童诗的语言的浅显生动。诗歌本身就要求和谐美的音韵节奏，而儿童诗又是供儿童欣赏的，自然更要求韵律美。在韵律节奏上，儿童诗比儿歌宽松些，"但比成人诗歌单纯明快"，注重节奏自然、音韵和谐，力求在情感的起伏中表现出语言的音乐美。如金波的《雨铃铛》在押韵中，在节奏的往复下，充分地展现了语词组合带来的音乐美。

(2) 诗的形象具体可感、鲜明生动

儿童诗的主要阅读对象是儿童，而儿童的思维则是形象思维占据着主导的地位。所以，他们对直观、形象、具体的事物更易感知，更易接受。因此，一些优秀的儿童诗中所描绘的事物，往往是具体可感、鲜明生动的。例如滕毓旭的《小草》把"露水"比作小草的"眼泪"，把太阳晒干露水想象成擦干眼泪，这是从孩子的视角观察事物从而使对象显得形象而生动。

(3) 诗的内容表现儿童生活和内心世界

儿童诗无论是成人创作的，还是儿童自己创作的，都毫无例外地传递着儿童的心声，流露出儿童情感。

在儿童诗中，没有繁复的社会生活，没有复杂的内心世界，没有晦涩的情感，有的只是儿童的纯真与稚拙。例如江苏教育出版社出版的《小学语文》第三册中有一首儿童诗《乡下的孩子》："曾是妈妈怀里唱歌的黄鹂，曾是爸爸背上盛开的野菊。捉一只蝴蝶，能编织美丽的故事。含一片草叶，能吹出动听的歌曲。……"这首儿童诗，正是站在儿童的立场上，用儿童的视角来审视儿童的生活情趣。

(4) 诗歌体现儿童特有的趣味与情调

儿童往往从自己的视角来观察外在的世界，做出自己的评判，表达自己的态度。儿童诗的作者自然会怀着一颗赤诚的心去传达儿童的审美要求和生活情调，表现儿童的天真、热诚、活泼、任性……例如《雪娃娃不见了》写"当雪越下越大时"，"我""躲进了屋里"。当天晴了后，"我"回到院子里，发现雪娃娃不见了，"太阳公公笑哈哈，爸爸说，雪娃娃被它领走了"。这就写出了儿童的真实情趣。

4. 主要作家作品推荐赏析

(1) 主要作家作品

圣野(1922—　)，原名周大鹿，现名周大康，浙江东阳人。1945年就读于浙江大学，1947年担任《中国儿童时报》编辑工作。在二十世纪四十年代末出版过诗集《啄木鸟》、《列车》、《小灯笼》。1957年起长期编辑《小朋友》杂志，曾任主编。业余创作了大量的儿童诗和其他样式的儿童文学作品，出版有《欢迎小雨点》、《奶奶的故事》、《春娃娃》、《神奇的窗子》等四十多本儿童诗集，作品多次获全国类奖项，如《春娃娃》获第二次全国少儿文艺创作评奖二等奖，《瓜果谣》获1982年全国少儿优秀读物奖。他的一些诗作曾多次被译成外文介绍到国外。圣野在我国儿童文学诗坛上是一位著名的多产诗人。他的诗歌不仅数量多，而且浅近亲切，生活气息浓郁，充满了童真童趣。诗歌不拘泥于整齐的格式，却很注重诗歌内在的节奏与韵律，并以口语化的语言自然地传递着儿童的心声。

鲁兵(1924—2006)，原名严光化，曾用笔名严冰儿。鲁兵既是编辑又是儿童文学作家，且发表过不少关于幼儿文学和幼儿读物的研究性文章。他从二十世纪四十年代开始从事儿童文学创作，1957年开始主编《小朋友》，1986年成立中国幼儿读物研究会当选为会长。在创作上，鲁兵以幼儿诗歌和幼儿童话为主，出版有儿歌选集《唱的是山歌》、《太阳公公起得早》，儿童诗选集《神奇的旅行》、《鲁兵童话诗选》等。他主编有《365夜故事》、《365夜儿歌》、《365夜谜语》以及大型幼儿文学选集十卷本《中国幼儿文学集成》。另有论文集《教育儿童的文学》。鲁兵创作注重年龄段的读者的差异，强调"要适应各个岁数的孩子的接受力、理解力和兴趣爱好"。鲁兵的创作以儿歌和儿童诗最受人瞩目。他的儿歌把教育性与趣味性相结合，让孩子在愉悦中得到启迪。他的儿童诗善于以故事入诗，以诗的形式来承载有趣的情节故事，塑造儿童形象。他的诗语言幽默风趣，叙事状物简洁明了，人物刻画生动传神，受到儿童读者的广泛欢迎。他的《唱的是山歌》(获第二次全国少儿文艺创作评奖二等奖)、《下巴上的洞洞》、《好乖乖》(获全国第一届幼儿图书评奖二等奖)、《小猪奴尼》(获儿童文学园丁奖)在儿童中广为流传。

任溶溶(1923—　)，原名任根鎏，又名任以奇，广东鹤山人。1945年开始从事儿童文学活动，是我国著名的翻译家和儿童文学作家。他翻译了大量世界儿童文学名著，涉及小说、童话、戏剧、诗歌等各个体裁，跨越俄、英、意、日等多种文本，已有百多部译作，译作生动、流畅，在中国广为流传。他不仅翻译外国作品，还自己创作了一大批脍炙人口的诗歌、童话和故事。童话、故事如《丁丁探索记》(获1983年儿童文学园丁奖)、《"没头脑"和"不高兴"》、《一个天才的杂技演员》等。诗歌如《你说我的爸爸是干什么的》(获第二次全国少儿文艺创作评奖一等奖)、《我是一个可大可小的人》等。任溶溶的儿童诗立意新颖，构思奇巧，语言简洁、动作性强。诗歌充满了孩子灵动的智慧和稚拙的童言，极其生动活泼，把教育性和趣味性融为了一体。

金波(1935—　)，原名王金波，生于北京，祖籍河北冀县，现为中国作家协会儿童文学委员会委员、北京作家协会儿童文学创作委员会主任，在儿童诗领域颇有成就的诗人之一。他在二十世纪五十至六十年代，创作了不少儿歌，如《有双小脏手》、《蝴蝶蝴蝶你找谁》、《嘭—叭》等。金波的儿歌题材广泛，家庭、游戏、社交、心理都有所涉及；他研究、借鉴传统儿歌的创作技巧，古为今用，使得他的创作手法灵活多变；他注重儿歌的教育功能，但又不说教而是融教育到游戏中去。除了儿歌，金波的儿童诗也名声遐迩。他出版的诗歌集有：《回声》、《绿色的太阳》、《会飞的花朵》、《林中的鸟声》、《我的雪人》、《绿色的太阳》、《红苹果》、《雨铃铛》等。他作词的儿童歌曲《在老师身边》获1980年第二次全国少儿文艺创作评奖一等奖，儿童组诗《春的消息》获1982年儿童文学园丁奖和中国作家协会首届全国优秀儿童文学奖，《快乐的节日》获全国第一届幼儿图书评奖优秀编著奖一等奖。金波的诗讴歌自然、传递温情，在浓郁的抒情中表达着"爱"的主题。诗歌语言清新自然，趣味高雅，意境优美。

柯岩(1929—2011)，儿童诗人、作家，既写诗歌、小说、报告文学，也写戏剧，如《小熊拔牙》、《照镜子》等。她于1955年发表成名作《儿童诗三首》，其中《小弟和小猫》流传甚广。1981年出版《柯岩儿童诗选》，其中儿童诗代表作《"小兵"的故事》获1980年第二次全国少儿文艺创作评奖一等奖。她还出版过的儿童诗集有：《小迷糊阿姨》(1959)、《月亮不会搞错》(1984)等等。柯岩的儿童诗善于选取富有戏剧性的故事片断，编织成富有儿童情趣的生活故事，具有浓厚的游戏性。

刘饶民(1922—1987)，长期从事中小学教学工作，在儿歌和儿童诗方面均有成就。刘饶民的儿歌意境优美，文笔清新，乡土气息浓郁，展现了儿童丰富的想象力和孩子们的纯真与稚气，著有《儿歌一百首》。刘饶民在儿童诗坛上卓有成就，主要作品有：儿童诗集《写给少先队员的诗》、《百子图》、《石榴花》等，儿童寓言诗集《含羞草》、《迎春花和小黄莺》，童话诗集《兔子尾巴的故事》、《种瓜少年》等。儿童组诗《大海的歌》是刘饶民的代表作，由"天和海"、"海水"、"浪花"、"大海睡了"、"海上的风"和"月亮"六首短诗组成，充分体现了诗人对大海、对自然、对儿童的热爱。诗歌构思精巧，意境优美，文笔清新，展现了儿童丰富的想象力和孩子们的纯真与稚气。

林焕彰(1939—)，台湾著名儿童诗人、画家，海峡两岸儿童文学研究会会长。出版有儿童诗《妹妹的红雨鞋》、《坏松鼠》、《大象和它的小朋友》、《嘟嘟动物童诗》、《甜甜水果童诗》、《我爱青蛙呱呱呱》、《梦和谁玩》等。他编的《童诗百诗》被誉为"台湾童诗未来发展的标杆"。林焕彰的儿童诗注重意象的选择，描绘儿童的可爱，文笔清新雅致。

谢武彰(1950—)，台湾台南人，现为台湾儿童文学学会常务理事。出版有儿童诗集《布娃娃的悄悄话》、《春天的脚印》等。她的儿童诗善于用新奇的比喻，带来奇妙的联想和鲜活的意象。作品语言轻快、活泼、幽默，蕴含了丰富的儿童生活趣味。

(2) 作品赏析举例

以金波的《春的消息》为例进行赏析。

金波的儿童诗多吟咏自然，表现自然的生机和活力，洋溢着温馨与爱抚之情。这首儿童诗写于二十世纪七十年代末，今天读来依然清新可爱，气畅神流。

春天是被无数诗人歌咏的对象，而金波却在这个老题材上翻出了新意。诗人用一颗童心审视春天，让童心与大自然自由地交流，插上小鸟的翅膀，去呼唤树林和山冈，与蝴蝶互相嬉戏，问候雏菊，等待绿枝吐出新芽，倾听溪流的歌唱并和它一起奔跑，走累了，就躺在田野上，呼吸着小草的芳香……孩子与自然的亲切交谈，与自然欢快的游玩，显得如此和谐自然、清新活泼，令人陶醉其间。

整首诗节奏欢快，语言流畅，句式朴素，包含着纯真美妙的情感，抒发出儿童的纯稚之心，透露出诗人对自然、对孩子的爱。童真童趣与明快的形式浑然一体。

5. 儿童诗的创作

儿童诗接受的主要对象是童年期的儿童，儿童诗的创作要兼顾自身特点与儿童期儿童的审美心理、接受能力等。

第一，少年儿童的阅读能力、审美能力等都在发展，除了学习口语外还要学习书面语言。儿童诗歌较之于儿歌，以采用书面语为主，且自古以来就比较注重遣词造句，讲究语词的文雅，所以，儿童诗在语言的运用上应该要显得凝练。

第二，儿童的思维方式虽然呈现着从形象思维向抽象思维发展的态势，但依然是以形象思维为主，因而儿童诗的创作还是要充分地运用形象思维、借助具体的事物形象，给儿童以直观形象性。儿童诗可以有一定的情节性，“儿童诗之所以提倡有一定的情节性……是因为他们还不习惯于直抒胸臆的抒情方式，而总是通过情节故事寄托他们的感情。即使是写抒情诗，也不能沉湎于静态的潜意识的体验，而是将感情‘外化’成为行动，通过动作，通过物我感情的交流来表现他们多彩的内心世界”①。再者，少年儿童依然活泼好动，所以对诗中的人物形象的刻画，可以通过对行动描写来达到表现人物性格、流露人物内心世界的目的。

第三，少年儿童的思维方式已经在向抽象思维发展，所以儿童诗的创作除了要给儿童以直观形象性如塑造具体形象、抒发少年儿童的真情实感外，还要注重事理与哲理的传递。儿童诗在创作中应该考虑诗歌给予少年儿童一定的人生启迪。

第四，少年儿童有着丰富的想象力，喜欢幻想，想象是他们内在的精神追求，因此儿童诗在创作中对想象的表现可以释放少年儿童想象的翅膀，抒发青春的激情，营建奇妙的意境。

第五，儿童诗的创作应该讲究意境的营造。“意在言外”、“只可意会不可言传”的美学追求使儿童诗显得含蓄、经久耐读、回味无穷，对提高少年儿童的审美能力有着极大的作用。

儿童诗虽然历史并不久远，但是以其文雅与诗意，与儿歌区别开来，散发着自身独特的魅力，对陶冶儿童的性情与提高儿童的审美能力有着不可低估的影响。新时期以来，儿童诗秉承着审美的旨意，意境优美，风格各异，杰作迭出，同时化事理入诗意，含蓄地传达出哲理，不断地提升着儿童诗的境界。

作品选读

1. 小　　草

滕毓旭

小草，小草，
被谁用脚踩倒。
露珠是它的眼泪，
吧嗒，吧嗒碎了。
太阳公公看见，
替它把泪擦掉。
风儿婆婆看见
轻轻把它扶好。
小草笑了，
摇着嫩嫩的叶片，
吱吱吱吱长高。

2. 雪娃娃不见了

下雪了，
我和爸爸妈妈
在院子里，
堆起一个雪娃娃。
雪下得越来越大，
我连忙躲进屋子里。
可我的雪娃娃，
它一点都不怕。
天晴了，
我来到院子里，
呀！我的雪娃娃不见了。
太阳公公笑哈哈，
爸爸说，雪娃娃被它领走了。

① 金波：《我们心中的宝库》，见《献给未来的儿童文学作家》，北京少年儿童出版社，1992年。

3. 梳　　子

谢武彰

妈妈用梳子，梳着我的头发；
我也用梳子，梳着妈妈的头发；
风是树的梳子，梳着树的头发；
船是海的梳子，梳着海的头发。

三、谜语

1. 谜语的概念

谜语，在我国历史悠久。战国时期，谜语就出现了，被称为“隐”、“瘦辞”。宋、元时期被称为“商谜”、“独脚虎”。明、清时期被称为“灯谜”、“文虎”。它们虽然名称各异，但其所指大致相同，即刘勰在《文心雕龙·谐隐》中所说的：“谜也者，回互其辞，使昏迷也。”这句话的意思是：谜语的言辞总是不直截了当的，因而使人感到困惑。儿童谜语是指把儿童熟悉的事物或现象作为表现内容的谜语。

谜语有谜面（喻体）、谜底（本体）和谜目（打一……）三部分所构成。谜面是谜语艺术性地呈现给观众的部分，是暗示谜底的话语。谜底是被猜测的对象，也就是谜面含蓄的所指。谜目是连接谜面与谜底的桥梁，限制着谜底的类属。

2. 谜语的分类及特征

(1) 谜语的分类

按照不同的分类标准，可以把谜语分成不同的类型。

按照谜底的性质，可以分为字谜、物谜和事谜。字谜是指根据汉字的方块结构以及一字多音、一词多义等特点，运用象形、形声、会意和笔画变化等方法设计的猜“字”的谜语；物谜是指谜底为具体事物的谜语；事谜是指猜动态的事情的谜语，如某种行为或文字活动或游戏或某些自然现象等。例如，“看不见，摸不到，穿过树林像虎叫”（打一自然现象），谜底是“刮风”。

按照谜面的形式，可以分为诗谜、对联谜、歇后语谜、画谜等。诗谜是指以诗、词作为谜面的形式的谜语。诗谜一般表现为语词凝练，文辞典雅，追求意境的营造。对联谜是指以对联作为谜面的形式的谜语，对联谜字句工整，对偶恰当，音韵和谐，具有形式美和音韵美。如“放进两粒丸，制成两颗丹”，谜底是汉字“册”。歇后语谜是以歇后语的形式出现的谜语，其谜面是歇后语的比喻部分，谜底是歇后语的解说部分。如“老鼠钻进书香里”（打一成语），谜底是“咬文嚼字”。画谜是指以画作为谜面的谜语，这使其既具有画的艺术特色，又能使人联想。

上述分类不是唯一的标准，不同的审视角度都可以分出不同的类型。

(2) 谜语的特征

谜语作为一种传统的体裁，与民间文学有着紧密的联系，因而谜语具有口头文学的特点，如谜语是以口头方式进行传播的，谜语没有固定的版本，其语言、内容、形式等都可以不断地变化，等等。仔细观察谜语，我们还可以从中发现一些独特之处。

谜面具有隐蔽性。谜语是以谜面示人的，而“诗忌直言，谜忌显语”，谜面要隐蔽谜底的本质而仅仅透露与其相关或相似之处，从而使人不能轻易地猜出谜底。所以，对于猜谜者而言，谜语具有“隐”的特点。

谜语具有趣味性。谜语的谜面“辞欲显而隐”的特点，这使得成功的猜谜者在猜谜过程中往往会体会到“山重水复疑无路，柳暗花明又一村”的趣味。同时，谜面本身形式多样，或借助于诗或借助于图画或借助于对联等，并且语言诙谐，隐喻巧妙。这些都构成了谜语的趣味性。

谜语的语言讲求精炼。由于谜语要在简短的篇幅中完成对谜底的暗示，所以谜语的语言必须简练，同时要流畅。

3. 谜语的独特功能

谜语的谜面的“隐”的特性能够发展儿童的联想、推理、判断的思维能力，诙谐幽默的语言以及猜谜成功后的喜悦都为参加猜谜活动的儿童增添了生活乐趣，丰富的常识内容又能让孩子们在快乐中增长知识，同时孩子在猜谜中还能训练听、说能力。

4. 谜语的创作与改编

谜语有适合于成人猜测的也有适合于儿童猜测的，不同的接受对象导致谜语的创作要求的不同。我们在这里主要指的是儿童谜语的创作。

首先，谜底应该是儿童所熟悉的事物。既然儿童作为儿童谜语的主要阅读对象，那么谜底就应该是儿童所熟悉的生活事物。如果提供给儿童的谜语的谜底超出了儿童的接受范围，那么这个谜语对于儿童而言就丧失了意义，显得索然无味。

其次，谜面要紧扣谜底。任何事物都不是绝对地一对一的，一个谜面可以有多个谜底，一个谜底也可以有几个谜面。在写作谜面时要精心构思、反复推敲，抓住事物的本质特征，寻找最佳的表现方式。“诗忌直言，谜忌显语”，谜面的创作要处理好“隐”和“显”的关系，即要隐蔽谜底的本质而在谜面中显露出一些表象，而这些表象又要与谜底的本质紧密相连，有着共通之处，就是要“隐”而不“晦”。关于谜语的创作，在修辞手法上，通常用比喻、夸张、拟人、排比等；在写作手法上，有描述法、矛盾法等。描述法是指从某一方面或多个方面对谜底进行描绘，矛盾法是指有意地对谜底的某个特征作出违背常理的描述，从而在反常中诱使读者找出答案。谜语的写作手法很多，但是无论用描述法、矛盾法，还是其他写法，要注意的是，在谜面中不能出现与谜底相同的字词，包括同音字在内。比如：“几个兄弟一个娘，胖胖身子软心肠；看去个个像弯月，吃到嘴里甜又香。”谜底的香蕉的“香”字就出现在谜面中，这就犯了谜语创作的大忌，被称为“犯底”。

再次，用词精当，语言浅显易懂。谜面往往篇幅短小，而要在简短的文句中含隐着谜底，不可避免地要求语言精确贴切，实现谜面与谜底的完美扣合。儿童谜语主要面向的是儿童，自然要求其载体必须接近儿童的接受能力。选择口语化的、浅白的语言，可以便于儿童的接受从而增添谜语的趣味性。

谜语的创作没有固定的模式，往往随着创作者与谜底的不同而采取不同的创作方式，但首要的原则应该是谜面一定要与谜底相扣合。

猜谜语在日常生活中，特别在节日中，是一种喜闻乐见的娱乐形式，犹如中国文化宝库中一颗滚动着的明珠。谜语的流传与创作，无形中保护、继承与发展着中国的传统文化遗产。

作品选读

没有脚，没有手，
背起房子就会走。　　（昆虫——蜗牛）

上边毛，下边毛。
当中夹颗黑葡萄。　　（人体器官——眼睛）

千根线，万根线，
落到河里看不见。　　（自然现象——雨）

白天睡，夜里行，
尾巴上面挂星星。　　（昆虫——萤火虫）

屋子方方，
有门没窗，
屋外热烘烘，
屋内结冰霜。　　（家用电器——电冰箱）

生在水中，
就怕水冲
一到水里，
无影无踪。　　（调味品——盐）

说它是花没人栽，
六个花瓣空中开，
北风送它下地来，
满山遍野一片白。　　（自然现象——雪）

第三节　童话·寓言

一、童话

1. 童话的概念

童话是一种具有浓厚幻想色彩的虚构故事，是儿童文学的最基本的体裁之一。

“童话”一词在我国古代并不存在，这个名称是在二十世纪初出现的。1909 年，商务印书馆出版了孙毓修主编的《童话》丛书，“童话”这个词语才开始被使用。但是，当时的“童话”只是一种泛称，几乎包括了所有的儿童文学样式，并不是指某一种具体文体。1912 年至 1914 年，周作人借用西方人类学理论对童话进行了探讨与研究，先后撰写了《童话研究》、《童话略论》、《古童话释义》等论文，童话的非生活本身的内容实质才逐渐地得以明确。“五四”以后，伴随着大量国外童话译作的涌入和立足国内现实的创作童话的出现，以及童话理论研究的日益深入，童话渐渐地被确认为是儿童文学的一种基本而又独特的文体，是“一种用非生活本身形式塑造艺术形象”①的儿童文学。

2. 童话的起源与发展

(1) 童话的起源

童话来自民间，与神话、传说有着共生的紧密联系。

神话产生于原始时期。原始人类由于生产力和认知水平的低下，对自己所不能解释的自然和社会现象作出任意主观的幻想性解释。如神话“盘古开天地”和“女娲抟黄土造人”就是把天、地、人的发生归附于神力。

---

① 吴其南：《童话的诗学》，中国文联出版社，2001 年。

传说是在神话的基础上演变而成的。神话中的人物是神、魔、仙、妖，而传说中的人物除神魔外大多数是人，是历史中的不平凡的人，多为英雄、奇人、名人、能工巧匠等。这些不平凡的人物是以史实为依据但又有着超人的智慧和力量，如大禹治水、鲁班造车等。

民间故事是由神话、传说流传演变而来的，而最初的童话就是在汲取民间故事的养料的基础上建立起来的或者本身就是民间故事。如民间故事中的动物故事、神仙传说等，就可以是"民间童话"。

(2) 童话的发展

童话的发展经历了民间童话到创作童话两个发展阶段。

民间童话是童话早期发展阶段的形式，是以口头文学的形式出现、口耳相传的。民间童话中的角色大多数是神魔鬼怪，也有世间凡人和动植物，如我国流传于民间的《田螺姑娘》、《狼外婆》、《蛇郎》中的人物既有神仙也有动物蛇。民间童话有着常用的创作模式，在故事开头我们经常可以看到这样的开场白："很久很久以前，在一个小村子里，有一户人家……"。在故事情节的设计上，我们常见的有两兄弟型、三兄弟型，通过不同兄弟间的比较来进行道德的评判，而老大往往是坏的代表。民间童话凭借着其语言的通俗浅白与幽默风趣在民间有着极强的生命力。

随着时代的演进，人们按照各自的理念对民间童话予以补充和改造，呈现出向创作童话过渡的迹象。如古印度的《五卷书》、阿拉伯的《一千零一夜》就是对民间童话的收集与整理。十九世纪初，德国著名的语言学家格林兄弟搜集、整理的《格林童话》对童话的发展和研究产生了深远的影响。较早对民间童话进行改编的是法国夏尔·贝洛的《鹅妈妈的故事》，它是根据欧洲的民间童话改写的，深受小朋友的喜爱。

真正体现着童话从民间童话到创作童话的演变历程的是丹麦童话大师安徒生的童话作品。安徒生早期的一些童话作品的题材是来自民间故事的，如《打火匣》、《小克劳斯和大克劳斯》等。当吸收了丰富的民间童话的养料后，安徒生逐渐地走上了独立创作的道路。《海的女儿》、《丑小鸭》、《小意达的花儿》等作品摆脱了民间童话的创作模式，探索出自己独特的创作风格，是作者自己人生历程的写照。安徒生开创了童话独立创作的新纪元，显示了童话的现代自觉，在他后面的一大批童话作家都在创作童话的道路上开出一朵朵属于自己的鲜花。

我国古代的民间童话，从整体上来说，处于自生自灭的状态，只有部分作品以不同的形式进入到文学典籍中，如晋代的志怪小说集《搜神后记》中的《白水素女》是田螺姑娘故事的原型，唐人段成式撰写的《酉阳杂俎·支诺皋》中的《叶限》十分相似于流传于欧洲的《灰姑娘》，还有一些小说是具有童话性质的，如明代的《中山狼传》、《西游记》，清代的《虎媪传》等。我国古代的民间童话无论是寓言、志怪小说中的童话，还是具有童话性质的小说，都不是近代意义上的童话。它们虽然具备了幻想的性质，但是思想内容上多有"儿童不宜"的成分，而文言文的语言表达方式也构成了儿童接受上的困难。

我国真正意义上的创作童话出现于二十世纪。二十世纪初，从西方翻译过来的童话著作促使了中国创作童话的诞生。现代文学巨匠茅盾 1918 年创作的童话《寻快乐》初步具备了创作童话的雏形。叶圣陶在 1921 年冬至 1922 年夏相继创作的《小白船》、《一粒种子》、《稻草人》等作品标志着我国的童话创作迈出了自己的脚步，其中 1923 年出版的《稻草人》是我国第一部创作童话集，为我国现代童话的创作奠定了基础。张天翼在二十世纪三十年代初发表的《大林和小林》是我国第一部长篇童话。1949 年至 1966 年是我国童话创作的黄金时代，新老作家童话作品迭出，如张天翼的《宝葫芦》、贺宜的《小公鸡历险记》、陈伯吹的《一只想飞的猫》、金近的《狐狸打猎人的故事》、洪汛涛的《神笔马良》、孙幼军的《小布头奇遇记》、葛翠琳的《野葡萄》等等。这些作品，以教育为己任但又注意童趣。然而，在"文革"十年，儿童文学备受摧残，童话也不可避免地呈现出凋零的景象。"文革"之后，中国童话又迎来了新的春天，焕发出新时代的生机。在开放的气象中，除了老作家坚持童话创作外，新作家名人辈出。郑渊洁、赵冰波、葛冰、汤素兰、周锐、彭懿、张秋生、方轶群、安武林、郑春华、杨红樱……这些作家作品的风格多样化，丰富与探索着中国儿童文学创作之路。

3. 童话的基本特征和分类

(1) 童话的基本特征

童话最基本的特征是幻想。幻想是童话的内容,也是童话的形式;幻想是童话的精神,也是童话的气质。

按照一般心理学的解释,“幻想是创造性想象的一种特殊形式,是一种和生活愿望相结合并指向未来的想象。”①对于这句话的理解,吴其南在《童话的诗学》中是这样解释的:第一个层次是幻想是创造性想象的特殊形式;第二个层次是幻想是“和生活愿望相结合并指向未来的想象”,也就是说幻想是人在面对现实生活中遭遇到的困难和障碍所采取的非理性的想象的思维形式;第三个层次是幻想常常用生活中没有也不可能有的人物、事件、环境构筑想象中的世界,使幻想中的世界呈现出和现实生活不同的形态。在童话中,我们所使用的幻想的含义主要是指内容上是非生活本身形式的。也就是说,童话是“一种用非生活本身形式塑造艺术形象的少年儿童文学”。所谓“生活本身的形式”,“无非是我们人类因其共同的生理、心理及生活经验等建构起来的共同的经验形式而已。”②当作品中的“艺术世界给我们的知觉意象和我们面对真实的世界获得的知觉意象明显不同,一种以非生活本身形式呈现的艺术类型便出现了。”③幻想打破了日常生活的诸多羁绊,使人从现实的束缚中摆脱出来,得到某种超越,这必然会带给人们无穷的快意。而在幻想的世界里遨游,也正契合了儿童丰富的想象力,给孩子们的想象找到了印证和发挥之地。

童话的幻想必须植根于现实。安徒生说:“最奇异的童话是从真实生活中产生出来的。”幻想,不管其看起来多么的无拘无束与荒诞不经:上天入地,起死回生,天马行空,无所不能,其实都是客观现实在人意识中的反映。只不过,这种反映是以一种非生活本身形式出现的,是与生活本身形式相对的形式,但其实质是反映生活的,是一种离形而神似的形式。

童话的幻想可以通过某些艺术手法表现出来,其中主要的是夸张、象征、拟人。

夸张是指借助奇妙的想象,将描写对象的某些特点予以扩大或缩小,从而强调、突出其本质特征,增强艺术效果。许多文学形式都运用夸张的手法,但童话的夸张别具一格,有其独特的特点。童话的夸张是一种强烈、极度的夸张,是从内容到形式的整体、全面的夸张,是为表现非真实的虚幻境界服务的。如安徒生的《拇指姑娘》里的“拇指姑娘”还没有人的大拇指一般长,她的摇篮是一个漂亮的胡桃壳,被单是玫瑰的花瓣。夸张能增强童话的幽默感和趣味性,符合虚幻的意境和孩子们无拘无束的想象。

象征是通过某一具体事物去表现抽象的事物或思想情感的艺术手段。象征手法是利用象征物与被象征物之间的某种类似或联系,集中、含蓄而又形象地表现被象征的内容。如安徒生的《皇帝的新装》中的皇帝对服饰的偏爱至狂,每天都痴迷于他的衣服,不理朝政,而且不惜花掉所有的钱用于置办新服装,最后被骗子欺骗而当众裸体上街游行。这个皇帝就是贪婪、愚蠢的象征。

拟人是指赋予人类以外的事物以人的思想感情、言行举止。拟人手法在童话中的普遍使用是因为儿童“万物有灵”的思想和富于想象力的思维,正如列宁说的:“如果你给儿童讲童话时,其中的鸡儿、猫儿不会说人话,那儿童便不会对它发生兴趣。”拟人的手法还使得童话中的人物具有人的特点的同时又兼具物的特性,使得童话形象具有亦真亦幻的色彩。如《风筝找朋友》中的风和风筝,既有人的特点又有风和风筝的特点,风对风筝说:“你要是哭了,你的身上吸了泪水,就会变湿了,变得很重很重,我就推不动你,你也就飞不起来啦!”风要是换成雨就不能推风筝,风筝换成汽车,也不会这么怕水弄湿,也不能飞到天上去。如果拟人手法完全丧失物性,不顾物性去虚构故事,那么物就失去了存在的价值,作品也失去了亦真亦幻的美感。

(2) 童话的分类

不同的分类标准,可以把童话分成不同的类型:从作品形象分,可以分为超人体童话、拟人体童话和常

---

① 朱智贤:《儿童心理学》,人民教育出版社,1992 年。

② 吴其南:《童话的诗学》,中国文联出版社,2001 年。

③ 同上。

人体童话；从作者分，可以分为民间童话和创作童话；从内容分，可以分为文学童话和科学童话（又称知识童话）；从体裁分，可以分为童话故事、童话诗、童话剧等；从篇幅长短分，可以分为长篇童话、中篇童话和短篇童话；从创作的时间分，可以分为古典童话、现代童话等。

① 超人体童话

这类童话描写的是那些具有超人的神奇能力、能造就自然奇迹的形象。他们往往都拥有魔法宝物，能够变幻莫测。如普希金童话诗《渔夫和金鱼的故事》中能够满足老渔夫各种要求的金鱼，《灰姑娘》中能把南瓜变成四轮马车的仙女，《田螺姑娘》中的田螺姑娘等。

这些超人形象利用自己的魔法宝物，为故事中的人物实现其无法实现的愿望，替他们完成不能办到的事情，制造出种种匪夷所思的奇异画面，充分体现了童话幻想色彩。超人体形象在童话故事中的出现，虽看似极其偶然但往往又为事情的发展提供转机，推动着事情向前发展，使情节变得曲折惊奇。

② 拟人体童话

这类童话描写的是那些除人类外的各种事物的人格化的形象。这些人格化的事物不仅具有人的思维而且具备人的情感与活动，如安徒生笔下的丑小鸭、米尔恩创造的小熊温尼·菩、科洛笛塑造的木偶匹诺曹、郑渊洁描写的小老鼠舒克和贝塔……

拟人体形象因其生动有趣得到广大读者的喜爱，更以其对小读者的"泛灵"观念的契合，得到他们的热烈欢迎。

③ 常人体童话

这类童话描写的是那些以人的本来面目出现在童话中的人物形象。这些人物看似普通，但对他们的性格、命运的刻画是极度夸张的，如《一个天才的杂技演员》里的台骄傲与郑成功，虽然都是常人形象，但对他们的塑造极其夸张，台骄傲由于懒惰，身材从瘦长、轻巧变为异常肥胖、笨重，以至于要用装大象的卡车才能运送他。这种夸张使他们既区别于生活常态又在本质上具有真实性，从而能够制造出讽刺意味与象征意义，为童话增添滑稽幽默色彩。

这三种形象在作品中并不截然分开，而是共存的。同一篇童话既可以有常人体表现方法，也可以有拟人体表现方法。如在《西游记》中，既有孙悟空的拟人体形象，也有唐僧的常人体形象，又有如来佛祖的超人体形象。各种类型形象在作品中交相辉映，放出奇光异彩。

4. 童话在儿童文学中的地位与作用

童话是儿童文学最早、最基本又是独特的文体，在儿童文学中不仅创作的数量大而且广受儿童欢迎，在儿童文学中占有特殊的地位，发挥着自己独具个性的功能。

童话的非生活本身形式的创作方式，使得想象尤其是幻想渗透进童话的每个角落。它的天马行空、荒诞不经总是带给人们无穷的惊奇与狂喜，让人们从中获得想象的翅膀，在飞翔中得到轻松与愉快。并且，童话的虚幻世界又恰恰与儿童的"万物有灵"的思想观念、"形象思维"的观察方式不谋而合，是儿童想象的天堂、游戏的乐园。

童话有趣的故事情节容易把抽象的概念与事物转化为具体的形象，而洋溢着的儿童情趣又易把孩子们引入心与心的交流。儿童在阅读或倾听中走进童话中的故事情节，贴近故事中的人物形象，为其喜为其悲，在同喜同悲中与角色融为一体，这就使得童话的教育功能在无声无息中潜入儿童的心灵，使孩子在无形中获得知识与得到启迪。

童话作家凭借着虚幻化的世界、生动曲折的情节、形态各异的人物与独具个性的语言，把孩子们带入梦的园林，置身于或诗意或荒诞或热闹的氛围，感受着意境之美。优秀的童话对于意境之美的营造对于孩子来说是一种享受，也是一种陶冶，更是一种提升。

童话以其不同于生活本身的意象，生动离奇的情节，活泼有趣的人物，非凡的夸张、象征、变形、错位等带来的幽默滑稽，富有的童真童趣，梦幻式的意境等，使童话区别于儿歌、儿童诗、儿童小说、儿童故事、儿童戏剧、儿童科学文艺，成为儿童文学中一朵奇葩。

5. 主要作家作品推荐赏析

(1) 主要作家作品

① 夏尔·贝洛的《鹅妈妈的故事》：1697年，贝洛在巴黎出版了童话集《鹅妈妈的故事》。这本童话集包括《小红帽》、《灰姑娘》和《睡美人》等。“鹅妈妈的故事”这一名称源自法国民间故事的“母鹅给小鹅讲故事”的说法。《鹅妈妈的故事》的题材虽然取自民间传说，但经过作者本人的精心加工，人物形象的刻画和场景的描绘更加的细致，故事情节也更加生动曲折，引人入胜。作品文笔清雅，语言简洁，备受孩子们的喜爱。

② 格林兄弟的《儿童和家庭故事集》：“格林兄弟”指的是雅克·格林(1785—1863)和威廉·格林(1786—1895)，是德国著名的语言学家和历史学家。《儿童和家庭故事集》于1812年出版，是兄弟两人先后用了四十年时间，在广泛搜集民间童话、传说故事的基础上编写而成。《儿童和家庭故事集》设计了丰富的民间故事内容，包括《灰姑娘》、《白雪公主》、《小红帽》等。作品保持了民间文学的叙述格调，奠定了“格林体”的叙述方式，对十九世纪以来的世界儿童文学影响深远。

③ 安徒生(1805—1875)，丹麦童话大师，出生于奥登赛城的一个鞋匠家庭。童年生活贫苦，十四岁只身奔赴首都哥本哈根，依靠自己的刻苦努力，在文学前辈的提携下，成为杰出的诗人和作家。安徒生早期主要撰写诗歌和剧本，1833年出版的长篇小说《即兴诗人》为他赢得了世界声誉。十九世纪三十年代中期开始童话创作，在1835年至1857年期间，作家几乎每年都奉献一本童话集，作为给孩子们的圣诞礼物，其中包括第一本童话集《讲给孩子们听的故事》(1835—1842)、《新童话》(1843—1848)、《故事》(1852—1855)、《新童话和新故事》(1868—1872)。安徒生童话是作家生命历程的写照和自我人格的隐射，而诗意的美和幽默的风趣构成了安徒生童话独特的风格。

④ 卡洛·科洛迪(1826—1890)，意大利著名作家，从翻译贝洛童话进入儿童文学创作，1881年发表长篇童话《木偶奇遇记》。《木偶奇遇记》中的主人公匹诺曹是一个不朽的童话形象，主人公原先是一个任性贪玩又不失天真活泼，懒惰轻信却又富有同情心的木偶孩子，在经历了艰难万险后，变成了一个好孩子。作品对匹诺曹的刻画符合孩子的特点，逼真动人，情节曲折惊险，扣动人心。

⑤ 奥斯卡·王尔德(1854—1900)，英国唯美主义诗人、作家，一生只写过九篇童话，分别收录在《快乐王子及其他故事集》和《石榴之家》。《快乐王子及其他故事集》包括《快乐王子》、《夜莺与蔷薇》、《自私的巨人》、《忠实的朋友》、《了不起的火箭》，《石榴之家》包括《西班牙公主的生日》、《少年国王》、《星孩》、《打鱼人和他的灵魂》。王尔德的童话创作指向社会的“傲慢和偏见、自私和卑鄙、残暴和愚蠢等丑恶现象……憎的感情强烈地反衬了作者爱的感情的深挚”①。但是由于他的作品“都表现得美妙绝伦”(L·C·英格列比语)，“从作品的深层里能向读者迸发出一种撼人心魄的力量，所以它们大都是孩子们可以分享其美妙的”②。

⑥ 艾伦·亚历山大·米尔恩(1882—1956)，出生于英国，首先在成人剧上获得成功，1924年出版儿童文学经典童诗诗信集《我们年轻的时候》，1926年出版玩偶童话《小熊温尼·菩》，1927年出版童话诗集《我们现在六个人》。《小熊温尼·菩》讲述的是一只小熊温尼·菩的故事。作家根据熊爱吃蜂蜜的特性，编织出许多风趣的故事。温尼·菩憨傻可爱，在关键时刻又机智、勇敢，而作品语言的幽默风趣和憨态可掬的插图，使得这部作品具有永久的魅力。1956年，《小熊温尼·菩》被拍成迪斯尼动画片。

⑦ 肯尼斯·格雷厄姆(1859—1932)，英国著名的儿童文学作家，1908年出版的中篇童话《柳林风声》为他赢得了世界性声誉。童话生动地描写了河鼠、鼹鼠、獾、癞蛤蟆四位动物朋友的历险。精妙的幽默和优雅

---

① 韦苇：《世界童话史》修订本，福建教育出版社，2002年。
② 同上。

的文笔使《柳林风声》成为孩子和成人的共爱。

⑧ 詹姆斯·巴里(1860—1937)，英国的小说家和剧作家。1903 年底写成剧本《彼得·潘》，塑造了一个“不肯长大的男孩”的形象，每天晚上，飞进各家各户，把一个个孩子带到“永无岛”上，尽情地冒险、游戏。《彼得·潘》极富幻想性与游戏性，1904 年在伦敦上演后，引起轰动，受到小朋友们的热烈欢迎，成为每次圣诞节的指定剧目，并被翻译成多种文字和拍成电影，具有世界影响力。后来，作家在剧本的基础上，改写成长篇童话《彼得·潘》。

⑨ 费尔克斯·萨尔登(1869—1947)，奥地利诗人、作家，生于布达佩斯，从事记者行业，并发表小说和剧本，以写动物故事见长。1923 年发表童话性动物小说《小鹿班比》。作者从小鹿班比的视角出发，用饱含情感的笔调，细腻地描写了动物的亲子之爱，洋溢着诚挚、温馨的氛围。作者还把笔触深入到人性和动物性的思索，发人深省。

⑩ 阿斯特丽德·林格伦(1907—2002)，享有世界声誉的瑞典儿童文学作家。1944 年，她发表了第一部儿童文学作品，因创作“长袜子皮皮”的形象而一举成名，在以后的五十多年里，创作了三十多部童话、小说、故事等。她的作品被译成五十多种文字，并于 1958 年获得了第二届国际安徒生儿童文学奖。童话名作有《长袜子皮皮》(1945—1952)、《米奥，我的米奥》(1954)、《“小飞人”三部曲》(1955—1968)、《狮心兄弟》(1973)、《罗妮亚，一个强盗的女儿》(1981)。林格伦强调儿童文学作品的真实感，认为儿童文学作品是生活的延伸。她所塑造的顽童形象正是儿童心声的写照，释放了孩子的想象力，也促使教育理念的更新。幽默风趣的语言，深入人心的顽童的形象以及紧凑的情节让作家的作品大放异彩。

⑪ 詹尼·罗大里(1920—1980)，意大利儿童文学作家，生于小镇奥美尼亚的一个面包师家庭，教过小学，第二次世界大战后长期担任记者和儿童副刊的编辑，对儿童有着丰富的经验。二十世纪四十年代开始创作童谣和童话故事，一生写了大量儿童诗、儿童小说和童话。1970 年，他荣获国际安徒生儿童文学作家奖。罗大里主要的童话作品有《洋葱头历险记》(1951)、《假话国历险记》(1958)，童话集有《21 加 1 个童话》、《蓝箭》、《电话里的童话》、《有 3 个结尾的童话》等。罗大里的童话想象奇特，充满有趣的情节和生动的细节，但又有对社会现实的象征。

⑫ 小川未明(1882—1961)，日本童话创作大家，第二次世界大战后担任日本儿童文学家协会首任会长，提倡创作民主主义童话。他 1912 年至 1926 年主要为孩子写童话，出版的童话集有《红蜡烛和人鱼姑娘》(1922)、《巧克力天使》(1924)、《小川未明选集》(1925—1926)。小川未明的童话以抒情见长，把故事和幻想在浪漫主义的笔调中诗化，涌动着浓郁的诗情。他的童话以爱为主题，表达了对儿童、自然、人间的爱。

⑬ 中川李枝子(1935—　)，日本著名儿童文学作家，其幼儿童话具有世界性影响。她生于札幌，毕业于东京高等保姆学院。1962 年，她出版了幼儿童话《不不园》，其童话作品还有《桃花色的长颈鹿》、《小胆大侦探》、《小胆大探险》等。《不不园》由七个相对独立的小故事组成，以小男孩茂茂贯穿始终。这部童话把幼儿园孩子们的现实生活虚幻化，把教化的道理用幻想的形式表现出来，充满了奇趣，与孩子的童真童趣融为一体。童话语言简洁、浅易，深受孩子们的喜爱。

⑭ 叶圣陶(1894—1988)，我国现代儿童文学的奠基者，1923 年出版了我国第一部创作童话集《稻草人》，“给中国的童话开了一条自己创作的路”。1931 年，他出版了另一部童话集《古代英雄的石像》。除了童话，叶圣陶还创作了童话歌剧、小说、诗歌、散文等多部作品。叶圣陶的童话表现孩子的纯真、人与人之间的友爱，充满诗情画意，散文的笔调使作品诗意盎然。

⑮ 张天翼(1906—1985)，我国现代著名作家和儿童文学作家。二十世纪三十年代，他创作了长篇童话《大林和小林》、《秃秃大王》。二十世纪五十年代，他在工作之余撰写了《宝葫芦的秘密》等童话和《罗文应的故事》等小说以及儿童剧本《大灰狼》等。《大林和小林》秉承了作者描绘真人真事，讲“真的道理”的儿童文学创作观，并且典型地反映了作者三十年代童话的基本风格：想象新奇、夸张极度，荒诞不经的情节，层出不

穷的闹剧场面以及漫画式的讽刺手法和滑稽、幽默的儿童化的语言，使作品的艺术表现力和感染力极富张力。

⑯ 金近(1915—1989)，原名知温，儿童文学作家，浙江上虞人。他从二十世纪三十年代末期开始陆续发表童话和儿童诗，五十年代更加注重幼儿文学的创作，著有《小鲤鱼跳龙门》、儿童文学选集《春姑娘和雪爷爷》、《春风吹来的童话》、《爱听童话的仙鹤》。金近的童话重视教育功能，风格朴素，生活气息浓厚。

⑰ 洪汛涛(1928—2001)，善于从民间文学中汲取营养，其作品具有鲜明的民族风格。他的代表作童话《神笔马良》于1954年获第二次全国少年儿童文艺创作评奖一等奖，作者据此改编的儿童电影《神笔》获文化部1949年至1955年优秀影片一等金质奖章。《神笔马良》连环式地铺叙故事情节，层次分明地塑造人物形象，语言自然、传神，乡土气息浓郁，体现了对民间文学传统的继承与发扬。

⑱ 孙幼军(1933—2015)，著名儿童文学作家，以为低龄儿童创作童话著称。1990年，他获得国际安徒生儿童文学奖提名奖。1961年底，他出版第一部长篇童话《小布头奇遇记》，"文革"后相继出版了短篇童话集《玩具店的夜》、《吉吉变熊猫的故事》、《怪雨伞》，中篇童话《没有风的扇子》、《白妞儿和竹脑壳》，并翻译了巴西中篇童话《童话国的小客人》、日本中篇童话《不不园》、捷克中篇童话《一只聪明的小狐狸》、苏联中篇童话《伏伦盖尔船长历险记》等。童话《小布头奇遇记》获第二次全国少年儿童文艺创作评奖一等奖，童话《小贝流浪记》获《儿童文学》1977年至1979年优秀作品奖，《怪雨伞》获《儿童时代》童话征文奖，童话《小狗的小房子》、《玫玫和她的布娃娃》分别获《儿童文学》1981年、1982年优秀作品奖，《小狗的小房子》获中国作家首届优秀作家儿童文学奖，《怪老头》获中国作协第二届"全国优秀儿童文学奖"、第二届"少儿读物评奖"一等奖、"中国国家图书奖提名奖"、"宋庆龄儿童文学奖"等奖。孙幼军的童话善于选取孩子们熟悉的现实题材，塑造个性化的人物形象，语言浅显、朴素、精炼，透出一股亲切感和幽默感。

⑲ 周锐(1953—)，"荒诞型"童话作家。他充分利用童话的幻想，运用夸张、变形、移位、错位等手法，漫画式地描写生活，把平淡的生活变得离奇怪异、荒诞不经，营造出幽默滑稽的氛围。作品有《勇敢理发店》、《阿嗡大夫》、《钟表匠》等。

⑳ 冰波(1957—)，原名赵冰波，浙江杭州人，1979年开始儿童文学创作，现为浙江少年儿童出版社编辑。他著有短篇童话《秋千，秋千……》、《桃树下的小白兔》，出版有长篇童话《狼蝙蝠》，中篇童话《怪蜗牛奇遇记》，中篇幼儿童话《长颈鹿拉拉》，童话集《窗下的树皮小屋》、《毒蜘蛛之死》等。《毒蜘蛛之死》获中国作家协会第二届全国优秀儿童文学奖，《狼蝙蝠》荣获第四届宋庆龄儿童文学奖银奖。冰波的童话风格在转变，早期童话富有诗情画意，语言淡雅，文笔细腻，追求意境美，后期童话充满迷惑、不安的情绪，给人以陌生的感觉，表现出对人生万象的冷峻思索。

㉑ 郑渊洁(1955—)，"热闹型"童话作家，二十世纪八十年代崛起的多产童话作家，主要作品有《皮皮鲁外传——写给男孩子看的童话》、《鲁西西外传——写给女孩子看的童话》、《舒克和贝塔历险记》、《脏话收购战》等，现有《郑渊洁童话全集》问世。1985年，专门刊登郑渊洁作品的《童话大王》杂志创刊，是国内发行量最大的纯文学月刊，创办二十余年来在海内外影响颇大，也促使了台湾《童话大王——郑渊洁作品月刊》在1991年的创刊。郑渊洁的童话想象奇特、自由不羁，夸张强烈，热情洋溢，从而形成了他的作品热闹的喜剧效果，这也与儿童追求快感的审美心理相符合。

㉒ 张秋生(1939—)，生于上海，天津市静海县人，长期担任少儿报刊编辑工作，上海作家协会理事、儿童文学委员会主任。他从1958年开始从事儿童文学创作，出版有儿童诗集《啄木鸟小队》、《小猴子学本领》等，长篇童话诗集《邮票王国的奇遇》。二十世纪八十年代末开始创作"小巴掌童话"，出版有《小巴掌童话百篇》(获第二届中国作家协会全国优秀儿童文学创作评委奖童话奖)。张秋生的"小巴掌童话"，在极短的篇幅内把诗的意境和童话的结构融为一体，注重情趣的建构和幽默氛围的营造，使作品在凝练中既富哲理性又有诗的韵味。

㉓ 王一梅(1970—　)，江苏太仓人，曾就读苏州幼儿师范学校，后曾做过幼儿教师，长期和孩子们接触，了解他们的心声。1994 年，她发表短篇童话《金银坡》，打开了童话创作之门，至今已发表短篇童话三百多篇，出版有长篇童话《鼹鼠的月亮河》、《住在雨街的猫》和单行本《书本里的蚂蚁》、《想走的树和想留的兔子》等，《书本里的蚂蚁》获第五届全国优秀儿童文学奖。王一梅的童话诗意萦绕，富有幼儿情趣，被评价为"语言温馨有趣味，思想开放宽广"，"很现代、很开放，富有诗意"。

㉔ 叶永烈(1940—2020)，浙江温州人，创作涉及科幻小说、科学童话、科学小品等领域，是一个多栖高产作家。他在二十一岁时撰写《十万个为什么》，此后，投身科普文学创作。他的科幻小说《小灵通漫游未来》获第二届全国少儿文学文艺作品一等奖，《借尾巴》荣获全国优秀读物奖，自己导演的电影《红绿灯下》获第三届电影"百花奖"最佳科学教片奖，根据他的科幻童话改编的电影《哭鼻子大王》获 1996 年"华表奖"。叶永烈的科学童话把科学知识通过有趣的故事情节传授给孩子，让孩子在惊奇中得到启迪。童话充满幻想、幽默的风格和儿童的情趣，受到孩子们的喜爱。

(2) 作品赏析举例

以王尔德的《自私的巨人》为例进行赏析。

王尔德一生只写了九篇童话，但这并不妨碍他的童话传遍世界。这九篇童话构思巧妙，想象奇特，文笔优雅，展现了作者对唯美的追求，体现了作者对社会的细致入微的洞察。对社会黑暗的鞭辟入里的批判与对需要帮助的人的深沉的情感，对崇高的自觉追求等，都形成了作品撼人心魄的力量，能够净化人的心灵。

《自私的巨人》是王尔德九篇童话中最短的一篇，却也是最富有诗情画意的一篇。巨人粗暴地将孩子拒之花园的墙外，想独享春天花园的明媚，但春天却迟迟不肯光顾。墙外早已是鸟语花香，但巨人的花园却依然冰天雪地，寒风刺骨。有一天，巨人无意中发现，一个孩子从洞里钻了进来，也带来了花园里的春天。巨人幡然醒悟，推倒了围墙，欢迎孩子们来到花园，与孩子们一起游玩。最后，巨人在天使的带领下安详地死去，满身盖着白花。巨人对孩子即是春天的醒悟以及巨人那满身的白花，都在告诉读者孩子是春的天使。

这篇童话通过巨人从自私到不自私的变化，从人物思想的正反对比中，把宽怀的精神烘托了出来。而那些与此相呼应地变化着的花园，巨人那满身的白花，可爱的孩子与天使，那文笔的优美，对比的结构等，都将艺术形式的美与精神的美统一起来，营造出优美的意境又发人深省，令人回味。因此，《自私的巨人》展现出了经久不衰的艺术魅力。

6. 童话的创作

童话作为一种虚幻性浓郁的体裁，深受孩子甚至成人的欢迎。它以其虚幻的气质，曲折动人的情节，性格鲜明的人物形象等在儿童文学中占有不可动摇的位置，是儿童文学各种文体中历史悠久、创作数量庞大的一种文体。

童话往往是以故事作为寄托的，即使是以人物作为线索，其对人物的塑造也离不开故事情节的演进。对于故事情节的设计，作者需要设置悬念、形成波澜，使少年儿童在矛盾冲突中，在好奇心的驱使下，沿着一个个波澜一路跟寻下去，直至解开悬念。

童话的人物形象可以包括常人型、拟人型和超人型。对于这些人物形象的刻画，需要依靠细节来进行。细节是小说的生命，也是童话的灵魂，好的细节可以准确、逼真地点出人物微妙的心理活动，展现人物的性格特征。此外，对于拟人型人物形象的塑造，要处理好物性与人性的关系，可以选取两者中的一点或几点，但绝对不允许脱离事物的物性，使得拟人形象失去依托，成为无根的人化物。人物物性的脱离违背了童话中拟人型人物形象要求现实的一面，丢掉了事物现实的根，从而会导致亦真亦幻的美学效果的丧失。对于人物形象的描写，由于读者主要是少年儿童，成人文学中意识流的手法，一些后现代的手法等，都不宜移入童话。童话对人物的表现还是应该以形象展现为主。

童话虽然极具虚幻性，但是其幻想应该植根现实，要求故事发展、人物的言行等应该具有逻辑性，以体现童话世界的艺术真实为主要准则。童话中的人物虽然生活在超现实的世界里，但是其思想活动、言行举止以及相互之间的关系的变化，都不应该是毫无逻辑章法的。虽然童话世界与人物都是假定，但人物也会随着故事情节的发展，依据他们的性格的变化，做出他们各自的反应。也就是说，作家应该深入细致地想人物所想，做人物会做或可能会做的事，而不是胡编乱造。自然，故事情节的发展也要讲究逻辑性，即使宝物的出现是一种偶然性，但这是童话的虚幻所赋予的且被读者所认可的偶然，故事情节也要跟随着宝物的出现而有序地发展下去，而不是自行其是。总之，虚幻是一种内容，但这种内容的偶然性与不可思议性是童话这种文体所给予的，是读者所默认的，在除此之外的情节的发展与人物的塑造上都应该遵循逻辑性，而不应该以童话虚幻性来掩盖其逻辑发展性，把虚幻性当作否定逻辑性的盾牌，其实这两者一个是内容，一个是逻辑，没有必然的关联。

童话自古至今，从民间童话走到创作童话，从童话创作的自在到童话创作的自觉，经历了一条漫长而艰辛的历程。在创作童话中，新老作家新作辈出，风格各异，呈现着百花齐放的兴盛景象。童话的创作，除了保持童话的虚幻性外，还跟随着时代的潮流，在内容与形式上发生着相应的变化。不过，不管怎样变化，童话的创作应该牢牢地秉持以审美为首，以儿童的审美为要的理念。

作品选读

1. 神笔马良

洪汛涛

从前，有个孩子名字叫做马良。父亲母亲早就死了，靠他自己打柴、割草过日子。他从小喜欢学画，可是，他穷得连一支笔也没有啊！

一天，他走过一个学馆门口，看见学馆里的画师，拿着一支笔，正在画画，他不自觉地走了进去，对画师说：

“我很想学画，借给我一支笔可以吗？”

画师瞪了他一眼，“呸！”一口唾沫吐在他脸上，骂道：“穷孩子想拿笔，还想学画画？做梦啦！”说完，就把他撵出门来。

马良是个有志气的孩子，他说：“为什么穷孩子不能拿笔，连画也不能学呢？我就是要学画画！”

从此，他下决心学画，每天用心苦练。他到山上打柴时，捡一根枯树枝，在沙地里学着描飞鸟。他到河边割草时，用草根蘸着河水，在岸石上学着描游鱼。晚上，回到家里，拿一块木炭，在窑洞的壁上，又把白天描过的东西，一件一件再画一遍。他没有笔，但还是坚持学画画。

一年一年地过去，马良学画没有一天间断过。他窑洞的四壁，画上叠画，密密麻麻的，全是画了。当然，进步也很快，真是画出的鸟就差不会叫了，画出的鱼就差不会游了。一次，他在村口画了只小母鸡，村口的上空就成天有老鹰打转。一回，他在山后画了只黑毛狼，吓得牛羊不敢在山后吃草。但是马良还是没有一支自己的笔啊！他多么想自己能有一支笔。

一个晚上，马良躺在窑洞里，因为他整天干活、学画，已经很疲倦，一躺下来，就迷迷糊糊地睡着了。

不知道什么时候，窑洞里亮起五彩的光芒，来了个白胡须老人，把一支笔送给他，说：“这是一支神笔，要好好用它。”

马良接过来一看，那笔金光灿灿的；拿在手上，沉甸甸的。他乐得蹦下床来：“谢谢你，老爷爷……”马良的话没有说完，白胡须老人已经不见了。

马良一惊，就醒过来，揉揉眼睛，原来是个梦呢！可又不是梦啊，那支笔不是好好地在自己的手里吗！

他十分高兴，就奔出窑洞，挨家挨户去敲门，把伙伴都叫醒，告诉他们："我有支笔啦！"这时才半夜哩！

他用笔画了一只鸟，鸟扑扑翅膀，飞到天上去，对他喊喊喳喳地唱起歌来。他用笔画了一条鱼，鱼弯弯尾巴，游进水里去，对他摇摇摆摆地跳起舞来。他喜欢极了，说："这神笔，多好呀！"马良有了这支神笔，天天替村里的穷苦人画画：谁家没有犁耙，他就给他画犁耙；谁家没有耕牛，他就给他画耕牛；谁家没有水车，他就给他画水车；谁家没有石磨，他就给他画石磨……

天下没有不透风的墙，消息很快传进了邻近庄园里一个恶财主的耳朵里。这财主向来贪婪、霸道，就派两个家丁来把马良抓去，逼他画画。

马良年纪虽小，却生来是个硬性子。他看透这财主的坏心肠，任凭财主怎样哄他、吓他，要他画金元宝，他就是不肯画。

财主将他关在马厩里，也不给他饭吃，非要他画金元宝不可。

夜晚，雪纷纷扬扬地落着，地上已经积起了厚厚一层。财主想，马良这一下一定受不了啦。他走到马厩去看看，只见里面透出红红的亮光，远远闻到一股香喷喷的味道。他觉得奇怪，悄悄走近，往里一看，啊！马良烧起了一堆木柴，一面烤着火，一面正吃着热烘烘的饼子呢！

财主知道，这柴火和饼子，是马良用神笔画的，就气呼呼地去叫家丁来，要他们夺过马良手上那支神笔。

好几个凶猛的家丁，冲进马厩，却不见马良，只见后面墙壁上，靠着一架梯子。马良趁着天黑，攀上这梯子，翻墙走了。

财主急忙叫家丁攀上梯子去追。家丁们没爬上三步，就摔下来了。原来，这梯子是马良用神笔画的。

马良出了恶财主的庄园。他知道在村子里是不能住了，他向自己的村落挥了挥手，默默地说了一句："伙伴们，我会回来的。"

马良用神笔画了一匹大骏马，跳上马背，向大路上奔去。没有走出多少路，只听见后面一阵喧哗，回头一看，火把照得通明，财主骑着匹快马，手执一把明晃晃的钢刀，带着一群家丁，追上来了。眼看就要追着了，马良不慌不忙，用神笔画了一张弓，一支箭。箭一上弦，"嗖"的一声，射中财主的马，马一颤动，财主翻身跌下马去了。马良拍拍大骏马，大骏马像飞一样地向前驰去了。

马良连日带夜地在路上跑了好几天，到了一个市镇里，看看离家乡已经很远，就在这儿暂住下来。

他画了许多画，拿到街坊去卖。因为他怕人知道，便不让画活起来，画成的东西，不是少嘴便是断腿的。

一天，他画了一只没有眼睛的白鹤，一不小心，在它脸上溅上一滴墨水，白鹤便眼睛一睁，扇起双翼，飞上天去了。

这一来，整个市镇都轰动了。当地的官员，将这件事奏给了皇帝。皇帝下一道圣旨，派人来带马良到京城去，给皇帝画画。

马良不肯去，他们把他拉去了。马良听见过许多这个坏皇帝欺侮百姓的事，心里恨透了，哪肯给皇帝画呢！皇帝叫他画一条龙，他却画了一只大壁虎。皇帝叫他画一只凤，他却画了一只大乌鸦。大壁虎和大乌鸦十分难看，在皇宫里乱爬乱叫，还打起架来，弄得皇宫里污七八糟的。

皇帝大为发怒，就命卫士们抢下他的神笔，将他打入了监牢。

皇帝拿到神笔，就自己来画了。他先画一座金山。贪心不足的皇帝，画了一座又一座，画了一座又一座，重重叠叠地画了许多。画好一看，哪是金山！却是一堆堆的大石头；上面压得太多，就塌下来，差一些把皇帝的脚也砸伤了。

皇帝还不死心。他心里想，画金山不成，就画金砖。他画了一块嫌小，画了一块嫌小，最后画成长长的一大条。画好一看，哪是金砖！却是一条长长的大蟒蛇，张开血盆似的大口，向他扑来。幸亏卫士们救得快，不然，皇帝早被大蟒蛇吃掉了。

皇帝没有办法，只得将马良放出来，又假惺惺地对他说了一些好话，什么要给他许多许多金银，什么要封他做很大很大的官……

马良一心想夺回神笔，他装作答应下来。皇帝见马良答应了，很是高兴，就把神笔还给了马良，要马良给他画画。

皇帝想，画金山、金砖都不成，那么画株摇钱树吧！摇钱树上，结的都是钱，轻轻一摇，就能掉下许多钱来，这有多好啊！他就叫马良画摇钱树了。

马良心里打定了主意，不说什么话，提起神笔一挥，一个无边的大海出现在眼前了，蓝蓝的海水，没有一丝波纹，亮闪闪的像一面大玉镜。

皇帝看了很不满意，脸一板，喝道：

"叫你画摇钱树，谁叫你画海！"

马良在海中央画了个岛，岛上画了株树，说：

"这不是摇钱树吗！"

皇帝看见那株树，发着耀眼的金色光芒，喉咙里咽了几口口水，就嘻嘻嘻地笑了起来，急巴巴地对马良说：

"赶快画只大船吧！我要到岛上去摇钱！"

马良画了一只船，皇帝就带了许多兵士，上船去了。

马良画了几笔风，海水皱起密密的波纹，船就开动了。

皇帝心里痒滋滋的，嫌船走得太慢，在船头上叫："风大些！风大些！……"马良加了几笔粗粗的风。海动荡起来了，船上的篷鼓得满满的，急速向海中央驶去。马良又加上几笔大风。海不安地吼叫起来，卷起汹涌的浪涛，船摇摇晃晃了。

皇帝开始害怕，向马良摇手，大声地喊道："风够了！风够了！……"

马良装作没有听见，不歇手地画着风。海水发怒了，浪涛扑上船去了，船倾斜了，船上乱起来了。皇帝被海水打得浑身湿漉漉的，抱着船的桅杆，不住地叫喊："风太大了！船要翻了！不要再画了！……"

马良还是不住手地画风。风更大了，吹来了许多厚厚的乌云，又鸣雷，又闪电，还下起暴雨来。浪更猛了，海水像一堵堵倒坍的高墙，接连不断地往船上压去。

船翻了。船碎了。坏皇帝呢？不见了，大概沉到海底去了……

"神笔马良"的故事就这样传开了。但是，马良后来怎样了呢？大家都不清楚。有的说：他回到自己的家乡，和那些种地的伙伴在一起。有的说：他到处流浪，专门给许多穷苦的人画画。

2. 青蛙王子（又名《铁胸亨利》）

雅各布·格林　　威廉·格林

杨武能　译

在愿望还能变成现实的古代，有过一位国王。他的女儿个个都长得很漂亮，尤其是那个小女儿，就连什么东西都见过的太阳每次照在她的脸上，也要对她的美丽感到惊讶。国王的宫殿附近有一片幽暗的大森林。森林中，在一株老菩提树下，有一口水井。天气很热的时候，小公主常常到森林里去，坐在清凉的井边上，要是感到无聊了，她就取出一只金球来，把它抛到空中然后又接住。这只金球成了她最心爱的玩具。

可有一次，公主伸出手去接金球，它却没落进她的小手中，而是掉到地上，一滚滚到井里去了。公主两眼紧盯着它，可金球还是没影儿啦，因为那水井深得看不见底。她于是哭起来，哭得越来越响，哭得伤心到了极点。就在她这么痛哭不已的时候，突然听到有谁喊她："公主，你这是怎么啦？你这么大声哭泣，连石头也会心疼的。"公主四处张望，想弄清楚喊声是从哪儿钻出来的，却发现一只青蛙，从井水里伸出它那丑陋的大脑袋。"唉，原来是你呀，划水老手，"她说，"我在这儿哭，因为我的金球掉到井里去了哟。""别难过，别哭了，"青蛙回答，"我想我有办法帮助你。可要是我把你的金球捞上来了，你拿什么报答我呢？""你要什么都行啊，亲爱的青蛙，"公主说，"我可以给你我的衣服，我的珍珠、宝石，还有我头上戴的这顶金冠。""你的衣服、你的珍珠宝石和你金冠，我统统不想要，"青蛙回答，"可要是你喜欢我，就让我做你的朋友，陪你一起玩儿，和你同坐一张小餐桌，用你的金盘子吃东西，从你的小杯子中喝酒，晚上还睡你的小床——要是你答应这一切，我就愿意下井去，把金球给你捞上来。""好吧，"公主说，"我答应你所有这些要求，只要你替我找回金球。"话虽如此，她心里却想："这个傻青蛙吹什么牛！它只配和别的青蛙一起蹲在井里呱呱叫，做不了任何人的朋友。"

青蛙呢，得到了许诺就脑袋往水里一沉，潜下井去，不多一会儿工夫又游到水面上来，嘴里衔着金球。它把球吐在草地上，公主重又见到自己的玩具，说不出有多高兴，一拾起来就飞快地跑了。"等一等，等一等！"青蛙大声喊叫。"把我带上，我可跑不到你那么快呀！"可是它尽管拼命地呱呱呱叫喊，也一点没有用。公主不听它的，很快回到家，不一会儿便把可怜的青蛙忘记啦，它只好又跳回它的井里去。

第二天，公主跟国王和大臣们坐上餐桌，正从她的小金盘子里拿东西吃呐，突然听见啪啦啪啦地，从大理石台阶爬上一个什么东西来，到了上面它便一边敲门一边喊："公主，小公主，给我开门。"公主跑过去，想看外边谁在叫，打开门一看，却是青蛙蹲在门前。她赶紧关上门，坐回桌子边，心里怕极了。国王见她心慌意乱的样子，问："孩子，干吗这么胆战心惊，该不是门外有个巨人要抓你走吧？""唉，不是的，"她回答，"不是巨人，是一只讨厌的青蛙。""青蛙找你干什么呢？""唉，好爸爸，昨天我坐在森林中的水井边上玩儿，突然我的金球掉到了水井里。我哭得很伤心，青蛙就替我把它捞了上来。因为它坚持要求，我答应让它做我的朋友。可我压根儿没想到，它真能从水井里爬出来，这会儿它就在门外，想要上我这儿来。"这时候，只听外边又敲起门来，并且在喊：

"小公主啊小公主，
快给我把门开开！
难道你已经忘记，
昨天说过什么话，
在清凉的井台？
小公主啊小公主，
快给我把门开开！"

国王听了说："你不管答应了什么，都得办到。去，给它开门吧。"公主去打开门，青蛙一蹦就进来了，而且一步一步地紧跟着她，到了椅子前。它蹲在那儿喊道："抱我上来呀！"公主犹豫不决，直到国王命令她抱。青蛙起先被放在椅子上，它却想上桌子，上了桌子又说："现在把你的小金盘子推过来一点，我们好一块吃。”公主也这么做了，可看样子却很不情愿。青蛙倒是吃得津津有味，她呢，却什么都咽不下去。终于，青蛙说：“我吃饱了，也疲倦了，现在抱我去你的卧室，整理好你的缎子被盖，咱们躺下睡觉吧。”公主一听哭起来，她怕这只冷冰冰的青蛙，碰都不敢碰它一下，更别提让它在她又漂亮又干净的被盖里睡觉呐。可是国王生气了，说：“在你困难的时候无论谁帮助了你，过后你都不应该瞧不起！”这样，她才用两根指头把青蛙拈起来，放到卧室的一个角落上，可是等她在床上睡好了，它却爬起来说：“我累了，想和你一样舒舒服服睡一觉。抱我上去，要不我告诉你爸爸。”这一来公主真气坏了，一把抓起青蛙，狠命朝墙上摔去：“这下你该老实啦，你这讨厌的家伙！”

谁知它一落在地上，已经不是青蛙，而变成了一位王子，一位长着又美丽又善良的眼睛的王子。于是，遵照国王的旨意，他做了公主亲密的伴侣和丈夫。这时候，他才告诉她，他原来被一个狠毒的妖婆施了魔法，除了公主一人，谁也不能救他出那水井。明天他们就要一道回他的王国去。说完，他俩便睡着了。第二天早上，太阳唤醒了他们。门外已驶来一辆八匹马拉的马车，马头上都插着白色的鸵鸟毛，马身上套的链子金光闪闪，车后边站着王子的仆人，他就是忠诚的亨利。在他的主人被变成一只青蛙的时候，这位忠诚的亨利真是伤心极了，他让人在自己胸口上箍了三道铁箍，免得他的心难过痛苦得破碎掉。这会儿，马车来接王子回他的王国去。忠诚的亨利扶他夫妇俩上了车，自己又站到车后边，心中因为王子获救而充满了喜悦。他们走了一段路，王子听见后面发出咔啦咔啦的响声，像是有什么东西破了。他于是调过头，大声说：“亨利，车子破了。”“不，主人，不是车子，是我心口上的铁箍；我的心啊，当你变成青蛙，困在井里，真是非常非常痛苦。”

路上，一会儿咔啦响一声又咔啦响一声，每次王子都以为是车裂了，其实哩，只是因为主人获得拯救和幸福，忠诚的亨利一高兴，心口上的三道铁箍全崩掉喽。

二、寓言

1. 寓言的概念

寓言，是一种寄托着明显的讽喻意义的简短故事。

“寓言”一词最早出现在《庄子·寓言篇》中。《庄子·寓言篇》：“寓言十九，藉外论之。”《释文》的解释是：“寓，寄也。以人不信己，故托之他人，十言而九信。”所以，庄子对寓言的理解应该是：因为借助他人来说服比自己直言更有说服力，所以“藉外论之”。因此，寓言指的是借他人说的话。看来，寓言并不是指某一种文体。此后，人们对寓言的理解也产生过一些其他称呼，如储说、譬喻、蒙引、况义等。后来，《伊索寓言》(1902)和《中国寓言(初编)》(1917)的出版，表示在中国学术界，把寓言作为一种文体的认识取得了统一。

2. 寓言的产生和发展

寓言有着悠久的历史。寓言同童话一样，也起源民间，受到过神话传说的影响，同时是人们理性逻辑思维逐渐觉醒的产物。

随着事物的发展、历史的演进，人们开始有意识地认识这个世界，思考周围的生活，感悟人生的哲理。慢慢地，他们把自己的思考、感知、信仰和行为方式等，通过想象与联想，浓缩在虚构的艺术空间里，以口头的形式在人们之间广泛地流传。后来，有人把这些富有生命力的故事，记录下来，编辑成集，形成了流传千古的一篇篇美丽的神话、传说、童话、寓言……可见，寓言是世界上最古老的一种文学体裁。

在世界上，寓言主要有三大发祥地，即希腊、印度和中国。

古代希腊的寓言，就历史上所起的作用和影响而言，堪称古代寓言中的珍品。《伊索寓言》被誉为西方寓言的始祖，是后人在搜集古希腊流传的讽刺故事的基础上整理而成的。它在内容、形式和语言风格方面，都奠定了寓言在文学之林中的地位，并且为后世的寓言创作提供了参照。

印度寓言是世界寓言史上的又一座高峰。公元二世纪至六世纪发行的《五卷书》就是一部著名的童话寓言故事集，以七十七个动物小故事连缀在五个大故事里，语言幽默诙谐，富于智慧。印度寓言还散见于古老的宗教文献中。

我国的寓言就文字记载而言，大约产生于先秦时期。在生活中，我们耳熟能详、喜闻乐道的寓言故事有《列子》中的《杞人忧天》、《韩非子》中的《买椟还珠》、《吕氏春秋》中的《唇亡齿寒》、《战国策》中的《南辕北辙》等。虽然在那个时期，寓言作品不计其数，但是从文体的角度看，寓言在当时并未取得独立，而是处于附庸的地位。两汉时期，寓言劝诫性突出，如《叶公好龙》、《螳螂捕蝉》、《反裘负薪》等，这些都是脍炙人口的佳作，但在艺术成就上逊于先秦。魏晋南北朝时期，邯郸淳的《笑林》首开笑话体寓言的先河，以《搜神记》为代表的志怪小说和以《志怪小说》为代表的逸事小说里也有着寓言作品。印度的佛教寓言的传入，在内容和形式诸多方面都为中国寓言提供了借鉴。唐宋时期，韩愈和柳宗元的寓言作品标志着寓言逐渐摆脱了先前的附庸地位，成为独立的文学体裁。柳宗元的《三戒》、《捕蛇者说》、《蝜蝂传》、《种树郭橐驼传》等描绘精细，寓意深刻，对后世产生了广泛的影响。至明代，寓言取得了巨大成就。刘基的寓言集《郁离子》和宋濂的两部寓言集《龙门太子凝道记》、《燕书》，都颇显功力。明中叶的《中山狼传》以其形象的生动、情节的巧妙和结构的完美成为古代寓言的典范之作。清代寓言风格以幽默诙谐为主，较著名的有石成金的《笑得好》、吴趼人的《俏皮话》等。“五四”新文化运动对儿童文学的重视使寓言的发展步入了新阶段。鲁迅、胡适、茅盾、郑振铎等名家都创作、翻译过寓言作品，活跃于儿童文学园地的作家也积极地从事寓言创作，如陈伯吹的《小友》、贺宜的《随你便先生》、聂绀弩《天亮了》、何公超的《丑小鸭》等，而以冯雪峰的创作成绩最显著，仅 1947 年至 1948 年间，就创作了近二百篇寓言。新中国成立后，寓言作家不断涌现，如刘征、黄瑞云、湛卢、申均之、金江等，他们以其不同的风格使寓言作品呈现出多元的艺术特色。

3. 寓言和童话的区别

寓言和童话都源自民间，受到神话、传说的直接影响，都采用了夸张、拟人、象征等多种表现手法，具有较强的虚幻性，都蕴含着一定的象征意义。然而，仔细比较寓言与童话，也不难发现两者有着诸多差异。

寓言的篇幅简短，语言精练，在一个短小的故事、场面甚至片断中把寓意表达出来，所以寓言字字如金；而童话篇幅较长，结构也比寓言复杂，注重对人物的刻画和细节的描写。

寓言的寓意明确，以集中、鲜明地表达道理为首要目的。为了更直接地表达寓意，许多寓言还会在开篇或结尾直接地点明寓意，所以训诫意味比童话明显；而童话是以审美为第一功能的，教育功能是要通过审美来得以实现的，所以道理往往是含蓄地传递出来。

寓言和童话都具有虚幻性，但寓言以训诫为主旨，重视讽喻和影射现实，因而多着眼于虚构事物与现实事物之间的相似、相通之处，不受自然逻辑的束缚；而童话追求艺术真实，尊重故事情节发展的逻辑，达到真幻自然和谐的结合。

寓言中的形象是为表达寓意而存在的，所以没有塑造个性形象的要求；而童话中的人物形象则必须有鲜明的性格特征。

4. 寓言在儿童文学中的地位与作用

寓言是儿童文学的一种体裁，适合儿童的审美益智，可以训练儿童的思维以及帮助儿童建立起对世界的哲理认识。

儿童的注意力难以持久，而寓言的篇幅短小，故事单一且又主旨鲜明，所以阅读这类简短的作品，对他们非常适合。儿童想象丰富，而寓言运用夸张、拟人、象征等手法呈现出的虚幻色彩，容易得到儿童的喜爱。总之，寓言符合儿童的审美心理，受到儿童的青睐。

寓言不仅符合儿童的审美心理，而且对儿童有益智的作用。寓言中包含的其他动物常识与生活经验，对孩子的成长是有裨益的。

寓言可以帮助儿童理解哲理，认识复杂的社会现象，并训练儿童的思维能力。寓言通过奇特故事或具体画面，使儿童在阅读中从具体形象走入抽象的哲理，从中完成了类比思维的能力，这与儿童思维从具体形象思维向抽象思维的过渡相契合。如《揠苗助长》告诉孩子做事情不能违背客观规律。

寓言以其自身的特点在适合儿童接受心理的基础上对儿童的成长教育发挥着积极的作用，这使得寓言在儿童文学中有着无可替代的地位。

5. 主要作家作品推荐赏析

(1) 主要作家作品

《伊索寓言》：《伊索寓言》虽署名是伊索，但是《伊索寓言》不一定都是伊索的作品，其中包含许多在古希腊早已流传的蕴含教训的故事。如本书中《鹰和狐狸》在公元前七世纪中叶的诗人阿尔克罗科斯的残诗中就已出现。鉴于此，我们可以认为《伊索寓言》是古希腊流传的讽刺故事，经后人搜集整理后，被归到伊索的名下。在古希腊，《伊索寓言》在知识、教育中，处于突出的位置。在阿里斯托芬的喜剧《鸟》中，庇斯忒泰洛斯挖苦歌队长说："这是因为你无知，孤陋寡闻，没钻研过伊索。"喜剧作家阿里斯托芬有一句名言："你连伊索寓言也没有熟读，可见你是多么无知和懒散。"可见，《伊索寓言》在当时已经是一部必读之书。《伊索寓言》收录有寓言三百多则，多为动物故事，语言朴素，形象生动，寓意深刻。《狼和小羊》、《龟兔赛跑》、《农夫和蛇》等都是传世名篇。

《五卷书》：古印度童话寓言故事集，是世界上最早的童话故事集，大约在公元前六世纪编撰完成。《五卷书》因其有五卷而得名，分别是《朋友的决裂》、《朋友的获得》、《乌鸦和猫头鹰从事于和平和战争等》、《已经得到的东西》、《不思而行》。《五卷书》以七十七个动物小故事连缀在五个大故事里，语言幽默诙谐，富于智慧。后来在750年左右由伊拉克作家穆加发(704—759)翻译成阿拉伯文并加以改写，取名为《卡里来和笛木乃》。

《寓言诗》：十七世纪，法国诗人拉封丹(1621—1659)用诗体写作的寓言，共十二卷，其中《狼与小羊》、《蝉与蚂蚁》、《农夫与他的孩子们》等广为流传。

《寓言三卷集》：十八世纪，德国文学家莱辛(1728—1781)所著，其中《狮子和驴子》、《神与绵羊》等脍炙人口。

克雷洛夫(1769—1844)，俄罗斯杰出的寓言诗人，用诗体写作寓言，在寓言中提炼了大量反映俄罗斯人民智慧的童话和谚语，而他寓言中的一些警句又反过来变成了民间流传的谚语。他从1807年出版第一本寓言集开始，共发表了二百多篇诗体寓言，代表作有《狼和小羊》、《天鹅、梭子鱼和虾》、《北风和太阳》等。他的作品生前就被译成十多种文字，使他成为俄罗斯博得世界声望的第一人。克雷洛夫凭借其独特的寓言风格，和伊索、拉封丹一起，并称为"世界三大寓言作家"。

达·芬奇(1452—1519)，文艺复兴时期意大利杰出的艺术家，其享誉世界声誉的绘画和雕塑使他在寓言作品上的成就被埋没多年，后来由意大利出版家整理出版《达·芬奇寓言集》和《幻想动物》等。他的寓言作品从题材到风格都独树一帜，成为欧洲寓言史上的奇葩。

金江(1923—2014)，原名金振汉，浙江温州人，中国当代著名寓言作家，中国寓言文学研究会名誉副会长。他著有《金江寓言选》、《乌鸦兄弟》、《好好先生》、《狐狸的"真理"》等十多部寓言集，编辑《中国现代寓言选》等多部，其寓言《乌鸦兄弟》获全国第二届少年儿童文艺创作三等奖，《寓言百篇》荣获全国优秀儿童读物奖。

凡夫(1947—)，湖北襄阳人，中国寓言文学研究会常务理事。他从1980年开始寓言创作，已发表寓言六百多篇，著有《凡夫当代寓言》、《100个动物寓言故事》、《知识寓言故事》等，寓言《古利特和罗西》获2002年冰心儿童图书奖，寓言集《黄鼠狼的名声》获第三届"金骆驼奖"创作一等奖。

薛贤荣(1950—　),安徽肥东县人,中国寓言文学研究会常务理事,安徽省儿童文艺作家协会副主席。薛贤荣在创作、编译和理论上都有成绩,在著作上,著有寓言集《小猴躲雨》、《老鼠和神灯》、《太阳结婚》等;在编译上,有《伊索寓言》、《莱辛寓言》和《中国民间寓言宝典》;在理论上,有理论专著《寓言学概论》。他的寓言集《老鼠和神灯》获"冰心儿童图书奖",《寓言学概论》获安徽省社科成果二等奖。

(2) 作品赏析举例

以金江的《割掉尾巴的狐狸》为例进行赏析。

金江是我国当代著名的寓言作家,他创作了一千多篇寓言,他的作品多次获得全国性的奖项。

《割掉尾巴的狐狸》是作者二十世纪八十年代的作品。这篇寓言以故事的形式展开,紧凑而又起伏跌宕。红狐狸去农舍偷鸡时,被农民捉住而割掉了尾巴。为了遮掩自己的耻辱,红狐狸回到狐群中大肆宣传没有尾巴的好处。其他几只狐狸经不住它天花乱坠的演说,竟然也把自己的尾巴割了下来。而这时,黄狐狸的到来揭穿了红狐狸的谎言。在故事结尾,作者直接点明寓意:赶时髦的最容易受骗。

这则寓言篇幅虽短,但故事的形式使其在曲折生动中传达事理,同时透过红狐狸的演说与几只割掉尾巴的狐狸的割尾巴与抱着尾巴大哭的动作,鲜明地写出了红狐狸的虚伪与其他几只狐狸的虚荣、懊丧的心理。

6. 寓言的创作

寓言不以情节取胜,不以人物为宗,只是以事理的传达为要旨,要在较短的篇幅中把哲理清楚地传递给读者,这是一件不容易的事情,所以寓言的创作并不简单。

寓言虽然篇幅简短,但是这并不意味着不能塑造出人物的个性,所以寓言的人物创作在考虑文字数量限制的情况下,可以运用细节来描写人物。细节的采用能够写活人物,而人物刻画的成功其实也预示着事理传达的成功。细节可以是一句话、一个动作,如《狐狸和葡萄》里狐狸的"这些葡萄是酸的,还没成熟呢",这句话就是一个细节,也是一个点睛之笔,把这则寓言的寓意不露痕迹地带了出来。在人物的塑造上,除了细节外,还有拟人、对比等手法。寓言虽然短小,但也可以有情节,以故事情节的形式传递事理也是一种非常有效的方式。在情节的设计上,通常会使用反复、突转等技巧,使情节显得曲折,有波澜。

寓言由于受篇幅所限,要求语言精炼。作家在创作时自然要注意语言的字斟句酌,但也不应该把圆润的语言推敲成干瘪的符号,适当地使用夸张、错位的语言,可以使作品显得幽默风趣,增添文本的生命力。

寓言的创作形式不拘一格,可以是故事型的,也可以是诗歌型的,还可以是散文型的……作家应该根据自身的喜好与擅长,寻找到适合自己的创作类型。同时,需要注意的是,创作类型的选择也是要受到题材的左右的。作家在选择创作类型时,也应该考虑题材内容,在综合两者的基础上选择适当的创作形式可以更好、更适当地表现思想内容。

寓言作为世界上最古老的一种文学体裁,许多文学大家都尝试过它的创作,也有的为儿童写过寓言。寓言篇幅虽短但创作易显艰辛,文学家对其语言、结构形式、题材、哲理等的把握,需要调动自身多种元素,需要有较深厚的文学能力与较丰富的文学实践经验,如果是为儿童创作的,还需要照顾到儿童的接受水平。尽管如此,寓言创作还是受到诸多文学前辈与青年作家的青睐,他们在其中投入自己的精力,有的甚至以寓言创作为自己的主要创作。只要不断地钻研与奋斗,寓言必定会走向繁荣。

作品选读

1. 狐狸和葡萄

(《伊索寓言》)

饥饿的狐狸看见葡萄架上挂着一串串晶莹剔透的葡萄,口水直流,想要摘下来吃,但又摘不到。看了一会儿，无可奈何地走了，他边走边安慰自己说："这葡萄没有熟，肯定是酸的。"

这就是说，有些人能力小，做不成事，就借口说时机未成熟。

2. 狼与小羊

（《伊索寓言》）

一只小羊在河边喝水，狼见到后，便想找一个名正言顺的借口吃掉他。于是他跑到上游，恶狠狠地说小羊把河水搅浑浊了，使他喝不到清水。小羊回答说，他仅仅站在河边喝水，并且又在下游，根本不可能把上游的水搅浑。狼见此计不成，又说道："我父亲去年被你骂过。"小羊说，那时他还没有出生。狼对他说："不管你怎样辩解，反正我不会放过你。"

这说明，对恶人做任何正当的辩解也是无效的。

3. 说谎的放羊娃

（《伊索寓言》）

有个放羊娃赶着他的羊群到村外很远的地方去放牧。他老是喜欢说谎，开玩笑，时常大声向村里人呼救，谎称有狼来袭击他的羊群。开始两三回，村里人都惊慌得立刻跑来，被他嘲笑后，没趣地走了回去。后来，有一天，狼真的来了，窜入羊群，大肆咬杀。牧羊娃对着村里拼命呼喊救命，村里人却认为他又在像往常一样说谎，开玩笑，没有人再理他。结果，他的羊群全被狼吃掉了。

这故事说明，那些常常说谎话的人，即使再说真话也无人相信。

4. 画蛇添足

有个楚国贵族，在祭祀过祖宗后，把一壶祭酒赏给门客们喝。门客们拿着这壶酒，不知如何处理。他们觉得，这么多人喝一壶酒，肯定不够，还不如干脆给一个人喝，喝得痛痛快快还好些。可是到底给谁好呢？于是，门客们商量了一个好主意，就是每个人各自在地上画一条蛇，谁先画好了这壶酒就归谁喝。大家都同意这个办法。

门客们一人拿一根小棍，开始在地上画蛇。有一个人画得很快，不一会儿，他就把蛇画好了，于是他把酒壶拿了过来。正待他要喝酒时，他一眼瞅见其他人还没把蛇画完，他便十分得意地又拿起小棍，边自言自语地说："看我再来给蛇添上几只脚，他们也未必画完。"边说边给画好的蛇画脚。

不料，这个人给蛇画脚还没完，手上的酒壶便被旁边一个人一把抢了过去，原来，那个人的蛇画完了。这个给蛇画脚的人不依，说："我最先画完蛇，酒应归我喝！"那个人笑着说："你到现在还在画，而我已完工，酒当然是我的！"画蛇脚的人争辩说："我早就画完了，现在是趁时间还早，不过是给蛇添几只脚而已。"那人说："蛇本来就没有脚，你要给它添几只脚那你就添吧，酒反正你是喝不成了！"

那人毫不客气地喝起酒来，那个给蛇画脚的人却眼巴巴看着本属自己而现在已被别人拿走的酒，后悔不已。

有些人自以为是，喜欢节外生枝，卖弄自己，结果往往弄巧成拙，不正像这个画蛇添足的人吗？

5. 狐假虎威

有一天，一只老虎正在深山老林里转悠，突然发现了一只狐狸，便迅速抓住了它，心想今天的又可以美美地享受一顿午餐了。

狐狸生性狡猾，它知道今天被老虎逮住以后，前景一定不妙，于是就编出一个谎言，对老虎说："我是天帝派到山林中来当百兽之王的，你要是吃了我，天帝是不会饶恕你的。"

老虎对狐狸的话将信将疑,便问:"你当百兽之王,有何证据?"狐狸赶紧说:"你如果不相信我的话,可以随我到山林中去走一走,我让你亲眼看看百兽对我望而生畏的样子。"

老虎想这倒也是个办法,于是就让狐狸在前面带路,自己尾随其后,一道向山林的深处走去。

森林中的野兔、山羊、花鹿、黑熊等各种兽类远远地看见老虎来了,一个个都吓得魂飞魄散,纷纷夺路逃命。

转了一圈之后,狐狸洋洋得意地对老虎说道:"现在你该看到了吧? 森林中的百兽,有谁敢不怕我?"

老虎并不知道百兽害怕的正是它自己,反而因此相信了狐狸的谎言。狐狸不仅躲过了被吃的厄运,而且还在百兽面前大抖了一回威风。对于那些像狐狸一样仗势欺人的人,我们应当学会识破他们的伎俩。

6. 东郭先生和狼

晋国大夫赵简子率领众随从到中山去打猎,途中遇见一只像人一样直立的狼狂叫着挡住了去路。赵简子立即拉弓搭箭,只听得弦响狼嚎,飞箭射穿了狼的前腿。那狼中箭不死、落荒而逃,使赵简子非常恼怒。他驾起猎车穷追不舍,车马扬起的尘土遮天蔽日。

这时候,东郭先生正站在驮着一大袋书简的毛驴旁边向四处张望。原来,他前往中山国求官,走到这里迷了路。正当他面对岔路犹豫不决的时候,突然窜出了一只狼。那狼哀怜地对他说:"现在我遇难了,请赶快把我藏进你的那条口袋吧! 如果我能够活命,今后一定会报答您。"

东郭先生看着赵简子的人马卷起的尘烟越来越近,惶恐地说:"我隐藏世卿追杀的狼,岂不是要触怒权贵? 然而墨家兼爱的宗旨不容我见死不救,那么你就往口袋里躲吧!"说着他便拿出书简,腾空口袋,往袋中装狼。他既怕狼的脚爪踩着狼颌下的垂肉,又怕狼的身子压住了狼的尾巴,装来装去三次都没有成功。危急之下,狼蜷曲起身躯,把头低弯到尾巴上,恳求东郭先生先绑好四只脚再装。这一次很顺利。东郭先生把装狼的袋子扛到驴背上以后就退缩到路旁去了。不一会儿,赵简子来到东郭先生跟前,但是没有从他那里打听到狼的去向,因此愤怒地斩断了车辕,并威胁说:"谁敢知情不报,下场就跟这车辕一样!"东郭先生匍匐在地上说:"虽说我是个蠢人,但还认得狼。人常说岔道多了连驯服的羊也会走失。而这中山的岔道把我都搞迷了路,更何况一只不驯的狼呢?"赵简子听了这话,调转车头就走了。

当人唤马嘶的声音远去之后,狼在口袋里说:"多谢先生救了我。请放我出来,受我一拜吧!"可是狼一出袋子却改口说:"刚才亏你救我,使我大难不死。现在我饿得要死,你为什么不把身躯送给我吃,将我救到底呢?"说着它就张牙舞爪地向东郭先生扑去。东郭先生慌忙躲闪,围着毛驴兜圈子与狼周旋起来。

太阳快下山的时候,东郭先生怕天黑遇到狼群,于是对狼说:"我们还是按民间的规矩办吧!如果有三位老人说你应该吃我,我就让你吃。"狼高兴地答应了。但前面没有行人,于是狼逼他去问杏树。老杏树说:"种树人只费一颗杏核种我,二十年来他一家人吃我的果实、卖我的果实,享够了财利。尽管我贡献很大,到老了,却要被他卖到木匠铺换钱。你对狼恩德不重,它为什么不能吃你呢?"狼正要扑向东郭先生,这时正好又看见了一头母牛,于是东郭先生又去问牛。那牛说:"当初我被老农用一把刀换回。他用我拉车帮套、犁田耕地,养活了全家人。现在我老了,他却想杀我,从我的皮肉筋骨中获利。你对狼恩德不重,它为什么不能吃你呢?"狼听了又嚣张起来。

就在这时来了一位拄着藜杖的老人。东郭先生急忙请老人主持公道。老人听了事情的经过,叹息地用藜杖敲着狼说:"你不是知道虎狼也讲父子之情吗? 为什么还背叛对你有恩德的人呢?"

狼狡辩地说:“他用绳子捆绑我的手脚,用诗书压住我的身躯,分明是想把我闷死在不透气的口袋里,我为什么不吃掉这种人呢?”老人说:“你们各说各有理,我难以裁决。俗话说‘眼见为实’。如果你能让东郭先生再把你往口袋里装一次,我就可以依据他谋害你的事实为你作证,这样你岂不有了吃他的充分理由?”狼高兴地听从了老人的劝说,然而却没有想到在束手就缚、落入袋中之后,等待它的是老人和东郭先生的利剑。

7. 望梅止渴

东汉末年,曹操带兵去攻打张绣,一路行军,走得非常辛苦。时值盛夏,太阳火辣辣地挂在空中,散发着巨大的热量,大地都快被烤焦了。曹操的军队已经走了很多天了,十分疲乏。这一路上又都是荒山秃岭,没有人烟,方圆数十里都没有水源。将士们想尽了办法,始终都弄不到一滴水喝。头顶烈日,战士们一个个被晒得头昏眼花,大汗淋淋,可是又找不到水喝,大家都口干舌燥,感觉喉咙里好像着了火,许多人的嘴唇都干裂得不成样子,鲜血直淌。每走几里路,就有人倒下中暑死去,就是身体强壮的士兵,也渐渐地快支持不住了。

曹操目睹这样的情景,心里非常焦急。他策马奔向旁边一个山冈,在山冈上极目远眺,想找个有水的地方。可是他失望地发现,龟裂的土地一望无际,干旱的地区大得很。再回头看看士兵,一个个东倒西歪,早就渴得受不了,看上去怕是难得再走多远了。

曹操是个聪明的人,他在心里盘算道:这一下可糟糕了,找不到水,这么耗下去,不但会贻误战机,还会有不少的人马要损失在这里,想个什么办法来鼓舞士气,激励大家走出干旱地带呢?

曹操想了又想,突然灵机一动,脑子里蹦出个好点子。他就在山冈上,抽出令旗指向前方,大声喊道:“前面不远的地方有一大片梅林,结满了又大又酸又甜的梅子,大家再坚持一下,走到那里吃到梅子就能解渴了!”

战士们听了曹操的话,想起梅子的酸味,就好像真的吃到了梅子一样,口里顿时生出了不少口水,精神也振作起来,鼓足力气加紧向前赶去。就这样,曹操终于率领军队走到了有水的地方。

曹操利用人们对梅子酸味的条件反射,成功地克服了干渴的困难。可见人们在遇到困难时,不要一味地畏惧不前,应该时时用对成功的渴望来激励自己,就会有足够的勇气去战胜困难,到达成功的彼岸。

第四节 故事·小说

一、故事

(一)故事的概念

故事是儿童最喜闻乐见的文学样式之一,它以叙述生动有趣、动人心弦的事件为主,激发儿童的阅读兴趣。故事最初是由编撰人口述给旁人听,通过听者的再次传播而得以流传。在不断地口耳相传实践中,故事的创作手法日趋多样,形式也越来越丰富、完善,慢慢形成了较为定型的神话故事、传奇故事、历史故事、动物故事、生活故事等形式,后经文人的专门整理收集和充实,使得许多故事都得到了保存。随着文学各类体裁样式的定型发展,故事也逐渐形成了较为固定、独特的文体特征,成为一种专门的文学类别。

儿童故事是专为儿童编写的，以叙事、写实为主的一类作品。它主题单纯，内容浅显，篇幅短小，人物集中，故事性强，语言口语化，是一种运用广泛、流传性强的儿童文学体裁之一。

儿童故事题材范围很广，但主要还是与儿童密切相关的生活故事，其中的人物、事件可以是真人真事，也可以是从生活中提炼、加工经过虚构的人物事件。但无论是真实的还是虚构的，都必须符合儿童的生理心理特征，既要是他们所关心、感兴趣的，又要在深度和广度上合乎他们的接受能力。

（二）故事的艺术特点

儿童故事是故事的一个分支，它符合故事的一般特征，如注重情节的完整性、连贯性、悬念性、趣味性，表现方式以叙述、写实为主等。但儿童故事因其读者对象的特殊性，又形成了自身特有的艺术特点，主要表现在以下四个方面。

1. 主题明朗，有教育意义

儿童故事的主题大多较为明朗集中，带有一定的教育意义，这与传统故事的影响不无关联。传统故事具有较为固定的主题类型，惩恶扬善，以智斗愚、因果报应、勤劳致富等都是创作者乐于表现的主题。通过故事，作者往往希望传达给人们一种基本的社会道德观念，颂扬勤劳、勇敢、诚信、善良等优良品德。儿童故事主要是供儿童读者，尤其是幼儿听赏和阅读的，在有趣的故事中融进一定的教育主题，自然更容易令他们接受，有助于其道德品质的培养与完善。

2. 线索单一，脉络清晰

儿童故事通常要清楚流畅地讲叙某一事件或生活片断的来龙去脉、前因后果，使儿童获得鲜明的印象，因此它通常采用单线推进、顺序展开、首尾贯通的结构形式，线索单一、脉络清晰，很少设置复线或交叉叙述。这与儿童的思维处于发展阶段，不善于同时把握几条线索，不喜过繁的故事有直接关系。针对学龄前幼儿和学龄初期儿童而言，故事的内容可以简单而不必具备多义性，以便于孩子记忆和理解。

3. 情节性强，富于趣味

由于儿童故事的读者、听众年龄偏小，注意力易分散和转移，因此平淡无奇的故事很难把他们引入作品中去，必须有曲折多变的故事情节、饶有趣味的语言情境贯穿始终。这就要求儿童故事必须在短小的篇幅中迅速提出矛盾或产生冲突，以吸引儿童的注意力。在叙述过程中，儿童故事大多以直线式展开，环环相扣，少有头绪纷繁的穿插和过大的跳跃，也不宜作过多的铺垫和细腻的描写。另外，语言的幽默感，人物特征的夸张，悬念、闪回、对比等艺术手法的运用，都有助于增强儿童故事的趣味性。

4. 语言口语化、简洁明快

儿童故事以叙述为主要表达方式，为便于讲述给儿童听，语言上就会带有鲜明的口语化特征，即简洁明快、生动浅显、容易让孩子理解接受。这种语言与书面语言有着明显的区别，它必须和儿童所具备的听学语言的能力相适应，在词汇、语法、节奏等方面合乎儿童的表达习惯，但这种“合乎”又绝非“娃娃腔”，而应是根据儿童的欣赏习惯和理解能力，对儿童的生活语言进行筛选、提炼而成的艺术化的口头语言。

（三）故事的分类

儿童故事按不同角度可分出多种类型。按故事来源分，可分为民间故事（包括改编的）和创作故事（或文学故事）两类；按表现形式分，可分为文字故事和图画故事两类；按题材内容分，又有生活故事、动物故事、民间故事、历史故事、神话故事等类别。这里我们重点介绍几种典型的儿童故事类型：

1. 生活故事

生活故事是指直接取材于儿童现实生活的故事，大多反映儿童身边的事，有着浓厚的生活气息和儿童情趣。这类故事在儿童故事中数量较多，有着重要的地位。如《圈儿，圈儿，圈儿》、《学校真有意思》、《鸟树》、《谁勇敢》等，都选取儿童生活中平凡而又有趣的细节编成故事，意在对儿童进行某种教育和引导，使他们在轻松的阅读过程中知晓道理、明辨是非。这种取自生活、表现生活的写作方式，对儿童而言，更有一种真实感和亲切感，易于理解。

2. 动物故事

动物故事是指以动物或主要以动物为主人公的儿童故事，即通过描摹动物的生活、活动以及动物间的相互关系，富有趣味地讲述各种动物的习性、特征、与人类的交往，并间接地反映人类的生活样貌。如《黎达动物故事集》中的八篇动物故事，细致地描述了八个主人公的出生、成长和为生存而作的斗争，妙趣横生。不仅如此，作者还附带提及了其他一百三十余种动物、七十余种植物的面貌和习性，为小读者增添许多自然科学知识。由于儿童与动物之间有一种天然的联系，这类作品也自然为孩子所喜爱。

3. 民间故事

民间故事是指劳动人民口头创作和流传的可供儿童读和听的故事，其丰富的想象、神奇的情节、民间的特色、完满的结局都满足了儿童猎奇心理的需要，也有助于他们认识民族的传统。许多中外伟大的作家都受过民间故事的哺育，如高尔基说："我听过外祖母和乡下说故事的人说过民间故事，它们在我的精神成长中曾经起了非常良好的作用。"儿童的民间故事往往具有丰富的思想内涵，如《鲁班学艺》揭示了非凡的才能是经艰苦磨炼、刻苦学习得来的；《阿凡提的故事》歌颂了劳动人民的智慧，鞭笞了好逸恶劳、投机取巧等丑行。

4. 历史故事

历史故事是指根据真实的历史事件编写的适合儿童阅读的故事，它不仅以浅易生动的方式向孩子们传授历史知识，而且还可以培养他们朴素的民族自豪感。此类故事通常可分两类：一类是描写历史中发生过的重大事件，如《中国古代四大发明》、《上海小刀会的故事》等；一类则以历史人物为主要表现对象，如《岳飞》、《水浒故事》等。《上下五千年》就是一套有关中外历史的大型儿童故事丛书，曾一版再版，影响广泛。

5. 图画故事

图画故事是一种以连续的画面来表达一个完整情节的故事形式，其直观的形式、富于趣味的表达深受各年龄段的儿童尤其是幼儿的喜爱。从处理文字与图画的关系上看，图画故事通常可分为两种类型：一是单纯的图画作品；二是图文并重的作品。前者适于幼儿，后者适宜面较广，可供各年龄段儿童甚至成人阅读。图画故事具有直观性强、想象力丰富、戏剧冲突明显、文字简洁等特点，用前苏联诗人马尔夏克的话来说："这种书正是站在生活的门槛上来迎接儿童的。"可见图画故事在儿童文学中的重要作用和地位。

（四）重点作家作品推荐赏析

任溶溶，原名任根鎏，原籍广东，1923年生于上海，长期在少年儿童出版社和上海译文出版社工作，是我国著名的翻译家和儿童文学作家。任溶溶精通多国语言，曾翻译小说、童话、戏剧、诗歌等多种体裁的外国儿童文学作品一百多种，如普希金童话诗，意大利童话《假话国历险记》，英国童话《彼得·潘》，瑞典童话《长袜子皮皮》等。除此之外，任溶溶也是一位深受欢迎的儿童文学作家。他热爱孩子，十分熟悉他们的生活、心理、兴趣爱好，善于根据不同年龄、不同特点的读者需要进行创作。其创作的作品主要有：儿童诗《你们说我爸爸是干什么的》和儿童故事《没头脑和不高兴》、《一个天才杂技演员》等。

《没头脑和不高兴》的主角是两个特征鲜明的孩子，"没头脑"成天马马虎虎、丢三落四；"不高兴"则刁蛮任性，一切以自己的兴趣行事，一开口就是"不高兴"。这两人因为各自的怪脾气在生活中闹出了不少令人忍俊不禁的笑话，最后生活使他们受到了教训，改正了缺点。这样的孩子在生活中屡见不鲜，他们往往以自我为中心，对自己的缺点视而不见，满不在乎。任溶溶抓住了这些孩子的弱点，运用夸张的手法和奇特的想象，让两位主人公各自带着自己的缺点长成了大人，并为他们安排了出乎意料又合乎情理的际遇，使缺点在社会生活中暴露无遗。故事亲切自然、妙趣横生，同时对孩子也有警示作用。

郑春华，1959 年生，浙江淳安人，中国作协会员。二十世纪八十年代开始儿童文学创作，出版有儿童诗集《甜甜的托儿所》、《圆圆和圈圈》，幼儿长篇故事《紫罗兰幼儿园》、《贝加的樱桃班》等。其作品曾四次获全国优秀儿童文学奖，两次获陈伯吹儿童文学奖，还有国家图书奖、全国优秀少儿读物奖、金鹰动画片大奖等。

《大头儿子与小头爸爸》是郑春华的成名作，也是代表作。迄今为止，这一系列已发行两百余万册，创下了幼儿文学作品发行量的高峰，由此改编的动画片也深受小观众的欢迎。郑春华凭借女性的敏感，透过一个个生活小故事细腻传神地写出了幼儿的天真与童趣以及同样可亲可爱、幽默快乐的成人形象。作品洋溢着父子间的亲情和温情、成长与感动，又不失趣味性与生动性。

亚米契斯，1846 年出生于意大利，年轻时曾加入军队，参加过统一意大利的斗争。《爱的教育》是他的代表作，全书由一百个小故事组成，通过一位三年级小学生安利柯的口吻来讲述发生在他身边的一个个平常又蕴含着人情味的生活事件，从而把爱与美注入读者心田。作品中处处渗透着“爱”的教育，大至国家、社会、民族的大我之爱，小至父母、师长、朋友间的小我之爱，读来扣人心弦、感人肺腑。一百多年来此书一直畅销不衰，并多次被改编为连环画、动画、电影等，读者遍布全世界。

（五）故事的创作与改编

儿童故事在低幼读物中的比重很大，它形式活泼多样，内容丰富有趣，不但是儿童的朋友，也是家庭、学校教育的好帮手。它的创作与改编应注意以下四点。

第一，内容、题材要契合低幼儿童的心理特点和审美感受力，题旨应明朗、积极，有教育引导作用。儿童故事的选材，可以是儿童生活中熟悉或关切的事物，也可以是他们所陌生、需了解的事物。我们要多注意开阔儿童的视野，多表现其生活中的快乐、情趣，使其受到真善美的教育。

第二，构思要有新意，情节要能吸引人。我们有些幼教工作者急于用幼儿故事解决孩子身上的缺点，于是容易出现构思概念化、公式化的弊病：犯错误——教育指正——认识错误。这样的故事写得太实，缺乏艺术提炼和想象力，不易被孩子接受。好的儿童故事，应该着力在构思与情节的趣味性上下工夫，尽量使故事结构精巧、跌宕起伏、情趣盎然。

第三，形象鲜明、性格饱满的人物对一篇好的儿童故事也是非常重要的。儿童故事虽然不像儿童小说那样强调人物形象，但也不宜把创作对象写得类型化、千人一面。事实上适当地突出、写活人物形象，有助于儿童对故事留下深刻印象，也更能起到应有的效果。

第四，对于图画故事来说，还要妥善处理文字与画面的关系。文字与图画要相互对应，相得益彰，不应使文字成为画面的简单注释，或是图画成为文字的附庸。文字要简洁优美，贴近儿童的语言思维特点；画面则要生动活泼，力求灵活富于变化，带有浓厚的儿童情趣。针对不同读者对象的阅读特征还应选取不同的纸质、开本和装帧形式等。

作品选读

1. 长腿七和短腿八

木　子

长腿七的两条腿有七尺长，短腿八的两条腿只有一尺八寸长。

长腿七住在第七村第七街第七号，短腿八住在第八村第八街第八号。长腿七和短腿八两人是好朋友。

长腿七喜欢穿长长的牛仔裤，短腿八喜欢穿短短的短裤头。

长腿七住的是高高的高房子，短腿八住的是矮矮的矮屋子。

长腿七睡高床，用高桌子高板凳。短腿八睡矮床，用矮桌子矮板凳。

长腿七固定在每个月的第七天去找短腿八喝酒。短腿八也固定在每个月的第八天去找长腿七喝酒。

长腿七从第七村走到第八村只要走七分钟，短腿八从第八村走到第七村要走八小时。

长腿七请短腿八吃午饭这一天，短腿八在半夜里醒来就要出门去赶路。轮到短腿八请长腿七吃午饭这一天，长腿七要等短腿八煮好八个菜才出门。短腿八在长腿七家里吃完了午饭要立刻走，走到晚上八点才到家。长腿七在短腿八家里吃完了午饭可以一直玩儿，玩儿到晚上七点钟才回家。

长腿七要弯着膝盖，驼着后背，才进得了短腿八的矮屋子。

短腿八要站在长腿七家的高板凳上，才吃得到高脚桌上的饭菜。

长腿七是裁缝师，缝衣针常常掉在地上捡不到，一定要等短腿八来替他捡。短腿八是种枣子的农夫，他爬上梯子也采不到树上的枣子，长腿七不要用梯子，一伸手就采到枣子。

长腿七做一条裤子要用布七尺七，短腿八做一条裤子只要一尺八。长腿七替短腿八修屋顶，短腿八替长腿七刷地板。

长腿七的鞋带松了，短腿八替他系鞋带。大水来的时候，长腿七把短腿八扛在肩膀上。

长腿七喜欢捕捉枣树上的小知了。短腿八喜欢追逐草丛里的小蟋蟀。

每个月的第七天，短腿八在家忙里忙外，忙着招待长腿七来喝酒吃午饭。每个月的第八天，长腿七在家忙里忙外，忙着招待短腿八来喝酒吃午饭。

他们两个，你来我往很密切。

长腿七对短腿八说："如果你不来，我的缝衣针掉满地。"

短腿八对长腿七说："如果你不来，我的枣子没人替我采。"

长腿七对短腿八说："你的短腿真有用。"

短腿八对长腿七说："你的长腿更有用。"

时间一年一年，一月一月地过去。长腿七和短腿八一直都是好朋友。

2. 终身不笑者的故事

（《一千零一夜故事集》）

相传很久以前，有一个财主，有很多田产地业，家里车马、婢仆成群，过着荣华富贵的生活。他死的时候，只有一个年幼的独生子继承祖业。

儿子逐渐长大，由于财产如山，他过起了享乐生活，终日沉溺于花天酒地之中。他为人慷慨，乐善好施，挥金如土。几年下来，父亲留下的钱被他花得干干净净。于是，他只好出卖婢仆和变卖家产，勉强维持生活，到后来变得一无所有，缺衣少食，没办法，他只好卖苦力，靠做短工糊口。过了一年，有一天，他坐在一堵墙下，等着别人雇他做工。这时，一个衣冠楚楚、面容慈祥的老人走过来，跟他打招呼。他觉得奇怪，问道：

"老伯，你认识我吗？"

"不，我不认识你，孩子。可我看你现在虽然落泊，但在你身上却有富贵的迹象呢。"

“老伯，这都是命中注定，你需要雇我做活吗？”

“是的，我可以请你去做一些简单的家务活。”

“什么事，老伯，告诉我吧。”

“我家里有十个老人需要照料。你能吃饱穿好，我除了付你工资，还要给你一些额外的报酬。说不定托安拉的福，你会得到你所失去的一切呢！”

“明白了，谨遵所命。”青年欣然答应。

“我还有一个条件。”

“什么条件，请说吧。”

“你必须保守秘密。如果你看见我们伤心哭泣，不许问我们为什么哭泣。”

“好的，老伯，我不问就是。”

“托安拉的福，孩子，你跟我来吧。”

于是，老人带着青年上澡堂，让他洗掉身上的污秽，换上一套崭新的布衣服，然后带他回家。

老人的家是一幢坚固、宽敞、高大的房屋，里面房间很多，大厅中央有喷泉，养着雀鸟，屋外还有花园。他们来到大厅，厅里彩色云石的地板上铺着丝毯，镶金的天花板灿烂夺目。屋里有十个年迈的老人，他们个个身穿丧服，相对伤心饮泣。眼看这种情景，他觉得奇怪，很想问明白，但想起老人提出的条件，便默不作声。接着老人给他一个匣子，里面盛着三千金币，对他说：

“孩子，我把这些钱交给你来维持我们的生活，一切都托付给你了。”

“是。”他愉快地接受了老人的托付，开始服侍照料这些老人。

他精心安排他们的生活，一切都亲自过问，和他们平安愉快地生活在一起。但没过几天，老人中的一个就害病死了，他们伤心地洗涤、装殓好同伴的尸体，把他葬在后花园中。

以后的几年中，这些老头子一个一个地死去，最后只剩下两人，一老一少，相依为命。又过了几年，这个老头也生了病，生命垂危。青年不由惭愧地对他说：“老伯，我可是勤勤恳恳地伺候你们，向来小心谨慎的呀！十二年了，我可没偷懒呢。十二年如一日。”

“不错，我的孩子。你精心照料我们这些年，确实勤恳。现在老人家们先后去世，那不奇怪，我们活着的人，迟早也是要去见安拉的。”

“我的主人哟！你如今卧床不起，病情很沉重。能否在此时告诉我，你们长期苦闷、伤心、哭泣的原因呢？”

“孩子，你别难为我吧，这些事你不需要知道。我向安拉祈祷过，希望他保护人类，别再让人们像我们这样悲哀地生活。你如果不想重蹈我们的覆辙，希望你千万别开那道房门。”他伸手指着一道房门，警告青年：“如果你定要知道这其中的原因，就去开那道门吧，门开了，你就明白了，但你也难逃我们那种劫难，到那时候，你懊悔就来不及了。”

老人的病势越发沉重，最后终于瞑目长逝。

青年把他的尸体葬在园中，挨着他的同伴们。这以后，剩下他孤零零的一个人，不知做什么才好。他惶惑不安，老人们的事情吸引、侵扰着他。他想起老人临终嘱咐他，不许他开那道房门，一时被好奇心驱使，他决心看个究竟。于是他一骨碌爬起来，走了过去，仔细打量，那是一道十分别致的房门，门上上了四把钢锁，门楣上蛛网尘封。

老人临终时的警告警示着他，他不由得离开那道房门。可是，想去开门的心情始终烦扰着他。他彷徨、犹豫了七天，到第八天，他再也坚持不住，自言自语地说：“安拉的判决无法避免，一切都是命中注定，我一定要开门，看它到底能给我带来什么遭遇。”于是他冲到门前，打破锁，推开门。

门开后，出现了一条狭窄的通道，他不顾一切，朝里走去，大约三个钟头后，他来到无边无际的大海边，他感到惊奇，张望着在海滨徘徊。突然一只大雕从天空扑下来，抓起他飞向高空。飞了一阵，大雕落在一个海岛上，把他扔在那里，飞走了。

他独自在孤岛上，无路可走。有一天，他正坐在海边哀叹，突然看见海面上远远出现一只小船，这使他希望顿生，他心情惶惑地等待小船驶近。

小船终于驶到岸边。他仔细一看，原来是一只用象牙和乌木精制的小艇。船身用金属磨得闪闪发光，船上配着檀木桨舵，里面坐着十个美如天仙的女郎。女郎们一起登岸，吻了他的手，对他说："你是女王的新郎哪！"接着一个婀娜多姿的女郎走近他，打开手里的丝袋，取出一袭宫服和一顶镶嵌珠宝的金王冠，给他穿戴起来。然后，她们带他上船，起桨出发。

船上铺着各种彩色的丝绸垫子。他看着这一切富丽堂皇的装饰和美丽的女郎，以为自己是在做梦。他想，她们会把船划到哪儿去呢？

划了一阵，小船驶到一处岸边。

他抬头一看，岸上无数兵马列阵，武装齐备，铠甲明灿。已经给他预备了五匹骏马，金鞍银辔，光彩夺目。他跨上其中的一匹，让另四匹跟在后面，于是兵马分成两列，簇拥着他。只见鼓乐喧天，旗帜招展，在隆重的仪式中，他们浩浩荡荡地前进。

他不禁疑惑迷茫，很难相信这是事实。

走着走着，来到一处广阔的地带，那儿矗立着一座宫殿，周围有庭园和茂密的森林、湍急的小河、盛开的香花以及歌唱的飞禽，景致美丽幽静。

一会儿，一队队人流从宫殿里涌到草坪上，人们都围他，接着一位国王骑着骏马，带领仆从来到他面前，他赶忙下马，向国王致敬。

国王说："来吧，现在你是我的客人。"于是两人跨上坐骑，谈笑着来到王宫门前，他们这才双双下马，手牵手地进入宫中。

国王让他坐在一张镶金交椅上，自己挨着他坐下。她取下头上的面纱，露出本来面目。原来她是一个满面春风、美丽可爱的巾帼英雄，她的美丽和富丽堂皇的场面，令这位青年惊奇、羡慕不已。女王对他说："你要知道，我是这里的女王，你所看见的那些士兵，其实都是女的。这儿没有一个男子。在我们这个地方，男人负责耕田种地、修房筑屋，妇女则管理国家大事。妇女不但掌权，处理政府的事务，而且还要服兵役。"

青年听了这些，感到十分惊奇。

一会儿，宰相来到女王面前。她头发斑白、面貌庄重，是个威武的老太婆。女王吩咐她："给我们请法官、证人来吧。"

宰相领命，匆匆去了。女王亲切和蔼地跟青年谈话，安慰他，问道："你愿意娶我为妻吗？"

青年立刻站起来，跪下去吻了地面，道："陛下，我比你的仆人还穷。"

"你看到这些婢仆、人马、财产了吗？"

"是的，看见了。"

"这里的一切，你都可以随便使用。"她说道，又指着一道锁着的房门道："是的，一切你都可以随便支配使用，只是这道房门不许你开，否则你会懊悔的。"

说罢，宰相带了法官和证人来。青年一看，她们一个个全都是老太婆，长发披肩，摆着庄重严肃的架势。女王吩咐婚礼仪式开始，于是摆下丰盛的筵席，大宴宾客，盛况空前。

新婚之后，他和女王夫妻恩爱，过着快乐幸福的生活，不知不觉过了七个年头。

有一天，他想起那道锁着的房门，自言自语地说："里面一定藏着更精美的宝物，要不然，她怎么会禁止我开门的呢？"于是他一骨碌爬起来，毅然打开了房门，进去一看，原来里面关着从前把他抓到岛上的那只大雕。

大雕一见他，便对他说："你这个不听忠告的倒霉家伙！你不再受欢迎了。"

青年听了这话，回头便逃，大雕赶上去一把抓住他，飞腾起来，在空中飞了约一个钟头，把他扔在原先抓他的那处海滨，然后展翅飞去。

青年慢慢醒过来，坐在海边，想着在女王宫中掌权发号施令的荣耀，忍不住伤心后悔。他盼望回到妻子宫中去，便呆在海边观望，足足等了两个月。一天夜里，他在忧愁的缠扰下失眠，忽然不知从什么地方传来一个声音说道："你只能烦恼了，失去了的，要想得到它，那谈何容易啊！谈何容易啊！"

他听了那声音，知道没有希望重叙旧情了，不由大失所望，悲哀至极。他无可奈何，又回到七年前老头们居住的屋子里，忽然明白了一切。老头们当时的境遇和自己目前的遭遇不是一样吗？这也就是他们忧愁苦恼、伤心哭泣的原因呀。

从此，他住在那幢房子里，寂寞冷落，忧郁苦闷地度日，不停地悲哀哭泣。

那以后，他终身不再言笑，直至瞑目长逝。

二、儿童小说

（一）儿童小说的概念

儿童小说作为一种独立发展的儿童文学文体样式，产生较晚，是从成人小说中逐渐分化出来的。尽管如此，它的发展和繁荣却极为迅速，一旦成熟，便以其锐不可当的蓬勃之势成为儿童文学的生力军，为广大儿童读者所喜爱。概括地说，儿童小说是为少年儿童所写的小说作品，它的读者对象主要是小学中高年级学生及初中学生，作家针对这一特定读者群的生理、心理和审美特点创作的，有益于他们健康成长及有能力接受的小说就是儿童小说。这一概念包括两个层面的含义。

第一，儿童小说是小说，它应当符合一般小说创作的基本规律。小说是一门综合性的艺术，它需要运用各种表现手法，通过对人物、情节、故事、环境等的具体描写，描绘、反映和再现生活，传递感情。它不受真人真事的限制，可以虚构或进行合理的想象，在写作上比较自由。显然，儿童小说在文学性上与一般小说并无二致。

第二，儿童小说的主要读者是少年儿童，是作家根据这一特定读者群的心理特征和审美情趣而创作的小说。尽管文学无严格界限，优秀的儿童小说同样受成人的欢迎，儿童也常从成人小说中选取作品来阅读。但从创作主体角度而言，儿童小说作家是自觉地为少年儿童而写作的，他们在创作过程中选取题材、提炼主题、塑造人物、结构故事、运用语言等方面都应根据儿童读者的审美接受特点。只有以儿童所能接受的视角、感觉、心理进行创作，才能获得儿童读者的认同，才能在他们心中引起共鸣。

儿童小说的文学性与儿童特征同样重要，不可偏废。小说的范畴规定了儿童小说的类别；儿童的范畴又进一步说明了接受对象的特殊性。在具体的创作过程及评论、研究儿童小说的创作特点时，都应将两者有机结合起来，以免陷入认识上的误区。

（二）儿童小说的艺术特点

由上所述，儿童小说的文学性要求它符合小说创作的一般规律，而其儿童特征又决定了它在主题思想、人物刻画、环境描写和情节构成等方面，有着自己的特点。

1. 明朗积极的小说主题

主题是作品的灵魂，由它统率着作品的一切。一部小说的主题是通过文本真实地展现世态人情并暗示给读者的思想，是通过文本中的文学形象自然显露的。儿童小说因其特定的接受对象，尤其应有明朗积极的主题。主题过于含蓄、内敛，儿童就很难领会，更谈不上接受了。当然，明朗积极的主题并不等于儿童小说就不能揭露生活中阴暗、丑恶的一面。社会本是多姿多彩的万花筒，儿童小说中单有美好灿烂的一面，而无与之相应的暗淡与陋习，同样是单调、乏味的。如俄国短篇小说家契诃夫的《万卡》，通过小万卡发自内心的对爷爷的倾诉，深刻地揭示了当时俄国社会的黑暗统治对穷苦儿童身心的极大摧残和迫害，其主题同样是明朗深刻而又自然的。另外，我国新时期涌现出来的丁阿虎的《祭蛇》、常新港的《独船》等作品，尽管表现的是现实社会生活中暗淡的一面，但其主题仍然显示出积极的社会意义，不光是引起小读者的心灵震撼，也引起了教育界的广泛思索，这样的儿童小说就不失为优秀的作品。

2. 性格鲜明的人物形象

人物刻画是小说创作中的中心环节，也是小说"三要素"之一。一部小说写得好坏、深浅，主要看其人物形象是否个性鲜明。小说家进行人物刻画，实际上就是塑造人物的性格，通过生理、心理、社会的因素，通过人物的思绪与活动、情节与对话，呈现出独特的"这一个"。对于儿童小说来说，主要是塑造少儿形象，中外优秀的儿童小说就有许多栩栩如生的少儿形象，如《两个小路特》中两个性格截然相反，但心灵息息相通的双胞胎姐妹；《没有纽扣的红衬衫》中勇敢、直率、敢于冲破旧势力，追求个性自由的女中学生安然；《罗文应的故事》中最终战胜薄弱意志而成为好少年的罗文应等，他们都是不同时代、不同社会少年儿童个性化性格的典型形象，具有强烈的艺术感染力，在小读者中也产生了深远的影响。

3. 具体清晰的典型环境

环境，是小说中人物生活的背景，也是故事发生、发展的场所。环境描写，是指对作品中人物活动的社会环境的描写，同时也包括必要的自然环境描写。儿童小说要塑造性格鲜明的人物形象，必须着力描绘与典型人物相适应的典型环境，使其获得赖以植根的土壤。都德的《最后一课》中，小弗朗士所生活的地方是法国亚尔萨斯省的一个村，那儿原先是一个宁静的小村子，但是如今这宁静被普鲁士军队破坏了。给孩子们上最后一堂法语课的是严肃而又温和的韩麦尔先生，和孩子们一起听这最后一堂课的还有霍塞老人、卸任村长和退职邮差。就是在这样的一个小村子里，和这样一群人一起，小弗朗士深切地感受到失去故乡的痛楚，也为其憎恨侵略者、热爱祖国的思想性格的形成提供了依据。

4. 引人入胜的故事情节

优秀的儿童小说大多是以新奇多变、引人入胜的故事情节吸引小读者的，少儿的阅读心理决定了他们更容易被充满情节趣味和强烈故事性的作品所吸引。若是小说中的情节平淡无奇，就会令孩子感到乏味，失去阅读的兴趣。因此，儿童小说必须要有生动曲折的故事情节，有起有落，有高潮，不能直来直去。如邱勋的《三色圆珠笔》，整个故事情节始终围绕着徐小东展开：因为他有过"前科"，所以同学们怀疑他是偷窃者；因为他不承认，所以大家用"投票"方式把他"选"为小偷；最后他真的去偷了一次，使老师和同学们认识到了自己的偏见。这个故事情节脉络清晰，进展迅速，节奏明快，很适合少年儿童阅读。

（三）小说与故事的异同

从广义的角度来看，儿童小说与儿童故事同属叙事文体，都有人物、情节、环境。但在表现手法和艺术特征上，两者仍有差异，主要表现为以下四个方面。

第一，儿童故事的作者大都以叙述者的身份出现，站在旁观者的立场讲述事件发生的过程，比较客观，也比较中立；儿童小说作者的身份则更自由些，可以是叙述者，也可以是事件的参与者乃至主人公，可以在作品中融入更多情感体验。

第二，儿童故事讲究情节，以叙述生动有趣的故事为主，要求把故事发生的时间、地点、人物和开端、发展、高潮、结局交代清楚，重点是通过生动有趣而完整的故事发展过程来反映生活，娱乐和教育儿童；儿童小说的价值则在于人物和主题，重视的是典型人物的塑造和主题的深度。

第三，儿童故事讲究叙述的技巧，其构思要有新意、情节要能吸引人、语言要简洁明了，矛盾冲突要在短小的篇幅中迅速展现，不宜作过多的铺垫和细腻的描写；儿童小说则讲究叙述的细节，重视对场景、心理活动、语言、动作的精细描绘，而这一切又都是为塑造人物形象和表现主题服务的。细节的描写都要符合人物的性格身份，情节也是由人物性格所决定并发展着，有时候作者自己都不知道结局会怎样，而是按主人公的性格发展下去。

第四，儿童故事的结构简单、线索清晰，一般呈直线形，按时间顺序发展；儿童小说则相对复杂丰富，曲折多变，好比是音乐表演中的多重奏。

（四）重点作家作品推荐赏析

秦文君，1954 年生，上海人，中国作家协会全委会委员，曾任《中国儿童文学》主编。现任《儿童时代》主编。自 1982 年开始文学创作以来，秦文君已出版作品五百余万字，著有《男生贾里全传》、《女生贾梅全传》、《小丫林晓梅》、《一个女孩的心灵史》等长篇小说，先后四十余次获各种儿童文学奖项。《男生贾里》、《家有小丑》、《开心女孩》等作品在海外出版，并被译成英文、日文、德文。《小鬼鲁智胜》、《宝贝当家》、《调皮的日子》等十余部小说被改编为影视作品，并多次获“飞天奖”等奖项。

秦文君是一个把儿童文学创作视为最美丽的事业的作家，她的作品风靡校园。其中“男生贾里系列”的印数已达一百万册，在多种重大奖项的评选中名列第一，还被拍摄成同名影视剧，被誉为是“新时期少年儿童的心灵之作”。贾里是一个活泼好动、聪颖侠义，又爱搞点恶作剧的初中男生，他发誓要出名，成为校园的“知名人士”，但他正当的、健康的欲求却往往以匪夷所思的奇特举动表现出来。为了出名，他闹了不少笑话，但当他不想出名只是充溢着正义的冲动时，倒是真出名了，一夜间他成了与歹徒搏斗的英雄，备受女同学的青睐。小说以“冰糖葫芦串”的形式，将一系列真实可信的生活细节，从孩子们的视角中反射出来，于不经意间勾勒出了一幅幅当代中学生的生活画面。书中轻松幽默的语言风格、妙趣横生的故事情节、个性鲜明的语言形象，都增添了阅读的乐趣，俨然是一部少年成长中的幽默故事集。

曹文轩，1954 年生，江苏盐城人，北京大学教授、博士生导师，中国作家协会全委会委员，北京作协副主席。他的作品以优美、感人著称，无论是描写世间风物，还是刻画人物心灵，都以细腻诗意的笔调打动人心，使读者仿佛走入了幽静、田园的圣地。其儿童文学代表作品有《山羊不吃天堂草》、《草房子》、《红瓦》、《根鸟》、《细米》等，曾获省部级学术奖、文学奖三十余种，其中有宋庆龄文学奖金奖、冰心儿童文学大奖、国家图书奖等奖项。

曹文轩的长篇小说《草房子》以优美的文笔，书写了二十世纪六十年代一个小男孩桑桑的六年小学生活。在这六年中，他亲眼目睹或直接参与了一连串看似寻常但又催人泪下、感人肺腑的事件：少男少女间纯洁无瑕的情感，不幸少年与厄运抗争时的悲怆与优雅，残疾男孩对尊严的执著坚守，垂暮老人在生命最后瞬间闪耀出的人格光辉，主人公在死亡体验中对生命的深切而优美的领悟，大人间扑朔迷离而又充满诗情画意的情感纠葛……小说中，“草房子”是一种美的意象，它既体现了一种自然古朴的格调，更是坚韧生命力的象征。正如小说开头所写：油麻地小学的草房子“很贵重”、“经久不朽”，这些茅草“受着海风的吹拂与毫无遮掩的阳光的暴晒，一根一根的都长得很有韧性”。这些茅草品性的现实体现便是小说中那一个个饱受煎熬却又坚忍不拔的人物形象。曹文轩以一颗敏感的心，小心把捏着人世间的爱与愁、欢与悲，借着命运的无情，“着力彰显生命原始质地里那种坚挺、柔韧的品性”。该小说发表后，获得了海峡两岸评论界的一致好评，曾先后获冰心儿童文学奖、国家图书奖、中宣部“五个一工程”奖，以及台湾《民生报》、《国语日报》等联合颁发的最佳读物奖，由其改编的同名电影曾获金鸡奖最佳编剧奖、童牛奖优秀剧本奖、德黑兰电影节评审团特别大奖“金蝴蝶”奖等奖项，并被翻译成英、日、法等多国语言出版。

马克·吐温，1835年生，美国著名小说家。他的作品生动地反映了南北战争时期至第一次世界大战前美国社会的状况，是美国批判现实主义文学的奠基人，世界公认的短篇小说大师，被誉为“美国文学中的林肯”。他一生创作颇丰，其中最著名是两部长篇儿童小说——《汤姆·索亚历险记》和《哈克贝利·费恩历险记》，它们被认为是这位作家的顶峰之作，也是公认的世界文学名著。

《哈克贝利·费恩历险记》问世于1884年，是《汤姆·索亚历险记》的姊妹篇，其思想深度和艺术造诣都远远超过了《汤姆·索亚历险记》。小说并无起伏跌宕、动人心弦的情节，它叙述了一位心地善良又生性自由的白人少年哈克贝利因厌恶礼法制度而离家出逃，遇到了将要被主人卖到南方去的黑奴吉姆，两人为了共同的目标结伴乘木筏沿密西西比河顺流而下，开始了奇特惊险的旅程。一路上他们遇到不少奇事险事和各色人物，在同舟共济中两人相知为友，最终获得了自由。

在这部长篇小说中，作者描绘了哈克贝利和吉姆在流浪中自然和谐的生活，也展示了总在威胁着他们的充斥于城乡的野蛮与残忍，从而使美好和谐的大自然与丑恶阴暗的“文明”社会界形成鲜明的对照，突出了纯洁、善良的人性与被拜金主义和种族歧视所扭曲了的人与人之间的冲突。小说以幽默诙谐取胜，通过一个几乎毫无幽默感的孩子的自述，将少年自以为是、满不在乎、摇头晃脑的口吻自然地表露出来，令人忍俊不禁。海明威给予此书高度评价：“这是我们所有书中最好的一本。一切美国文学都来自这本书。”

黑柳彻子，1932年生，日本著名作家、电视节目主持人、联合国儿童基金会亲善大使，“社会福利法人——小豆豆基金”理事长。她的代表作《窗边的小豆豆》是一本广受欢迎的儿童小说，自1981年出版以来，不仅在日本，而且在全球都引起了极大的反响，在美国出版时，《纽约时报》甚至发表了两个整版的书评文章，足见其影响力。

该小说是作者对自己小学时代的校园生活半自传式的记录，主人公小豆豆(即童年时代的作者本人)由于好奇心太强，常常违反课堂纪律，刚上小学不久便被学校开除了。妈妈把她送进一所叫做“巴学园”的小学，这所小学的校长叫小林宗作，在小林校长的爱护和引导下，一般人眼中“怪怪”的小豆豆逐渐走上了健康发展的道路，并奠定了她一生的基础。

小说以质朴的文字、新颖的视角、晶莹剔透的童心，写下了一个个真实可亲的故事，同时也使小林校长这位卓越的儿童教育家的教育理念得以绽放至今。它不仅为全世界几千万大小读者带去了无数欢笑和感动，也为现代教育的发展注入了新的活力，成为二十世纪全球最有影响的作品之一。

（五）儿童小说的创作

儿童小说的创作者一般是成人，其心理体验、审美感受与儿童有较大的距离，需要作者既能“蹲下来”写作，亲近儿童的心灵，又能适当提升儿童的欣赏品位，而不是一味地迁就他们。因而，在创作实践中，需要注意以下三个方面。

1. 要有丰富的生活体验

一切文学创作都需要丰富坚实的生活基础，儿童小说更是如此。儿童小说取材于儿童的现实生活，主要采用现实主义的手法，表现儿童生活与追求、心灵与情感。作家只有在观察并体会儿童生活的基础上，详尽地占有材料，并进行一定的艺术提炼，合理的艺术想象，才能创作出原汁原味的小说作品，才能令儿童产生亲近感，在情感上得到沟通，受到感染和启发。

2. 要有精巧、新颖的构思

构思，俗称“编故事”，是指将生活中的事件经过编排与处理，融入小说情节中，它不仅是篇章结构的问题，更是作者的思想、生活、技巧和审美趣味等因素的集中体现。往往有这种情况，生活中很感人的事情，一搬到作品中来，就显得很平淡，其重要原因就在于构思上没处理好。构思的关键，在于要选好“入口处”与“突破口”。如何将生活中的细节集中起来，找出其中的矛盾冲突，并用各种艺术技巧加以编排，形成有悬念、有波澜、有高潮的故事情节，是小说创作的重点与难点。

3. 要有浓厚的儿童情趣

儿童时代是人类生命的起始阶段，有其特殊的精神需求和审美趣味，他们的审美往往不受功利因素的制约。对于一般的小说创作来说，作者往往要在作品中展现自己对事物的解读，凸显自我的感受和情绪，而儿童小说的作家则通常要隐藏现实的自己，抑制自我情绪，转而以孩子的视角认识和看待问题，把孩子眼中的世界以艺术的手法表现出来，这便是儿童情趣。这种情趣在儿童的生活中处处闪现着，需要作家在现实中发掘提炼。

需要指出的是，儿童小说中的儿童情趣不是外加点缀品，而应是人物性格的自然流露，是人物形象的有机组成部分，在人物的语言、行动、心理、神情以及环境等细枝末节处自然渗透。这都需要作家下一番苦工夫。

作品选读

宝　岛

〔英〕罗伯特·路易斯·史蒂文森

宗先鸿　于雪桐　译

次日清晨，我走上甲板一看，那个岛完全变了样。虽然现在风已全息，我们在夜里还是前进了一大段路，眼下正停在距离低矮的东岸东南方约半英里远的地方。灰色调的树林覆盖了岛的表面的很大部分。诚然，一条条带状的黄沙低地和许多松杉科的大树也破坏了这均匀的色调，这些大树或卓然独立，或三五成群，高高地凌驾于其他树木之上；但总的色彩是单调、阴郁的，在树林上面，清晰地矗立着小山顶端那光秃秃的岩石。所有的山都是奇形怪状的，而那座高达三四百英尺的全岛最高峰“望远镜山”的轮廓也最为奇特，它高高耸立，几乎每一面山坡都很陡峭，可是到了顶上却突然削平，好像一座安放雕像的平台。

随着“伊斯班袅拉号”船身的摆动，排水孔几乎没到了水下。帆的下桁像要把滑车扯下来，舵左碰右撞，怦然作响。整个船身辗轧着、呻吟着、颠簸着，如同一所作坊。我不得不紧紧抓住后牵索，只觉得眼前天旋地转。因为我虽然在航行时适应了海上的颠晃，但像这样站在那里像只瓶子似的转，站稳不发晕的本事我还没学会，特别是在早上空腹的时候。

可能是因为这个——也就是这个岛屿的模样，包括它灰色、忧郁的林子和岩石裸露的峰顶，以及我们可以看到和听见的浪击陡岸的飞沫和轰鸣——总之，尽管日头照着，明媚而和暖，岸上的鸟绕着我们四周鸣叫着捕食鱼类，你会想到，在经过了这么长时间的海上航行后，任何一个人都会兴高采烈地上岸去走走，但是，就像俗语说的，我的心沉到了底；从第一眼见到陆地起，我一想到这个宝岛就厌恶透顶。

我们有一上午的枯燥工作要做，因为一丝风也没有，必须放下小划子，载上人，用绳索拖着大船走上三四英里绕过岛角，通过那狭窄的入口，进入到骷髅岛后面的港湾。我自告奋勇地上了其中的一个划子，当然，我并没有多少事可做。天气热得使人发昏，人们一边干一边发出强烈的抱怨。安德森是我这条划子上的头头，他非但不使船员们维持秩序，反而同那最能骂的人一样大声地发着牢骚。

“瞧着吧，”他说，夹着一声诅咒，“长不了啦。”

我想这是个极坏的征兆，因为，直到这天以前，人们都干得很欢，并且都心甘情愿地，但一看到这个岛,纪律的约束就松弛了。

高个子约翰一路上站在舵手旁边指引大船进港。他对这个入口了如指掌。尽管测水的人用测链测得的水深每一处都比图上标的深些,约翰却一次都没犹豫过。

“退潮时这里水冲得急,”他说,“把这里的入口挖了,可以说就像铲子铲似的。”

我们在图上标的锚地下了锚,离主岛和骷髅岛两岸各约三分之一英里。水底是干净的沙砾。我们抛锚的响声惊起了成群的飞鸟,它们在林子上空盘旋着、鸣叫着,但是不到一分钟的工夫又都落了下来,一切又归于沉寂。

这个地方完全被陆地包围着,被树林所掩蔽,树木一直长到满潮时的水位。海滩非常的平坦,小山这儿一座、那儿一座地矗立在一段距离之外,形成了个圆形剧场的形状。两条小河,或者不如说是两个沼泽,汇入了这个池塘,要是你想这么叫这个港湾的话。而环绕这一带的岸上的植物叶子都泛着有毒的光泽。从船上我们什么都看不到,既没有房屋,也没有栅栏,因为它们都被遮蔽在丛林中了。要不是随身带的那张地图,我们几乎以为自己是这个岛露出海面以来头一个在此下锚的哩。

空气纹丝不动,除了半英里外惊涛拍岸、撞击峭壁的轰鸣,再没有别的声音了。锚地笼罩着一股特殊的霉味——一股叶子潮湿和树干腐烂的气味。我注意到医生嗅了又嗅,就像一个人在闻一只臭鸡蛋。

“我不知道有没有什么宝藏,”他说,“但我以我的假发打赌,这里肯定有热病。”

要说水手们在划子上的举动已是一种警告的话,那么当他们来到大船上时就变成一种真正的威胁了。他们聚在甲板上纷纷议论着。命令他们做任何一点小事都会招来冷眼,即使一时遵命去做了,也是勉勉强强、漫不经心的。即便最老实的人也受到了感染,因为船上没有一个能去纠正别人行为的人。显然,哗变像块雷雨前的乌云一般笼罩在我们上方。

但并不只是我们这帮特舱里的人察觉到了危机。高个子约翰从一堆人的身边走到另一堆人的身边,卖力地活动着,竭尽全力地劝说着,做出任何人都不可能比他更好的榜样的姿态。他在积极主动和温顺谦恭方面做了超水平的发挥;他对每一个人都微笑。一旦一项命令发布,约翰就会马上架着他的拐,用世界上最欢快的腔调应道:“是,是,先生!”而当没有什么事可做的时候,他就一支接一支地唱歌,似乎想掩盖其余人的不满。

在那个阴郁的下午表露出的所有阴郁的征兆中,高个子约翰表现出的这种明显的焦虑是那最坏的。

我们在特舱中举行了一次军事会议。

“阁下,”船长说,“要是我冒险再下一道命令,全船人就会立刻来造我们的反。你看,阁下,情况就是如此,我受到了无礼的顶撞,不是吗? 好,要是我回嘴,一眨眼就会刀枪相见;要是我不,西尔弗就会看出里面有鬼,计划就会泡汤。现在,我们只有一个人可以依靠。”

“这又是谁呢?”乡绅问。

“西尔弗,阁下,”船长答道,“他和你我一样急于把事情平息下去。这是他们之间的小小分歧,一旦他有机会,就会说服他们,而我打算做的就是给他这种机会。我们将准许船员们到岸上呆一个下午。要是他们全都上岸的话,我们就可以据守住大船来作战。要是他们谁也不去,好吧,那我们就把住特舱,上帝保卫正义的一方。要是他们中的一些人上岸,你记住我的话,阁下,西尔弗会把他们像带领绵羊似的带回到船上来。”

事情就这么定了。装好弹药的手枪全都发给了忠实可靠的人;亨特、乔埃斯和雷卓斯使我们信心大增,因为当他们听到消息后并没怎么惊讶,而且精神比我们预想的要好。于是船长就走到甲板上向船员们讲话。

“弟兄们，”他说，“我们遇到了个大热天，全都累坏了，精神不佳。到岸上走走对任何人都没有坏处——划子仍在水里，只要你们愿意，可乘划子到岸上去呆一个下午。日落前半小时我将鸣枪召唤你们返船。”

我相信这些愚蠢的家伙们一定以为一到岸上宝藏便唾手可得；因为他们所有的愠怒立刻一扫而光，发出的欢呼声在远山激起了回响，再一次地惊起了鸟群，在锚地上空盘旋着惊叫不已。

船长太明智了，决不碍他们的事。他一转眼就走开了，留下了西尔弗他们，由西尔弗来安排；我想他这样做也好。要是他留在甲板上，他就无法再装聋作哑。这一点明白如昼。西尔弗是船长，而且手下有一帮图谋叛乱的船员。老实的人手——很快我就得到证实，船上还确有这样的人在——一定是些很迟钝的家伙。或许，我进一步猜想，事情的真相是，所有的人手都被坏头头带坏了——只是有些程度重些有些程度轻些而已，极少数几个大体上还是好人，他们不愿被利诱或威胁着走得太远。吊儿郎当、睁一只眼闭一只眼是一回事，而夺船、谋害大批无辜的性命则完全是另一码事。

第五节　散文·报告文学

一、儿童散文

（一）儿童散文的概念

散文是人们熟悉的文章体裁。按照习惯的理解，它有狭义和广义之分。广义地说，非韵文即散文，它包括除诗歌以外的文学作品体裁，如议论文、说明文、记叙文，以及各种应用性质的文体。狭义地说，它是指与诗歌、小说、戏剧并列的一种文章体裁，包括报告文学、文艺通讯、人物传记、抒情小品、杂文、游记、序跋、回忆录、科学小品等。

随着文学体裁的发展，现今的散文概念更趋狭义化、纯文学化，即专指那类记叙和抒情为主、形式短小活泼、语言自由的文学体裁。本节所要论述的便是这种意义上的儿童散文。

儿童散文是散文的一个分支，因而在文体特质的规定性上，与成人是一致的。同成人散文一样，儿童散文也以记叙真人真事、真情实景为主要内容，真实地抒发作者的心灵感受、生命体验，题材广博丰富，结构灵活多样、形散神凝。与此同时，儿童散文又是属于儿童的，它必然带有儿童文学的特殊性，不论记人叙事，还是抒情状物，都应在语言风格、感情色彩、审美视角等方面表现出对儿童的适应性。

儿童散文的分类与成人散文分类大致相同，大抵可分为叙事型（包括写人的）、状物型（包括写景的）和议论型散文，其共同特点即是抒情性，因为不管是成人散文还是儿童散文，抒写真情实意都是散文灵魂性的要素。有些学者额外分出一个抒情类型，似乎不太合适，因为不管是叙事型、状物型散文也好，还是议论型散文也好，作为文艺性散文，抒情是其基本特点。

（二）儿童散文的艺术特点

儿童散文，作为表现儿童思想感情，适合儿童阅读的散文样式，在遵循一般散文创作规律的同时，又有其独特的审美品格。

1. 符合儿童接受心理的童趣

儿童作为儿童散文的接受对象，其情感心理、审美趣味、生命体验等与成人有很大的差异，而儿童散文的创作者又大多是成人，这就要求成人作家必须怀有一颗童心，在用大人的眼光观察生活的同时，也能以儿童的心灵去感受，努力创作能为儿童接受的童趣洋溢、童情盎然的优秀作品。

(1) 真切并贴近儿童生活的选材。儿童散文是作家受现实生活中的人物、景物、事物的情感触动记录下的文字，它取材于儿童生活，表达儿童独特的心灵感受与情感世界。丰子恺就是一位善于发掘童心童趣的高手，无论是他的画还是他的文字，都记载了儿童生活中特有的天真烂漫的情趣：

> 瞻瞻！你尤其可佩服。你是全身心公开的真人。你什么事体都像拼命地用全副精力去对待。小小的失意，像花生米翻落地上了，自己嚼了自己的舌头，小猫不肯吃糕了，你都要哭得嘴唇翻白，昏去一两分钟。……
>
> 阿宝！有一晚你拿软软的新鞋子，和自己脚上脱下来的鞋子，给凳子的脚穿了，撮袜立在地上，得意地叫"阿宝两只脚，凳子四只脚"。

丰子恺以极其敏锐的感受力捕捉并表现了充满趣味的儿童生活细节，这其中跃动着的童心恰似那美轮美奂的天籁之声。

(2) 亲切而明白晓畅的叙述方式。儿童的心灵是美好而单纯的，他们偏爱故事，喜欢有情节的内容表达，所以儿童散文要让儿童易于接受，就必须重视其情节描写或类似白描式的故事、人物的写真，从而调动小读者的阅读兴趣。当然这样的故事叙述不必交代事情的来龙去脉，以求完整，而只需撷取一些生活片段和事件片段加以描绘即可。如刘半农的《雨》：

> 妈！我今天要睡了——要靠着我的妈早些睡了。听！后面草地上，更没有半点声音；是我的小朋友们，都靠着他们的妈早些去睡了……

只是简单的三言两语，却充满了画面感：昏暗的油灯下，母亲轻拍着玩累了的孩子入睡；孩子依偎着妈妈，在似睡非睡中想着在"后面草地上"一起嬉笑玩闹的伙伴们。

(3) 朴实又优美生动的语言表达。散文是一种短小自由的文体，要在有限的篇幅里表情达意，对语言的要求自然会很高。优美活泼的语言意味着诗意与活力，幽默风趣的语言意味着生动与俏皮，而朴实明快的语言则意味着自然与纯真，它们同样具有很强的感染力，对于正在学习语言的小读者来说，就好比禾苗受着春雨的滋养。如桂文亚在《感觉的盒子》中写一个穿着木屐、闭着眼睛走路、"自己和自己玩游戏"的小女孩的感受：

> 我仰着脸，闭着眼，让太阳暖烘烘地晒着。这时候，眼前是一片猩红，而这一大片红里，又出现一个会跑路的小黑点，我闭着眼睛"看"着这个小黑点，小黑点开始逃走，我追着它，一会儿追到上面，一会儿追到下面，脚步也开始加快，我觉得自己快要跌倒了，赶快睁开眼睛，哈！直直的一条路，被我走歪了。

这里的语言清新自然，微微的诗意中还透出点俏皮，着实惹人喜爱。

2. 表达儿童生命体验的诗意

散文是美文，儿童散文因其对童年生活的描绘与表达更具美的气质。以儿童的生活故事表现稚气的童心，以浓郁的儿童情趣美化诗的意境，是儿童散文的魅力所在。

(1) 抒写儿童天真率性的心灵样貌。率直是儿童可贵的品质，这种品质透射出儿童对自然、社会及外部世界充满童稚的认识和感悟。儿童散文书写这种认识和感悟往往特别能传达儿童的内心世界，自然而然地显现出儿童情趣。如夏辇生的《抬轿子》：

> 男孩子，抬轿子，女孩子，坐轿子，一颠一颠出村子。女孩带着野花环，活像一个新娘子。
>
> "去哪呀？"男孩子问。

“找新郎！”女孩子说。

“新郎在哪呀？”男孩子瞪大眼睛找。

“太阳里！月亮上！”女孩子咯咯笑弯了腰。

轿子掉转头，“嗵嗵”往回抬。任女孩子捶，任女孩子嚷，抬轿子的都成了哑巴样。

回到大树下，“叭！”轿子散了，新娘摔了。哑巴扯开嗓门大声嚷：

“新娘子送上太阳、送上月亮，谁跟我们抬轿、斗嘴、过家家？”

作品描写乡村孩子玩抬“新娘”出嫁的游戏情景，表现孩子们天真无邪、两小无猜的纯真情谊，可谓活灵活现，情趣盎然。

(2) 描绘儿童物我交融的诗化境界。儿童散文与成人散文一样，具有诗的特质，讲求诗的意境、情调和韵味，所不同的是儿童散文的诗意美总是糅合着浓郁的儿童情趣。比如，金波《尖尖的草帽》中描绘的那个童真世界就飘溢着浓浓的诗意：

我看见一只蜻蜓在阳光里飞翔，它的翅膀亮得像镀上了一层金子。

我眯着眼睛看它飞来飞去。

它一点儿也不怕我。它追着我。我好像还听到了它扇动翅膀的声音。

我猜想：它一定是要落在我的草帽上；它一定是把我的草帽当成了一间小草房尖尖的屋顶吧！

我停住脚步。我在草帽下微笑着。我等待着它落在我尖尖的草帽上。

唉，可惜它飞走了。

我又想：它一定是没有看见我的微笑，要不然，它准会又飞回来，落在我尖尖的小草帽上。

这里，作者用孩子的内心语言描绘出他与蜻蜓间的游戏与交流，在孩子的眼中，“物”与“我”没有明确的分界，天地万物融为一体，从而自然地烘托出一个纯美的诗境。

3. 培养儿童思维能力的理趣

儿童散文在写人记事、写景咏物中特别注重以情感人、以趣动人。与此同时，面对正处于思维成熟期的少年儿童，作品中还必不可少地要掺入一些理趣的成分。所谓理趣，是指将人生的哲理融入动人的意境、饶有趣味的生活故事中，使儿童在品读作品的同时，获得理性的思索和永久的启示。如冰心《寄小读者》中的篇章，大都属此类作品。在《通讯·十》里作者有一段感慨：“她的爱不但包围我，而且普遍地包围着一切爱我的人，而且因着爱我，她也爱了天下的儿女，她更爱了天下的母亲。小朋友！告诉你一句小孩子以为是极浅显，而大人则以为是极高级的话，‘世界便是这样建造起来的！’”作者从切身感受出发，深情歌颂了伟大的母爱，同时也使作品的意义得到进一步升华。

儿童散文中的理趣是一种蕴藏在单纯、生动、饶有趣味的形式背后的哲理，它贯穿于作品的叙事与抒情之中，带给儿童以形象生动、浅显易明的教益，对儿童心智的成长与发展有着重要的意义和价值。

（三）重点作家作品推荐赏析

冰心(1900—1999)，原名谢婉莹，福建长乐人，中国现代著名女作家、儿童文学家、著名的社会活动家，中国作家协会名誉主席。冰心于1919年前后开始文学创作，并在步入文坛后不久，便成了响彻一时的著名女作家。她有很深的艺术造诣和才华，其作品遍布小说、新诗、散文、杂文等各种文学样式。仅儿童散文方面，就有代表作《繁星》、《春水》、《寄小读者》、《小橘灯》等多篇，其以爱为中心的文学精神和人格力量，在海内外都有着广泛的影响。

《寄小读者》是冰心在1923年至1926年赴美求学期间，应《晨报副刊》之约，在国外为《儿童世界》专栏写下的一系列通讯的合辑。在这部著作中，冰心从儿童的特点出发，以细腻的笔触、温婉的语调诉说自己生活中的见闻和内心的感受，抒发了对祖国、对母亲、对兄弟、对弱小者、对大自然的爱，是她那包容万象、绵绵不倦的“爱的哲学”的深情告白，是一曲爱的赞歌。与她同时代的文学大师巴金发出这样的感言：“过去我们都是孤寂的孩子，从冰心的作品那里我们得到了不少的温暖和安慰，我们知道了爱星、爱海，而且我们从那些亲切美丽的语句里，重温了我们永久失去了的母爱……”可以说，冰心的儿童散文给了孩子们至真至善的心灵熏陶，令他们在快乐与激动中不知不觉地受到作品思想的启迪，获得教益。

郭风(1917—2010)，福建莆田人，中国当代著名散文家、儿童文学作家。他是一个有着旺盛的创造力的作家，已结集出版作品集五十余部，其中儿童散文集有《搭船的鸟》、《会飞的种子》、《避雨的豹》、《蒲公英的虹》等多部。他的儿童散文主要描写闽南风物、儿时趣事和自然中的动植物，从而表现家乡的新貌、展示自然的神奇，充满了浓郁的乡土气息和生活情趣。新时期以来，他朝着既定的“把自由体诗、散文诗和童话糅合在一起”的目标，为孩子们，主要是为幼儿园的孩子献出了一批新作。1986年初出版的《红菰们的旅行》下辑收了《蒲公英·野菊和梦神》、《窗口》、《我有一个熊猫弟弟》和重写的《雨的童话》、《狗尾草的早晨》。在这些作品中，作家实现着二十世纪四十年代的一个设想：把童话引进散文和散文诗的创作领域。这些作品，作家本人名之曰“童话散文”，它们为一个文学新品种的开创进行了成功的奠基。

乔传藻(1939—)，云南宣威人，云南大学教授，中国作家协会会员，云南省作家协会常务理事。主要从事儿童散文和小说创作，代表作有《星星寨》、《守林人的小屋》、《太阳鸟》、《一朵云》、《野猴》等散文集。他热衷于写作“动物和人”题材的散文，并相信“在人的性灵中，永远保持着对大自然的向往之情”。在作品中，他为孩子们开辟了一条通往大自然的路，把他们引进了过去也许还没有人或很少有人表现过的领域，引进了儿童文学的新的思想和艺术天地，“赠给少年朋友们一片大森林的绿荫”。在他笔下出现了在森林里醉了“酒”的金黄色的小麂子，山林中爱唱歌的绿斑鸠，会站岗放哨的小猴子，遥远的边寨、茫茫的森林……

获中国作家协会首届优秀儿童文学作品奖的《醉麂》，描写了一只和着春风四处游逛的小麂子，由于贪吃山洼石槽里发酵的杜鹃花瓣和草莓“烤”成的“美酒”，而晕晕乎乎。在迷蒙中，它听到了一种美妙的声音，“这声音像一束从阳光里抽出的金丝线，绕呀绕地把它的心拴住了。”于是它顺着声音跑进了一所小学校，最后陶醉在小朋友们浓浓的情谊中。这只怪疼人的小麂子被作者活脱脱写成了个爱热闹的贪玩的孩子，天真中透着可爱。“小麂子醉了，我们的心也醉了。”作者用诗一般的语言和情丝，表现和抒写生活的美和大自然的美。读着这样的作品，读者会像饮了甘泉、喝了蜜酒似的，得到美的享受和满足。

高洪波(1951—)，内蒙古开鲁人，我国当代著名儿童文学作家，诗人，中国作协书记处书记、儿童文学委员会主任、《诗刊》主编。出版有儿童诗集《鹅鹅鹅》等十部、散文集《波斯猫》等二十余部。其作品多次获得全国优秀儿童文学奖、“五个一”工程奖、国家图书奖等奖项。

其作品《陀螺》是新时期儿童散文中的精彩短章。散文从制作陀螺的原料、方法说到“赛陀螺的战事”，再说到自己年少时为了不落人后，差点儿没把椅子腿锯了做个战无不胜的陀螺。然而“一个孩子无论如何是削不出高质量的陀螺的”，于是“我的世界堆满乌云，快乐像过冬的燕子一般，飞到一个谁也看不到的地方去了”。接着，作者引出中心情节——叔叔在木工旋床旋了个鸭蛋般“圆且光滑”、“下端已嵌上一粒大滚珠”的陀螺送给他。谁料这“鸭蛋”却招来一顿嘲笑，因为它“平庸、圆滑、一团和气，根本没有一丝一毫与同伴相斗的锐气”。只有在不得不应战时，它的优越性才显示出来——“顽强得出奇”，“圆头圆脑，好像上下左右均能找到支撑点来进行旋转似的，结果把对手们撞得个人仰马翻”。这真是“丑小鸭”的奇迹！一个被木工不经意旋出的小木头块儿，就这样以它的旋转，在童年的一个冬日里“赠予了我极大的欢乐和由衷的自豪”。作者把这段以陀螺为中心的童趣写得真实质朴，而又幽默传神，写出了作者童年在“陀螺战争”中波浪起伏的情绪，也凸显了其深厚老练的文笔。

桂文亚(1949—)，生于台北，安徽池州人，中国海峡两岸儿童文学研究会理事长，《民生报》少年儿童组主任兼儿童丛书主编，《联合报》副刊编辑。其创作以散文为主，主要作品集有《班长下台》、《思想猫》、《思想猫游英国》、《两代情》等。桂文亚的文字带有鲜明的个性特征，既有女性的温柔、细腻，也不乏理性的思索。她善于写旅途见闻，衷情地实践着中国文人“读万卷书，行万里路”的志向，平和亲切地对孩子讲述她眼中的世界：旖旎多姿的异国风光、鳞次栉比的江南屋瓦、故乡一望无际的荷田……她热情地为孩子们打开一扇扇通往多彩世界的窗户，引领他们去感受、去体验不同的风景、不同的人情。

（四）儿童散文的创作

儿童散文的体裁限定和艺术特征，决定了作家在创作过程中必须注意以下三个问题。

第一，要有真实的生命体验。在儿童文学所有的文体中，散文是最需要投入真生命、真情感的，若是没有“真”的精髓，散文就丧失了主心骨，丧失了感动人心的力量，也就不能称其为散文了。许多作家（哪怕是已经写了一部又一部鸿篇巨制的小说）在创作散文诗依然惜墨如金，便是这个道理。儿童散文的创作过程是一个消耗心力的过程，是真实而坦诚的心灵付出，来不得半点虚假。

第二，要有亲和平等的创作姿态。在儿童散文中，题材的选取是可以广阔而不设限的。许多所谓深层次的话题，比如人生、爱情、死亡、失败、暴力等，都可以拿来以孩子可以理解和接受的方式进行探讨。这些话题有些是他们正在经历的、有些现在未曾经历却是未来人生所必经的，作家都可以取来作为素材，以平等亲和的方式展示给小读者，让他们去感受、去思考，并获得人生的启示。

第三，要为作品插上飞翔的翅膀。法捷耶夫曾说：“散文是有翅膀的”，这说明散文是一种充满灵性的文学。而这种灵性表现在儿童散文中，就是要有飞扬的童趣和诗的意境。若是缺少了这两点，儿童散文多半就会变得枯燥乏味，难以下咽。那么如何才能让散文拥有飞翔的力量呢？这就需要作家用发现的眼睛去描绘与孩子有关的生活，和孩子一样天真，和孩子一样兴奋地感受生活——包括所有的“生活琐事”，在琐事里发掘能让孩子感到有趣的内核。然后再充满新鲜感地用文字去表现，在最浅白的语言中，提炼生活的趣味、描绘诗意的境界。

作品选读

1. 一只小鸟

——偶记前天在庭树下看见的一件事

冰　心

有一只小鸟，它的窝搭在最高的树枝上，它的毛羽还未曾丰满，不能飞远；每天只在窝里啁啾着，和两只老鸟说着话儿，它们都觉得非常快乐。

这一天早晨，它醒了。那两只老鸟都觅食去了。它探出头来一望，看见那灿烂的阳光，葱绿的树木，大地上一片的好景致；它的小脑子里忽然充满了新意，抖刷抖刷翎毛，飞到枝子上，放出那赞美“自然”的歌声来。它的声音里满含着清——轻——和——美，唱的时候，好像“自然”也含笑着倾听一般。

树下有许多的小孩子，听见了那歌声，都抬起头来望着——

这小鸟天天出来唱歌，小孩子们也天天来听它，最后他们便想捉住它。

它又出来了！它正要发声，突然嗤的一声，一个弹子从下面射来，它一翻身从树上跌下去。

斜刺里两只老鸟箭也似的飞来，接住了它，衔上巢去。它的血从树隙里一滴一滴的落到地上来。

从此那歌声便消歇了。

那些孩子想要仰望着它，听它的歌声，却不能了。

2. 初次的拜访

郭　风

蒲公英和紫罗兰们

——一群花的小孩子，同一群土蜂一起来拜访野菊的小屋；

（野菊的小屋便盖在一座石桥旁的一丛青草间……）

那小主人

——小野菊，穿着一件绿色的短衫，围着一条绿色的小短裙，站在门口，和大家握手，便邀请大家走到屋内来；

——这时，客人们有的坐在窗口下，有的坐在小野菊的小书桌边，有的坐在一只小摇篮边，那摇篮里睡着一个小泥人，它是小野菊的小玩具……

随着，土蜂们开始合唱一支歌；

随着，蒲公英、紫罗兰们各从他们随身带的小书袋里拿出一本小书，每个人轮流朗读一首童谣。

3. 很大很大的爸爸

郑春华

我的爸爸站着的时候，就像一座楼：脚是第一层；手是第二层；肩是第三层。我要使出爬山的劲，才能爬上爸爸这座楼。

我的爸爸躺着的时候，就像一条船：头是驾驶台；身体是又宽又大的甲板。无论我在甲板上翻跟头、跑步、跳高，爸爸这艘船总是稳稳的。要是我一摁他的鼻子，他还会发出和大轮船一样的汽笛声：呜呜——

我的爸爸真的很大很大，大到下雨出门去，我可以躲进他的口袋里。

要是你不相信，可以到我家里来看一看他。不过请你进门的时候要小心，不要光顾抬头看我爸爸的脸而不当心自己往后倒地。

最后我告诉你我家的地址：太阳路5号，一座最大的房子里。

4. 猜名字

圣　野

一次，我问一位小朋友："你叫啥？"

小朋友回答："我不告诉你。"

我说："你不说，我也能猜得出。"

小朋友奇怪地说："你说说。"

"你叫小弟弟。"

小朋友说："你猜对了，你叫啥？"

"我也不告诉你。"

小朋友得意地说："不说我也能猜得出，你叫老公公！"

我说："让你猜对了！"

小朋友眼睛眨一眨，头一抬又说："我知道，你有很多名字。"

我说："你说给我听听。"

"在妈妈怀里吃奶，你叫小宝宝；在幼儿园里，你叫小弟弟；上学了，叫小哥哥；做了爸爸，叫叔叔；长出胡子，叫老伯伯；到黑胡子变成白胡子，就叫老公公。"

啊哈，这个小弟弟真聪明，一下子说出了我所有的名字，全部的历史。

5. 采花种子

蒲华清

秋天到了。阳台上的牵牛花，吹了一个春天的喇叭，吹了一个夏天的喇叭。吹累了，结成了一个个金黄色的圆壳儿。剥开圆壳，里面睡着两个黑娃娃——两粒黑晶晶的牵牛花种子。

艳艳把无数黑娃娃，放在彩盘里，让它们甜甜地睡觉。睡一个秋天的觉，睡一个冬天的觉。到了春天，撒进土里，它们就会醒来的，醒来和艳艳相见，醒来又吹喇叭……

秋天到了，艳艳天天在阳台上采种子。

6. 春雨的色彩

楼飞甫

春雨，像春姑娘纺出的线，没完没了地下到地上，沙沙沙，沙沙沙……

一群小鸟在屋檐下躲雨，他们在争论一个有趣的问题：春雨到底是什么颜色的？

小白鸽说："春雨是无色的。你们伸手接几滴瞧瞧吧。"

小燕子说："不对，春雨是绿色的。你们瞧！春雨落到草地上，草地绿了！春雨淋在柳树上，柳枝儿绿了……"

麻雀说："不不！春雨是红色的。你们瞧！春雨洒在桃树上，桃花红了！春雨滴在杏树上，杏花儿红了……"

小黄莺说："不对，不对，春雨是黄色的。不是吗？它落在油菜地里，油菜花黄了；它落在蒲公英上，蒲公英的花儿也黄了……"

春雨听了大家的争论，下得更欢了，沙沙沙，沙沙沙……它好像在说：亲爱的小鸟们，你们的话都对，但都没说全面。我本身是无色的，但能给春天的大地带来万紫千红……

二、儿童报告文学

(一) 儿童报告文学的概念

报告文学是新闻报刊业发展到一定阶段的产物，是以文学的手法迅速及时地反映生活中具有新闻价值的人物或事件的一种文学样式。新闻性、真实性和文学性是其主要特征。就此类文体的一般性特点而言，儿童文学领域内的报告文学与成人报告文学并无区别，它同样是用文学的手段，生动及时地反映当代社会中与儿童生活密切相关的具有新闻价值的人物和事件。

报告文学在中国进入儿童文学的时间不长(始于二十世纪五十年代中期)，但由于它对当代儿童生活敏锐的洞察力和深刻的透视力，很快就受到了广大儿童读者的欢迎，显示了独特的文学魅力。

(二) 儿童报告文学的艺术特点

儿童报告文学与成人报告文学一样，同属于新闻与文学联姻的新兴文体，新闻性、真实性、文学性是它们共同的生命：儿童报告文学需要恪守新闻性、真实性的原则，对与少年儿童相关的具有新闻价值的现实生活和典型人物进行及时迅速的报告；在艺术手段方面，儿童报告文学从总体构思到具体表现上都要充分调动文学的手段，以求真实生动地再现事实，塑造血肉丰满的人物形象；在评价生活事实的具体策略上，儿童报告文学一方面追求让倾向"从情节和场面中自然而然地流露出来"；另一方面，作者还时时以"报告员"身份出现，并且毫不掩饰自己的观点和立场。

然而，儿童报告文学毕竟在其表现主体和读者对象方面与一般报告文学有所不同，因此它也有着不同于成人报告文学的一些特征。

1. 对当代少年儿童生活的热切关注

儿童报告文学的主要阅读对象是少年儿童，作品反映少年儿童的生活和与之相应的社会现象，表现生活在他们中间的典型人物，最容易使他们产生亲切感，引起共鸣。因此，关注当代少年儿童的现实生活，便成为儿童报告文学在题材方面的一大特点。

优秀的儿童报告文学总是将报道的聚焦点置于少年儿童的生活领域，将探究的笔触伸向少年儿童的心灵深处。作家多表现现实生活中出现的种种值得张扬、宣传和歌颂的典型事例和典型人物，例如李楚成的《生活的斗士》、李亮的《铁骨马良》就对残疾孩子与病魔、与困难作斗争并取得骄人成绩的事实作了真实的报道。作品对少年儿童中具有典型意义的新闻人物形象的塑造和对其先进事迹的报道，无疑为当代少年儿童树立了学习的榜样。而董宏猷的《王江旋风》、刘保法的《输与赢》、李楚成的《她为汉字插上翅膀》等作品，或着力于展示改革开放中少年儿童的开拓精神，或关注在成绩面前战胜骄傲自满、不断钻研探索、取得好成绩的新一代少年儿童，并对他们予以充分的肯定和客观的评价。

除了写"小新星"题材外，作家也注意通过普通儿童的日常生活，反映现实中的与少年儿童成长密切相关的各种社会问题。例如，教育制度的弊端造成学生课业负担过重、升学压力过大；学龄前少儿的弃学、辍学现象；社会上不正之风对少年儿童的思想侵蚀等等。这类报告文学所触及的问题往往具有普遍意义，集中反映了当代儿童所热切关心的问题，因而拥有更广泛的读者群。

2. 对现实问题的冷静思考

儿童报告文学在反映现实的同时，总是显示出一种思考的姿态。儿童文学被称为快乐的文学，这是因为儿童文学常以其所具有的稚拙纯真之美和荒诞性、喜剧性给读者带来欢愉。与其他儿童文学样式不同，儿童报告文学不一定都以欢愉去取悦读者，而更侧重于直面少年儿童的生活现状，以冷静的思考去铸成作品的震撼力。儿童报告文学之所以具有这样的特点，无疑有着来自创作主体和接受主体两方面的原因。从接受主体来看，儿童尚处于半幼稚和半成熟阶段，他们虽告别了童年的幼稚，但还不具备成人的成熟。同时，当代少年儿童还面对着种种的人生难题和现状，例如家长的过高的期望值、升学压力所带来的学习压力、强烈的社会竞争对他们心理上带来的潜在影响、优越的生活条件所造成的个性弱点等等。少年儿童身心发展及其所面临的现实矛盾，决定了他们内心世界的脆弱和孤独，也决定了他们思想的不稳定和情感的丰富和多变。因此，他们渴求理解，需要宽容，需要获得心灵和精神的启迪。从创作主体来看，儿童报告文学作家是少年儿童的知心朋友和领航人。他们总是怀着一种对少年儿童的热爱和理解去关注他们的生活、思想和心灵，以他们真诚的情感和冷静的思考去唤起人们对当代少年儿童所面临的问题的关注和思考，也唤起少年儿童对自己的反思。因此，庄严的社会职责和使命意识，使他们能以深邃的目光去透视少年儿童生活表象中隐藏着的问题，去捕捉少年儿童生活中的热点或焦点，并由此为作品带来锐气、深度和思考价值。

事实上，在儿童报告文学创作中，当作家进入少年儿童的生活世界，对这一世界中富有新闻价值的当代少年儿童生活和具有典型意义的少年儿童原型乃至与少年儿童相关的社会现实生活进行复原和重现时，他们便是在从事一种"孕育思想的工作"，这种工作是"一种隐藏的灵魂的生育"。在与少年儿童相关的生活中，只要能跳出一点火星，他们就会赋予其热情的关照和理性的思考，从而使作品具有深刻的主题。这一点，庄大伟的《出路——当代农村少年心态录》、刘保法的《你是男子汉吗?》、孙云晓的《夏令营中的较量》、黑鹤的《中考日记》等都作了很好的说明。

3. 符合读者接受特点的儿童化特征

不论是对社会现象的反映，还是对生活事实的再现，抑或是对当代少年儿童生活中真实典型的塑造，儿童报告文学作家都在努力地寻找着与少年儿童思想碰撞的契合点，以最能展示其锐气和朝气的文学形式向孩子们展示他们生活的各个侧面。同时，儿童报告文学的读者群毕竟是身心发展尚未成熟的未成年人，作家在创作时也必须考虑到少年儿童的接受心理，表现与少年儿童的阅读特点和需求相适应的内容。周晓就认为"儿童报告文学的作者绝不能把成堆的问题都推到刚刚涉世的少年儿童面前，使他们陷入于更大困惑和迷惘。"也就是说，儿童报告文学所表现的内容要深不失度、锐而有情。例如，《"邪门大队长"的冤屈》写了一个有个性的小学生的苦恼。透过作品所塑造的具有独立个性但却被视为"邪门大队长"的典型人物赵幼新，读者看到了当代社会存在着的压抑的阴云，这无疑会给读者以沉重的感觉，但作者倾注于笔端的又不是对这种阴云的渲染，而是更深的隐忧和关切。这里，作者揭示的是孩子们并不陌生的问题，它所表现的主人公赵幼新在磨难中所具有的对光明的憧憬，以及他经过艰难磨炼而得以发展的个性，又对儿童读者有着激励的作用。这种不因揭示了问题、表现了沉重而有负面的影响，而是以适度又充满关切的报告，充分体现着儿童报告文学与接受对象成长需求相适应的特点。

（三）重点作家作品推荐赏析

孙云晓（1955—　），山东青岛人，中国青少年研究中心副主任，中国作家协会全委会委员，《少年儿童研究》杂志总编辑。已出版有报告文学集《少年巨人》（1986）、《16 岁的思索》（1990）等。其为数众多的报告文学作品如一排排海浪，召唤一代新人向上登峰，向前奋进。在作品中，他热情地肯定、赞扬了新一代人身上的新观念、新气质和新风貌，如：

自主意识。不依附、不迷信、不盲从，有自己的信念和追求。如《旋涡里的自由》（1987）中所热情赞赏的敢于"走自己的路"、"大胆地表现自己"女中学生电影明星刘禹。她对"早恋"、"情书"、"牛仔裤"、"迪斯科"都有自己的看法。她说：

> "有位北京战士，也是大学生，负了重伤，临死前，问他有什么要求，他请求护士吻他一下，那护士真好，吻了他。（这时，刘禹的眼睛里射出明亮的光彩，语调频率加快了）谁能说这战士道德败坏？这才是生活呢。"

竞争意识。"五千万中学生像一片沸腾的海洋。它，千姿百态，每一朵浪花都各不相同；它，互不相让，每一座浪峰都试比高低。"在"北京中学生通讯社"里，到处都是尖子，到处充满了竞争，逼使他们非表现出自己最强有力的优势不可。"这里，没有人哄着你，供着你，有本事就上，没有本事就拜拜。"（《青春社会场——当代中学生社团活动纪实》[1988]）

创新意识。《天趣》中那个只有九岁的王昕海没有模仿父亲画牛，而是按照自己奇特的想法画猫和鱼，当人家说他将来要成为"中国的毕加索"时，他说："毕加索是毕加索，我是我，我照自己的想法画。"这种敢于追求奇特的品质，使他的画破例在中国美术院展出一层半楼。

二十世纪九十年代以后，孙云晓又将创作思路转向了儿童教育问题，鲜明的问题意识，独立的观察视角，一再引起人们的关注。《夏令营中的较量》（1992）便在当年引起过轰动，他以中日孩子的一次草原探险夏令营为视点，从自理能力、吃苦精神、意志力、公德心、家长的表现等方面进行对比，结果令人战栗。

> **自理能力：** 日本孩子炒了菜，熬了米粥，礼貌地请大人们先吃。中国孩子以为会有人把饭送到自己面前，发现没有饭时，就向领队哭冤叫屈。
>
> **意志力：** 中国孩子病了回大本营睡大觉，日本孩子病了硬挺着走到底。
>
> **家长的对比：** 日本家长乘车走了，只把鼓励留给发高烧的孙子。中国家长来了，在艰难路段把儿子拉上车。
>
> **公德心：** 在咱们中国的草原上，日本孩子用过的杂物都用塑料袋装好带走。他们发现了百灵

鸟蛋，马上用小木棍围起来，提醒大家不要踩。可中国孩子却走一路丢一路东西……

父母的溺爱造就了孩子的“低能”，也是对儿童意志与权利的一种剥夺。《夏令营中的较量》所体现的警示作用发人深省，《人民日报》等发表评论呼吁：“真爱，就要让孩子多吃点苦！”中国教育界也由此引发了一场大讨论，促使素质教育成为国家规范的主体教育思想。

刘保法（1945— ），上海人，《上海少年报》记者，《好儿童》编辑部副主任。著有儿童报告文学集《美属于她》、《特殊儿童的特殊故事》、《迷恋》、《中国神童》等。刘保法写了一批描述意气风发、满怀信心的少男少女的报告文学以后，就逐渐把目光转到需要关注、需要理解、需要温暖的孩子们身上，他看到了“他们身上的闪光点，看到了他们所具备的某些特殊的才干，也看到了他们内心的忧虑、迷惘、烦恼和悲伤……他们需要理解、需要尊重，需要有一只抚爱的手，去抹平心灵的创伤”。于是便有了《星期日的苦恼》（1985）、《妈妈的吻》（1987）一类的作品。

《迷恋》（1985）是刘保法的儿童报告文学作品中最有激情的篇章之一。作者对获得了全国第二届“科学小园地”优秀作品个人奖的留级生（15 岁还在上小学）充满了理解之情。这个男少年在对小动物的迷恋中得到了很多，也失掉了很多。这个全身心迷恋于观察、解剖、分析、研究的孩子是个十分可爱的孩子，他理应得到更多关怀，更多帮助！然而，“为什么他每走一步都那么艰难？”这个问题要整个教育制度来回答。

二十世纪九十年代以来，刘保法又创作了一系列当下校园生活的写真类作品，同样受到小读者的青睐，如《中学生圆舞曲》、《女中学生的感情世界》、《多梦季节》等。

（四）儿童报告文学的创作

优秀的儿童报告文学作品首先必须具备新闻性、真实性和文学性三个基本特征，不仅如此，作家要对儿童现实生活有细致的观察和体验，敏于思考、勤于探索、善于将多种表现手法融于一炉，使作品呈现浓郁的文学色彩和灼人的思想力量。具体而言，创作中应注意以下三点。

第一，贴近现实生活，以少年儿童的视角从事创作。儿童报告文学与成人报告文学最大的不同点就在于它的儿童特性，以儿童的视角观察分析周围的人事物，其呈现的色彩、图像、节奏、律动，以至细微的感受、感叹、思索、情感都会与成人大不相同。儿童报告文学作家在创作时应该有一种“高层次感”，既要“蹲”下来，用自己的心灵去贴近儿童；又要充分发挥创作主体的主导作用，通过作品来传递情感、表达思想。

第二，注重作品的艺术性，运用多种表现手法进行创作。茅盾曾说：“好的‘报告’须具备小说所有的艺术上的条件——人物的刻画、环境的描写、气氛的渲染等等。”这就是说，报告文学的表现手法应该是丰富多样的。儿童报告文学也是如此，它要给儿童读者以震撼和影响，就必须在遵循真实性原则的基础上，多角度、多侧面地刻画人物、渲染气氛。

第三，注入一定的理性思考，赋予作品思想的力量。儿童报告文学在陈述事件、刻画人物的基础上，还应表达一定的理性思考，通过作品来暗示、引导、提高和深化儿童的思维能力，更好地达到情感上的共鸣。

作品选读

地震中的父与子

〔美〕马克·汗林

尉颖颖 译

1989 年发生在美国洛杉矶一带的大地震，在不到 4 分钟的时间里，使 30 万人受到伤害。

在混乱中，一个年轻的父亲安顿好受伤的妻子，便冲向他 7 岁的儿子上学的学校。他眼前，那个昔日充满孩子们欢声笑语的漂亮的三层教学楼，已变成一片废墟。

他顿时感到眼前一片漆黑，大喊："阿曼达，我的儿子！"跪在地上大哭了一阵后，他猛地想起自己常常对儿子说的一句话："不论发生什么，我总会跟你在一起！"他坚定地站起身，向那片废墟走去。

他知道儿子的教室在楼的一层左后角处，他疾步走到那里，开始动手。

在他清理挖掘时，不断地有孩子的父母急匆匆地赶来，看到这片废墟，他们痛哭并大喊："我的儿子！""我的女儿！"哭喊过后，他们绝望地离开了。有些人上来拉住这位父亲说："太晚了，他们已经死了。"这位父亲双眼直直地看着这些好心人，问道："谁愿意来帮助我？"没有人给他肯定的回答，他便埋头接着挖。

救火队长挡住他："太危险了，随时可能发生起火爆炸，请你离开。"

这位父亲问："你是不是来帮助我？"警察走过来："你很难过，难以控制自己，可这样不但不利于你自己，对他人也有危险，马上回家去吧。"

"你是不是来帮助我？"

人们都摇头叹息着走开了，都认为这位父亲因失去孩子而精神失常了。

这位父亲心中只有一个念头："儿子在等着我。"

他挖了8小时、12小时、24小时、36小时，没人再来阻挡他。他满脸灰尘，双眼布满血丝，浑身上下破烂不堪，到处是血迹。到第38小时，他突然听见底下传出孩子的喊声："爸爸，是你吗？"

是儿子的声音！父亲大喊："阿曼达！我的儿子！"

"爸爸，真的是你吗？"

"是我，是爸爸！我的儿子！"

"我告诉同学们不要害怕，说只要我爸爸活着就一定来救我，也就能救出大家。因为你说过，不论发生什么，你总会跟我在一起！"

"你现在怎么样？有几个孩子活着？"

"我们这里有14个同学，都活着，我们都在教室的墙角，房顶塌下来架了个大三角形，我们没被砸着。"

父亲大声向四周呼喊："这里有14个孩子，都活着！快来人！"

过路的几个人赶紧上前来帮忙。

50分钟后，一个安全的小出口开辟出来。

父亲声音颤抖地说："出来吧！阿曼达。"

"不！爸爸。先让别的同学出去吧！我知道你会跟我在一起，我不怕。不论发生了什么，我知道你总会跟我在一起。"

这对了不起的父与子在经过巨大的磨难后，无比幸福地紧紧拥抱在一起。

第六节　儿童科学文艺

一、儿童科学文艺的概念

科学文艺是科学与文艺的结合。严谨的科学与浪漫的文艺互相交错、渗透、融合，形成了"科学文艺"。严格地说，科学文艺是指用艺术的手法来描述科学、表现科学、普及科学的文艺作品的总称，其中适合儿童欣赏和阅读的那一部分，便是儿童科学文艺。

二、儿童科学文艺的分类

一篇科学文艺作品，首先必须是文艺作品，其次要包含一定的科学内容。所以科学文艺作品从客观上可以分为两大类：一类以文学为主，一类是以科学为主。不过，由于文艺形式是多种多样的，文艺与科学交错、渗透、融合所形成的科学文艺的形式也是多种多样的。

用小说的形式描写未来科学、幻想未来世界的是“科学幻想小说”，简称科幻小说；用童话的形式表达科学，给孩子们传递科学知识的，是科学童话；把诗和科学结合起来，形成了科学诗；用散文活泼优美的笔调、短小精悍的形式描写科学就形成了科学小品；将科学文艺作品搬上银幕即诞生了科学文艺电影。此外，还有曲艺与科学文艺结合而成的科学相声、科学快板；美术与科学结合产生的科学漫画；甚至还有科学谜语、科学儿歌等，可谓种类繁多。

科学幻想小说是一种展望未来科技发展的小说，有小说的特点，但并不是描写现实，而是把未来或过去尚未实现的事情当作现实来描写，其幻想内容是符合科学发展规律的也最能激起小读者变幻想为现实的强烈愿望。

就知识内容来说，科学童话要比科学幻想小说更浅显一点，但它同样充满丰富的幻想，而且由于童话题材的特点，绝大部分科学童话都采用拟人化手法和某些夸张的描写。不过，科学童话在介绍科学内容时必须十分准确、严格。所以，科学童话就是夸张与严谨、幻想与现实、虚构与真实之间的辩证统一。

科学诗短小精悍，通俗活泼，生动形象，仿佛是把科学知识经过反复筛选而留存的精品，它易背易诵，深受儿童喜爱。

科学小品行文挥洒自如，文情并重，是科学文艺中的轻骑兵。

科学文艺电影是随着电影诞生之后发展起来的科学文艺新类型，是科学、文艺与电影的结合。尤其是科学幻想电影，把诱人的科学幻想变成视觉形象，更具有吸引力。

虽然科幻小说、科学童话、科学诗、科学小品、科学文艺电影等都是普及科学知识的文学形式，但相对而言也各有其阅读群：科幻小说展望科学前景，较适合于中学生阅读；科学童话和科学诗比较简单、有趣，适合低幼儿童、小学生阅读；科学小品的知识容量大，一般适合中学生阅读。

三、儿童科学文艺的艺术特点

（一）广泛的知识性

丰富而广泛的科学知识内容，是科学文艺作品与其他文学读物的主要区别。

科学文艺所涉及的题材非常广泛，所包含的内容非常丰富。自然科学的各个领域它几乎无所不触及：小到微观世界，大到宏观世界；从肉眼看不到的基本粒子，到巨大的宇宙；从简单的机械运动到复杂的化学反应，甚至更复杂的生命运动；既可追溯到史前动物，也可展望到未来世界；从工农业生产到数学、物理、化学、生物、天文、地理、医学等各个学科的知识，都可以在科学文艺中得到反映。

儿童好奇心强，广袤而神秘的大千世界在孩子眼里，永远都那么新奇，富有诱惑力，所以科学文艺能够满足儿童的好奇心和求知欲。

（二）生动的艺术性

科学文艺区别于一般科学读物的标志就是它的文学性。儿童科学文艺属于儿童文学，因此它具备儿童文学的一般特点：情感丰富，富有想象力，语言生动形象，清新活泼，多用拟人、夸张、比喻、对比、象征等艺术手法，把奇妙的科学知识和原理化为栩栩如生的形象，将科学本身的奇妙之处展示在小读者面前，让儿童在喜闻乐见中获得知识、愉悦性情，激发探求世界奥秘的兴致。

前苏联科学文艺作家伊林说过，“用艺术家的眼光观察世界”，“把科学素材同诗意地感受世界结合在一起”。唯其如此，读者才能在科学文艺中获得审美的愉悦和对科学更好的认知。

（三）严肃的科学性

伊林认为，“科学文艺是用科学全副武装起来的文学”。科学文艺作品应该具有广泛、充实、丰富的科学知识内容，而且，这些知识必须符合科学事实。也就是说，科学文艺所讲述的科学知识、科学原理以及它们的应用范围、发展方向等都要以正确的科学理论和实验作为依据，尊重科学事实，客观进行分析，这就是科学文艺的科学性。科学性是科学文艺作品的灵魂。

科学的严谨与文学的生动并不矛盾。科学文艺以其具体的形象、生动的故事使其所描述的科学知识成为一种审美观照，以美引真、以真启美，科学性和艺术性和谐统一才是科学文艺的内在要求。

（四）深刻的思想性

科学是人类智慧的结晶。描写科学的现在和未来，必然表现出科学家和作家的个性品质、思想倾向和科学造福于人类的种种奇迹，从而赋予作品深刻的意义。另外一方面，科学文艺的目的实际上也是通过描写科学知识表现一种思想哲理，一种探索真理的精神或是科学的人生观。

（五）浓郁的趣味性

科学文艺要激发儿童对科学知识的兴趣，就是要使作品充满浓郁的趣味性。

科学本身就是富有趣味的。世界上并没有枯燥的科学，只有枯燥的叙述！科学的奥秘在科学文艺作品里借助于精巧的构思和形象的比喻、拟人、幻想等艺术手法都可生动地展现在读者面前。在文学视野的观照下，蝴蝶可以开舞会，有鳃的人可以在水底自由呼吸。法布尔的《昆虫记》中，蜘蛛、蟋蟀、螳螂等呈现出与人类相通的智慧，这时读者感受到的便是一个充满趣味和灵性的天地了。

科学文艺的知识性、艺术性、科学性、思想性和趣味性是有机结合在一起的整体，不可孤立地去理解它们。

四、重点作家作品推荐赏析

在科学文艺这个家族中，最早出现的是科学幻想作品。著名科学幻想文艺作家和批评家别里安·阿尔迪斯认为：英国的玛丽·雪莱（1797—1851，著名诗人雪莱的妻子）的《弗兰肯斯坦》是“第一部真正的科学幻想小说”，这也是世界公认的第一部科幻小说。

二十一世纪初期，科学文艺正式成为文学的一个独立分支。

法国作家儒勒·凡尔纳（1828—1905），现代科幻小说的奠基人，被誉为“科学幻想之父”。写有六十六部小说和若干剧本以及一部六卷本《伟大的旅行家和伟大的旅行史》，代表作是著名的三部曲《格兰特船长的女儿》、《海底两万里》、《神秘岛》以及《八十天环游世界》、《地球上的五星期》等二十多部长篇科幻历险小说。他的小说文笔清新流畅，情节跌宕生姿，语言生动形象，故事引人入胜，百年来风靡世界。

与凡尔纳同时期的法国科学文艺作家让·亨利·法布尔（1823—1915）也是著名的昆虫学家。他一生中大量时间都用在了对昆虫的研究中，他为孩子们所作的《科学的故事》、《化学奇谈》、《家畜的故事》等体现了科学与诗的和谐结合，而他真实地记下了自然环境中昆虫的本能与习性，著成十大卷的《昆虫记》更为他赢得了“昆虫界的荷马”的称号。法布尔将严肃的学术著作写得如优美的散文，在描写昆虫时充满了人文关怀，读者不仅可以从中获得知识和思想，还可以获得一种美的享受。

二十世纪二十年代以来，随着科技的日新月异，人们对科学的兴趣也与日俱增，科学文艺也随之发展。

内容样式、风格流派都越来越丰富。

艾萨克·阿西莫夫(1920—1992),美籍犹太人。阿西莫夫在二十世纪五十年代以创作科幻小说和科普读物而蜚声文坛。《基地》、《机器人》等系列小说是阿西莫夫最脍炙人口的作品。他发明的"机器人三定律"几乎成了之后科幻小说中机器人必须遵循的法则。

在我国,科学文艺是随着其他外国文学样式同时进入的。鲁迅先生可以算得上是我国科学文艺的先驱,早在他进行文学创作之前,就翻译了凡尔纳的《月界旅行》和《地底旅行》,大力提倡科学文艺。

二十世纪三十年代,董纯才、顾均正、宋易等人为我国小读者翻译介绍了伊林、法布尔的作品。与此同时,陶行知、高士其、董纯才、丁柱中、白韬等为孩子们创编了成套的"儿童科学丛书",用浅近有趣的文字介绍近代生物、数学、矿物、物理、化学、农业、天文等方面的科学知识。随后,更多作家投入精力进行科学文艺的创作,取得了较大的成果。如周建人的《田野上的杂草》、贾祖璋的《生物素描》等。新中国成立后,老一辈作家继续进行创作,同时新的作家也开始大量涌现,如于止、郑文光、叶永烈、王晓达等。专门的科学文艺报刊也开始出现,如《科学画报》、《科幻世界》等。九十年代以来,王晋康、刘慈欣、何夕等成为新一代很有影响力的科幻作家。

高士其(1905—1988),我国著名科普作家。青年时代有志于医学,但在芝加哥大学攻读博士时,不幸在实验中感染病毒,造成残疾。学成回国后开始科普创作。有作品集《高士其科学小品集》、《高士其科普创作集》。其科学小品和科学诗语言生动活泼,形象鲜明,有很强的感染力。

叶永烈(1940—2020),我国少儿读者非常熟悉的科普作家。他在进入上海科教电影制片厂任编导后,就一直在文学、科学和影视三重轨道上耕耘。"文革"后,叶永烈从以前单纯创作通俗科普读物转向创作文学性较强的科幻小说和科学童话。1978 年,出版了中篇科幻小说《小灵通漫游未来》,它包含着丰富的科学知识,并且把深奥难懂的科学技术写得浅显明白而又生动有趣。此外,他还有科普童话集《水晶宫的秘密》,科幻小说集《丢了鼻子以后》,科学文艺作品集《世界最高峰的奇迹》,科学相声集《圆溜溜的圆》、《谁的脚印》、《圆圆和方方》,人物传记《高士其爷爷》等。叶永烈为我国科学文艺的发展作出了突出的贡献。

冰子(1939—),原名严才楼,整形外科主治医师。他的作品以科学童话为主,如童话集《淡蓝色的小鸟》,童话《小蛋壳历险记》,科学童话集《河马拔牙》,长篇系列童话《猎狗利利》、《嘟嘟的童话》,中篇科学童话《孙悟空人体历险记》、《没有牙齿的大老虎》、《彩色的梦》等。这位精力过人、幽默风趣的外科医生以低年龄层次的儿童为读者对象,以医学知识为题材内容,开辟了自己独特的创作领域,形成了自己独特的创作风格。

佳作赏析 法布尔:《昆虫记》

《昆虫记》既是一部严谨的科学著作,又是一部文艺性很强的文学著作。鲁迅曾把《昆虫记》称为"讲昆虫故事"、"讲昆虫生活"的楷模。周作人说它"比看那些无聊的小说戏剧更有趣,更有意义。"法布尔写《昆虫记》并不局限于仅仅真实地记录下昆虫的生活,而是以人性关照虫性,昆虫的本能、习性、劳动、婚恋、繁衍和死亡无不渗透着人文关怀,并以虫性反观社会人生,睿智的哲思跃然纸上。最重要的是,整部作品充满了对生命的关爱之情,充满了对自然万物的赞美之情,正是这种对于生活的尊重与热爱的敬畏之情,给这部普普通通的科学著作注入了灵魂,使这部描写微小的昆虫的书成为人类获得知识、趣味、美感和思想的鸿篇巨制。

《蝉》就是其中一篇写得饶有趣味的昆虫故事。它共有四节,从拉封丹的寓言说起。这个寓言把蝉和蚁放在一起,作对比性的描写。"故事上说:整个夏天,蝉不做一点事,只是终日唱歌,而蚁则忙于储藏食物。冬天来了,蝉为饥饿所驱,只有跑到它的邻居那里借一点粮食。结果它遭到了难堪的待遇。"法布尔对此下了一个断语:"这个寓言是诽谤。"他当然不是不知道寓言只是借一个虚构的故事来寄寓一点意思,何况对昆虫世界也构成不了诽谤罪;他这样说,无非是为了引起读者的兴趣。

在第二节里,介绍了他研究蝉的习性的收获。法布尔"用斧头来挖掘"蝉的地穴,"考察它们遗弃下的储藏室”。观察报告的生动性实在令人惊叹。他从蝉穴口上“四边一点垃圾都没有”，来区别它和“大多数的掘地昆虫”工作方法的不同，从“蝉的隧道”的情形来说明它的动作“简直像矿工，或是铁路工程师”，甚至“同他们一样聪明”。他又描写了蝉的幼虫出穴以后怎样脱皮，怎样寻求适当地点，怎样“表演一种奇怪的体操”，怎样“在日光和空气中好好地沐浴”，这都是趣味性的体现。

第三节，探究蝉的歌唱的目的，并用实验证明它听不见外界的声响。关于前者，尽管已经观察到它胸部有一种足以“增加声音的强度”的响板，来增强翼后空腔里的“乐器”所发出的声音，但是他承认“我也还没有发现它唱歌的目的”。关于后者，他用“装满火药”的土铳放枪，证明它们对于“声如霹雳”的枪声毫无反应。读着法布尔的这种诉述，我们既佩服他的观察之细，又称赞他的实验之奇。他说得那么有味，首先是因为他对昆虫世界的观察、研究本身就充满着寻求知识的乐趣。

第四节，叙述蝉的由卵到幼虫的生长过程。这里，他不隐瞒自己所知的局限，而对已知领域所作的铺叙也避免了昆虫学讲义的沉闷。

我们且看这篇昆虫故事的最后一节是怎样叙述的：关于产卵，法布尔介绍了蝉的选枝、刺孔、下卵，这些只是做到叙述明白，通俗易懂；但他用文学的语言述说蝉卵所遇到的“一种特别的危险”，却写得富于感情色彩。关于孵化，他借助于放大镜观察，在他的笔下写下来的，完全不是满纸术语的讲义文字，而是用比喻，用描写，写出它的情状，使读者感到它的可爱。关于脱皮，第二节里已经写得很不少了，但这里又不能跳过。法布尔真有办法，他既不怕反复，又写得有新鲜感：“（蝉的挤蜡附着在树枝上）行日光浴，踢踢腿，试试自己的筋力，有时却又懒洋洋地在绳端摇摆着。”这里是从蝉的生命活力的角度来写的，和前文从它经历了如矿工、如铁路工程师的地穴工作之后进入地面时的蜕变来描写它成长的艰辛，并不重复。何况，此时还有关于触须的挥动、腿的伸缩、爪的张合的叙述，还有身体悬挂着“为它将来的出世做好准备”的描写，这是生命的追求，“我所看到的昆虫中再没有比这个更奇观的了”。关于成为幼虫，法布尔写它如蚤一般大的时候如何防止摔伤，又写它“渐渐在空气中变硬”，虽寥寥数语，而爱怜之情具现。作者还为它设想，“在它面前危险重重”——被风吹到它无法生活的地方。关于寻穴，法布尔写它因天冷而寻觅藏身之处，有许多还没有找到软土就死去了，寻到了的则只用几分钟时间就挖成土穴，“这小生物钻下去，埋藏了自己，此后就不再出现了”。它究竟是怎样过穴居生活的，法布尔自认并不知道，因为他观察不到，“未长成的蝉的地下生活，至今还是未发现的秘密”。法布尔得到的关于蝉的未长成时的穴居时间、出穴长成的地面生活时间的结论，使他引发出了一番抒情语言：

> **四年黑暗中的苦工，一个月日光下的享乐，这就是蝉的生活。我们不应当讨厌它那喧嚣的凯歌，因为它掘土四年，现在才忽然穿起漂亮的衣服，长起可与飞鸟匹敌的翅膀，沐浴在温暖的日光中。什么样的歌声能响到足以歌颂它那得来不易的刹那欢愉呢？**

这里充满着法布尔的深情。

《蝉》的四节文字，自成起讫，而又互相联系。从歌声引出寓言，再说到它的处处值得爱怜：勤劳的生产，聪明的建穴，自鸣得意的歌唱，得来不易的生活欢乐。前三节就它的三个侧面来写，后一节是为它的生命过程作一深情的概括报告。全文充满着文学的情趣。

因为《昆虫记》以它的科学性、文学性，向读者展示了一个丰富多彩、奥妙无穷的昆虫世界，得到了广泛的赞赏。闻名世界的比利时剧作家兼诗人莫里斯·梅特林克称誉法布尔是“昆虫世界的荷马”，把这部《昆虫记》看作开一代风气的史诗般的作品。法布尔常常把昆虫的行为与人类的行为比照着描写，它的客观效果就是读起来趣味盎然。我们在《蝉》里已经看到，蝉是“勤劳的生产者”、“极热心于音乐”的“歌唱者”。还有，在他的笔下，螳螂是勤快的“清道夫”，蜜蜂成了“泥水匠”，毛毛虫是“制造毛毯的专家”、“聪明的裁缝”，蜘蛛则是善用“飞行法”的“狩猎者”。至于萤火虫，虽然从生到死都点着那月华掉下来的花灯，外表很“纯洁”，却是个“肉食者”。

五、儿童科学文艺创作

文学创作不是一件易事，而以各种各样的科学文艺形式向儿童少年描述我们这个绚丽多彩的世界，我们人类创作的全部科学成果等等，更是一项困难的工作。进行科学文艺创作，必须以儿童的年龄和心理特点以及他们的需要为依据，必须要有严肃的创作态度，也就是要注意科学上的准确无误。错误的科学内容不仅不会给人以力量，而且会误导人们的工作。在读者能够接受的前提下，或取材于最新科学技术成就，抓住科学发展的"新苗头"；或者向孩子讲述多姿多彩的大千世界，使他们从中汲取有益的营养，养成热爱科学、勇于创新的品质，培养他们正确的世界观、人生观和价值观。创作时除了遵循一般科学文艺创作的原则规律和特点外，更强调其作品知识内容的浅显和有趣。如前文所言，仅具有科学性的作品并不就是科学文艺。科学文艺作品是属于文学范畴的，因此，科学文艺作者也要有较高的文学修养，构思作品时要巧妙，要善于剪裁，而且能够熟练地运用通俗易懂的语言恰如其分地表现科学内容。

（一）知识内容浅显而具体

儿童思维的主要特点是具体、直观、形象，抽象逻辑思维在幼儿期处于萌芽状态，随着年龄的增长而逐步发展，因此，儿童科学文艺作品要注意儿童的年龄特点、知识水平和接受能力。如果读者对象是低幼儿，那介绍的科学知识应该尽量少讲原理或不讲原理。对于尖端的科学技术，与他们头脑中的具体形象没法联系。他们虽然好奇，但无法进行思考，自然不喜欢接受。

（二）注重故事性和趣味性

故事性强、浓郁的趣味性是儿童科学文艺的特点。科学文艺作品必须写得生动有趣，富于故事性，有强烈的刺激，才能引起他们的注意。

趣味性，主要指细节和语言；故事性指有人物形象有情节。要做到这一点，科学文艺必须要借助拟人、比喻、夸张等艺术手法，要有诗意的感受，才能富有儿童情趣，引起儿童极大的兴趣，并由此热爱科学。

（三）创作模式要推陈出新

科学文艺的创作中存在一些既定的模式，如科学童话创作中较常运用的有"三段法"、"误会法"、"反复法"等。创作模式是人们在长期的实践中总结出来的行之有效的创作方法，但是，创作模式并不代表创作的公式化、雷同化或者一成不变。优秀的作家往往在传统模式中注入新鲜的内容，创作出引人入胜的新作品。如鲁克的科学童话《纸王国纪事》用的是一则古老不过的叙事模式——王子出门学艺。然而，在这古老的形式中却介绍了最现代的科技内容，七个王子分别变成了抗火纸、无灰纸、自燃纸、储水纸、避水纸、药虫纸和耐压纸，在与入侵者火王国、水王国和白蚂蚁国的激战中，他们的才能一一得以发挥。同时，读者也迫切希望更为新颖的作品形式出现，传统的模式已经不能满足现代人求新求变的需要，所以儿童科学文艺作品也要有所创新和突破。文学艺术就是在突破创新中不断发展的。

作品选读

笨狮子

冰子

一只狮子住在山洞里。晚上，蚊子叮得它没法睡觉。

狮子请求蚊子不要再咬它了。蚊子说:"不咬你可以,但你要帮助我们消灭敌人。"

"谁是你们的敌人?"狮子问。

"青蛙、壁虎、螳螂和癞蛤蟆。"蚊子说。

"哈哈,我是万兽之王,吃掉这些小家伙,是不费什么力气的!"

狮子真的吃掉了许多青蛙、壁虎、螳螂和癞蛤蟆。

晚上,山洞里的蚊子更多了。

狮子气呼呼地对蚊子说:"你们怎么不讲信用,还来咬我?"蚊子嗡嗡笑了:"唉,你只消灭了在陆地上的敌人,我们还有在水里的敌人——小蝌蚪、柳条鱼、非洲鲫鱼。他们总是吃掉我们的孩子孑孓。"

"好,好!"狮子真的跳进河里抓鱼、抓蝌蚪了。

又到了晚上,蚊子越来越多了,咬得狮子直吼叫:"你们这群蚊子太不讲信用了。"

嗡嗡嗡,蚊子笑成一团:"我们还有天上的敌人呢。你得帮我们去抓燕子、蜻蜓和蝙蝠。"

这可难住了不会飞的狮子啦!他傻呵呵地看着天空燕子正在飞来飞去地吃蚊子。

在大树上张网吃蚊子的蜘蛛,奇怪地问:"喂,万兽之王,你今天怎么啦,老是瞅着天空?"

狮子张牙舞爪地说:"我要吃掉你!对,还有燕子、蜻蜓和蝙蝠。"

燕子他们一起问:"你为什么要吃我们呢?从来没听说过狮子想吃我们的呀?"

狮子摇晃着脑袋说:"蚊子说的,我吃了你们,它们晚上就不来叮我了。"

"哈哈……"燕子大笑说:"笨狮子,怎么不想一想,你把吃蚊子的小动物都吃了,蚊子不是更多了吗?"

"唉,唉,我真笨,我真笨!"狮子这才恍然大悟。

第七节　儿童戏剧文学与影视文学

戏剧和影视都是综合艺术,具有文学、音乐、美术、表演等多种艺术元素,而这里谈到的戏剧文学和影视文学只是指戏剧和影视的剧本。

一、儿童戏剧文学

(一) 儿童戏剧文学的概念

儿童戏剧文学,即剧本,是指为儿童戏剧演出创作的文本,也是适合少年儿童阅读的一种儿童文学体裁。

(二) 儿童戏剧文学的艺术特点

儿童戏剧文学作为戏剧文学的一支,必然要遵循戏剧文学的基本艺术规律,诸如人物、事件、场景的相对集中,语言的性格化等等。但是儿童戏剧文学的特殊性在于它所提供的演出的观众是少年儿童,因而它的艺术特点也必然是戏剧的一般性与儿童剧的特殊性的完美结合。

1. 富有儿童情趣的戏剧冲突

戏剧是以社会生活的矛盾冲突作为主要线索去塑造人物、展开情节、组织结构的,没有冲突就没有戏剧。儿童戏剧与成人戏剧在矛盾冲突的内容和方式上有很大的不同。儿童戏剧必须具有儿童情趣,必须适合儿童的年龄特征和审美心理,必须在他们生活经验的范畴和审美期待视野中展开。其冲突的特征表现在:

（1）单纯性

儿童戏剧从内容到形式都具有单纯性的特点。因为儿童与外界事物的冲突，都是由于自身生活经验与认识水平的不足引发的角色本身性格的心理冲突。如柯岩的《照镜子》，小姑娘长得很漂亮，却懒得洗脸，弄得浑身肮脏。作者利用爱漂亮的小姑娘与镜中肮脏的小姑娘互相嘲笑来制造冲突，实际上也是小姑娘自己的愿望与行为习惯相矛盾造成的冲突，由此也形成生动诙谐的戏剧效果。

（2）幽默温和

儿童戏剧中即使是尖锐的冲突往往也是通过幽默温和的方式表现出来。例如，童话故事改编而成的《大象救小兔子》把较为紧张激烈的矛盾冲突场面处理成：老虎追赶小兔子，小兔子却故意绕着大树兜圈，老虎追至河边，大象用鼻子吸水喷击老虎，卷起树干抽打老虎屁股，使老虎起伏跳跃，嗷嗷乱叫。这一系列动作都极其幽默生动，没有惊心动魄之感。

2. 故事性强，情节生动

儿童看戏，首先是引人入胜的故事吸引了他们，然后才在欣赏有趣故事的过程中逐渐认识人物，理解剧情。所以故事性对儿童戏剧来说是至关重要的。这里所说的故事性，主要指剧本里核心事件的发展、高潮、结局的整个过程。核心事件的发展必须符合事物本身发展的逻辑性，其发展的根据是人物的性格，而情节是人物性格的成长史，所以儿童戏剧必然注重情节的设计，而且，如果儿童戏剧要始终抓住小观众的心理，必须以生动曲折的故事情节，并巧妙运用突变与悬念，让他们在剧情变化中得到新奇有趣的审美感受。

3. 动作性突出，语言口语化

戏剧艺术的直观性要求文学剧本必须具有强烈的动作性。动作是戏剧艺术的基础。儿童天性好动活泼，喜欢有动感的场景，因而儿童戏剧对动作性的要求比一般戏剧更为突出，包括每个人物舞台行为的动作性和整个戏剧事件的行动性，以使儿童剧的节奏更明快、更活泼，戏剧效果更强烈，更鲜亮。

儿童剧很少有叙述性语言，主要是人物的对白和独白。因为儿童戏剧的观众主要是儿童，所以戏剧语言（包括对白和独白）浅近晓白，新鲜而富于动感。如方园的独幕童话剧《“妙乎”回春》，小猫夸自己能够“妙乎回春”，小兔子说：“好像只有妙手回春。”小猫自以为是地反驳：“不对，你记错了，我这儿有书为证。（翻书，翻不着。）反正是你错了。”台词非常口语化，简洁明了地表现了小猫的无知。

4. 音乐与游戏的融入

儿童戏剧比成人戏剧更强调音乐的重要性。戏剧中如果常运用优美的旋律、明朗的歌唱，使剧情更具生动活泼的气氛，会给小观众留下深刻的印象。此外，儿童剧中剧情气氛的渲染，人物性格特征的展示，往往要以音乐为重要辅助手段。

高尔基认为，游戏是儿童认识世界的方法和工具。年龄越小的孩子，越要借助于游戏形式加深对戏剧内容的理解并激发他们的兴趣。对幼儿戏剧来说，其内容大多数是幼儿游戏活动的写照，如柯岩的《小熊拔牙》、《照镜子》，都把游戏性作为戏剧的核心；在艺术表现形式上，更具有幼儿游戏的特色。另外，有些幼儿戏剧中采用对话和动作的反复形式以及情节反复的场面，也十分接近幼儿游戏特征。

5. 儿童情趣浓郁

儿童情趣是儿童戏剧表现儿童特点的重要标志，它是指儿童的性情志趣及其独特的表达方式，绝不是顺手拈来用以逗乐的佐料。儿童情趣是从人物性格派生出来，通过人物的言行举止表现出来的，具有时代感。

（三）儿童戏剧文学分类

儿童戏剧文学有几种不同的分类方法，依照不同的标准，可以将儿童戏剧分为多种类型。

1. 按场次不同（即容量大小）可分为独幕剧和多幕剧。独幕剧是不分幕的小型戏剧，情节简单集中，故事在一个场景里演完，如《“妙乎”回春》。多幕剧是分作若干幕演出的大型戏剧，情节复杂，人物众多，如《报童》。

2. 按作品的内容、性质和产生的审美感受不同分为悲剧、喜剧和正剧。但儿童戏剧中最常见、最受儿童欢迎的是喜剧。儿童与明快乐观的事物有着天然的亲和力，因而他们更乐于接受充满幽默滑稽色彩，基调轻松活泼的喜剧。

3. 按表现题材的不同可分为历史剧、现代剧、童话剧和神话剧。而童话剧在幼儿戏剧中占有优势地位。

4. 按艺术表现方式的不同可分为儿童话剧、儿童歌舞剧、儿童舞剧、儿童戏曲、儿童木偶剧、儿童皮影戏和儿童哑剧等。这是最普遍、最常用的分类方法。

此外，从演出场地、演出条件分，儿童剧还可分为舞台剧、街头剧、广播剧、学校剧、课本剧等等。

（四）重点作家作品推荐赏析

詹姆斯·巴里（1860—1937），英国戏剧家和小说家。主要戏剧作品有《彼得·潘》、《可敬的克莱顿》、《每个女人都知道的故事》等。其中，《彼得·潘》于 1904 年在英国公演的时候，引起了轰动。此后被译成多国文字，成为不朽的经典。

艾伦·亚历山大·米尔恩（1882—1956），英国著名剧作家、小说家、童话作家和儿童诗人。曾把格雷厄姆的《柳林风声》改编成剧本《蛤蟆府的蛤蟆》，每年圣诞节都要上演这一剧目。他所创作的儿童剧还有《假象》等。

黎锦晖（1891—1967），湖南湘潭人，我国现代儿童剧的早期开拓者。主要作品有《麻雀与小孩》、《葡萄仙子》、《月明之夜》等。他结合中国传统音乐和西方歌舞剧的精华，创造了儿童歌舞剧这一儿童戏剧艺术样式，对我国儿童剧的发展作出了开创性的贡献。

张天翼（1906—1985），我国儿童文学史上一位举足轻重的作家。他创作了很多儿童小说、童话。他所创作的剧本有两个，其中的《大灰狼》是一部很精彩的童话剧。

任德耀（1918—1998），中国儿童剧作家、导演。江苏扬州人。1940 年毕业于四川江安国立戏剧专科学校舞台美术系。1949 年，在上海应宋庆龄之邀参加中国福利基金会儿童剧团的创建，并担任《表》、《小马戏班》等剧的美术设计。1950 年赴苏联考察后，潜心研究儿童剧编导艺术，积极培养儿童剧艺术人才。任德耀创作了二十多部儿童剧，代表作《马兰花》获全国第二次儿童文艺创作一等奖，曾在十多个国家上演；《宋庆龄及孩子们》及《好伙伴之歌》，在 1982 年全国儿童剧观摩演出中均获优秀创作奖。他的剧目具有鲜明的儿童特点和强烈的时代感，富有激情，受到广大儿童的喜爱。他的导演艺术讲究形式美，善于组织创新的戏剧场面揭示矛盾冲突、塑造人物性格。他执导的《童心》获 1979 年文化部建国 30 周年献礼文艺演出一等奖，《甘罗十二为使臣》获 1983 年上海戏剧节演出一等奖，《木兰替父从军》获演出二等奖。任德耀 1984 年任中国福利会儿童艺术剧院名誉院长兼艺术指导，中国戏剧家协会第二、三届常务理事，中国戏剧家协会上海分会第三届副主席，中国儿童戏剧研究会理事长。

孙毅（1923—2021），常年致力于儿童剧创作、课本剧改编。出版了“儿童剧快活丛书”四册，包括《小霸王和皮大王》、《美猴王》。他的作品贴近儿童生活，富有时代气息。

柯岩（1929—2011），原名冯恺，广东南海人。1949 年后历任中国青年艺术剧院、中国儿童艺术剧院创作员，中国作家协会专业作家，《诗刊》副主编，全国文联委员，中国作家协会理事、书记处书记、主席团成员，中国报告文学学会副会长，中国诗歌学会副会长，中国人民保卫儿童委员会委员，多所高等院校教授，中共十二大代表，全国第八、九届人大代表。曾多次被评为先进工作者。1949 年开始发表作品。1960 年加入中国作家协会。著有专著《小兵的故事》、《柯岩儿童诗选》，抒情诗《周总理，你在哪里》、《雷锋》、《中国式的回答》，报告文学《奇异的书简》、《船长》、《癌症　死亡》，戏剧剧本《相亲记》、《记着啊，请记着……》，中短篇小说《高压氧舱》、《道是无情》,长篇小说及电视连续剧剧本《寻找回来的世界》、《他乡明月》,电视系列剧本《仅次于上帝的人》、《柯岩文集》(六卷)等四十余部。部分作品选入课本及辅导教材并译成英、法、德、日、俄、西班牙、朝鲜等国外文版本。

佳作赏析一　詹姆斯·巴里:《彼得·潘》

【内容简介】

小飞侠彼得·潘,是个从出生第一天就从家里逃走,不愿长大的小孩子。于是,他永远长不大。每晚,他会带着孩子们飞翔在天空,来到自己的永无岛,快乐地做着游戏。他是个奇异的孩子!树叶织成的衣服,珍珠般的乳牙,红宝石般的嘴唇,清澈的眼睛,动人的笑声:这个快乐、骄傲、勇敢、任性的小男孩,飞翔着,永不长大,这神奇的梦想和自由的天性叫人着迷。

他为什么不愿意长大?因为他害怕长大,害怕长大之后去上学,害怕以后再去公司上班,更害怕"一觉醒来摸到自己满嘴的胡须"。他不想长大成人,只想永远做小孩子,永远玩。

他不长大,还因为他本以为妈妈会永远开着窗子等他飞回去,可当他玩够了想要从窗子飞进去的时候,窗子早上了锁,妈妈早把他给忘了。所以,他不肯长大,他在他的永无岛王国里,带着一群被自己的父母弄丢了的男孩子们,痛痛快快地整天做着各种让世界上所有的小孩子都乐在其中的游戏。有一天,他还飞进一个窗子,给这群男孩子们带回来一个名叫温迪的"妈妈",他们的生活更充实了。住在地洞里,从管子里进屋,假装吃饭,和海盗们英勇作战,在慈祥的"妈妈"和权威的"爸爸"的管理下一切都井井有条。

可是温迪想回家,想长大。为什么她愿意长大?因为长大的过程中,一样有很多的快乐和满足,最重要的是,有爸爸妈妈的怀抱,有爸爸妈妈挂念的泪水,有妈妈一直朝她打开的那扇窗子。永无岛可以是快乐的梦幻,永远保存在记忆里……在甜甜的家里,虽然不能像彼得·潘拥有着数不尽的欢乐,可是,彼得·潘也同样不能享受窗子里一家人热腾腾的幸福和欢乐呀。

【作品点评】

这是一个快乐的故事。在书里面,你会很开心地看到自己也常玩的那些"过家家"类的游戏,还有打仗,还有战胜海盗……

我们爱这个小飞侠彼得·潘,却别拒绝长大。因为永无岛不在别处,就在我们心里。不管你有没有长大,只要你还会做梦,只要你还记得彼得·潘,你就会永远记得这条通向快乐的路:"从第二个路口向右拐,然后一直向前走,走到天亮。"

《彼得·潘》之所以赢得了各国大小读者的欢心,原因在于巴里在这部幻想作品中创造了一个十分诱人的童话境界——永无岛。作家极力渲染永无岛上儿童式的欢乐,讴歌了美好纯真的童心。在永无岛上,有孩子们早就从童话故事中熟知的仙女、海盗、红人、美人鱼,在那个用蘑菇当烟囱的地下之家,生活快乐无忧。彼得与海盗、海盗与红人之间的"大战",鲜明地烙着儿童打仗游戏的印证。巴里正是通过奇妙的永无岛和不肯长大的男孩彼得·潘这样的童话形象深情地告诉人们:童年是人生中最美的乐章,珍惜可贵的童年时代,让孩子们尽情地享受那仅仅属于他们的欢乐。由此,也可以窥见作家对自然、纯朴天性的热情召唤。

(五)儿童戏剧文学的创作与改编

由于儿童对事物的理解水平和接受能力有限,所以编创儿童戏剧,除了遵循戏剧创作的一般艺术规律,还要考虑他们的年龄心理特点,才能写出好的剧本来。

1. 选择适合儿童特点的题材

儿童剧题材的选择要立足于能对儿童产生积极的意义。儿童戏剧是儿童认识世界的特殊方式，他们观看或参与演出的过程，实际上是认识社会和道德发展的过程。所以，给儿童看的戏剧，无论是反映家庭、学校、社会生活，还是神话传说、民间故事、童话故事、历史题材、科幻题材，都必须积极健康，有益于他们身心的发展。儿童剧题材的选择，要研究当今时代社会的物质和精神生活状态对儿童产生的影响；要研究儿童内心世界，精神需求和兴趣爱好的特点，才能对孩子心灵发生陶冶作用。此外，电子媒介的普及和动画片等各种儿童电视节目对儿童的审美意识及趣味产生了很大的影响，这些都使儿童剧创作面临挑战。

2. 塑造好人物形象

儿童剧中尤其是幼儿剧的人物性格的主要侧面都要十分鲜明突出，如狐狸的狡猾、小猴子的机灵、老鼠的贪婪、大象的无私、狼的凶残、熊的迟钝、乌龟的憨厚，都只突出性格的一面，其他侧面则较为模糊。这样写易于让小观众理解和接受。不过，以青少年为主要观众的戏剧可适当表现人物性格的丰富性和复杂性。

儿童剧中要注意正确把握三类人物的心理和性格特征，即儿童剧中的儿童、成人和拟人化后的动植物形象。儿童看戏时，常与剧中年龄经历相仿的戏剧人物进行对比，所以编剧时要了解角色的年龄、生活知识水平和兴趣爱好，才能写好人物的心理和性格特征，写出人物之间的性格差异。儿童剧中的成人形象，不仅要符合其自身生活逻辑、性格和语言特征，而且要符合儿童的心理和欣赏角度，使他们感到真实、亲切、可信。儿童剧中人格化的动植物形象的塑造既要注意性格的刻画，又要注意“物性”和“人性”的巧妙融合，进而设计它们在特定的戏剧环境中的语言和行为。

3. 写好具有儿童情趣的戏剧情节和细节

人物活动的戏剧情节和细节能够很好地体现一出戏的主题思想。情节和细节如果富有儿童情趣，戏剧则更能吸引住小观众，达到寓教于乐的目的。如童话剧《“妙乎”回春》就是一部寓思想教育于儿童情趣的情节和细节的成功之作：一是作者利用了孩子不完全懂得动物特性的特点，设计了一系列小猫“妙手”误诊的情节，使全剧情趣盎然，曲折生动而又自然合理；二是剧中出现的“妙乎回春”的相关细节，如猫叫的声音，形似字“乎”与“手”，表现了小猫马虎、粗心和不懂装懂的性格特征，让小观众在对比中意识到并改正自己的缺点。

为了给儿童观众提供更多更好的剧本，我们也可以自己动手，把现有的儿童文学作品改编成儿童剧。童话故事、叙事性诗歌、生活故事、人物故事、寓言、神话、故事性强的看图说话材料都可以成为儿童剧改编的来源。但也不是所有的儿童文学作品都可改编成戏剧，而是要从戏剧艺术规律去审视与衡量其改编的可能性。改编时要注意尊重原作的主题、情节和人物，同时也要根据舞台演出的要求作必要的改动，特别是最能表现人物思想性格特征以及矛盾冲突的部分，可以加以突出。另外，原作叙述性语言在剧本中要化为人物的台词（个性化和动作化）和舞台提示（简练和准确）。

二、儿童影视文学

（一）儿童影视文学的概念

儿童影视文学是指为拍摄儿童电影和电视剧所创作的文学剧本。儿童影视文学概念本身包含两种含义：一是“儿童的”，二是“影视文学”。可见，儿童影视文学比一般影视文学要求更高、难度更大，有其特殊的艺术特点。

（二）儿童影视文学的艺术特点

儿童影视文学作为一种独特的艺术形式有其自身的特点。

1. 情节单纯，悬念迭生

情节是文艺作品中人物生活和斗争的演变过程，也是影视文学的主要组成部分。但与其他影视文学作品错综复杂的情节发展不同，儿童影视文学往往采用单线结构的方式，使得情节比较单纯。不过，单纯也并不等于平铺直叙，也并非单调。为了引起儿童阅读和观赏的兴趣，情节的展开过程中还要设置悬念，使人物受到一系列干扰，产生一次次冲突，激起观众对人物命运的关注。情节单纯符合儿童的思维方式，悬念迭生迎合儿童的好奇心态，它们都是以儿童的心理特征为基础的。如根据《西游记》部分内容改编的《三调芭蕉扇》，整个故事就是由三次“调”贯穿起来的，十分单纯。第一次孙悟空变成小虫钻进铁扇公主的肚子里借到了“芭蕉扇”，却是一把假扇；第二次变成牛魔王借扇，又被牛魔王给骗了回去；第三次与牛魔王一阵厮杀，请来了众多神仙帮助，终于“调”来了芭蕉扇，通过了火焰山。这整个过程悬念迭生，对小观众很有吸引力。

2. 动感突出，趣味十足

动作是表演艺术和影视艺术的基础，它不仅是推动剧情发展的重要因素，也能很好地表现人物个性。《三打白骨精》中，孙悟空先打村姑，再打老妇，三打老翁。情节就在“打”这一动作中被推动，而孙悟空的智与勇也在“打”的动作中得以体现。美国动画片《汤姆和吉瑞》（又名《猫和老鼠》）里，汤姆和吉瑞常常处在激烈的运动之中，进行永无休止的追逐游戏。这部动画片以其强烈的动感美和想象力赢得观众特别是幼儿的喜爱。另外，儿童影视文学一个非常重要的审美特征在于“趣”，也是其与成人影视文学的区别所在。成功的儿童影视文学大多是基调明快、乐观的，具有幽默滑稽的色彩，即使表达一个重要的思想哲理，也是通过趣味性的形式表现出来。如《小兵张嘎》，嘎子和侦察员罗金保扮成卖西瓜的摊贩智擒汉奸胖翻译的场景令人捧腹。美国影片《小鬼当家》更是笑料百出，小主人公有勇有谋，充溢着浓郁的儿童情趣。

（三）儿童影视文学分类

儿童影视文学常见的样式有：儿童故事片、儿童美术片、儿童新闻纪录片、儿童电视剧等。

儿童故事片又称儿童故事电影文学，它通常具有生动的人物形象，引人入胜的情节和完整的形式。简言之，儿童故事电影文学是适合孩子看的，有一定情节的文学剧本。儿童美术片是一种对儿童影响很大的影视文学样式，在儿童影视文学中独具特色。它包括动画、木偶、剪纸、折纸等几个片种。美术片最突出的特点在于它的写意性和假定性，具有丰富的幻想和浪漫夸张色彩，能以最大自由度表现想象中的事物，如《哪吒闹海》、《大闹天宫》、《宝莲灯》等都是深受儿童欢迎的美术片佳作。我国美术片具有鲜明的民族特色，如水墨动画片《小蝌蚪找妈妈》，剪纸动画片《猪八戒吃西瓜》等。

儿童电视剧按传播方式分为电视短剧如《小皇帝》、电视单本剧如《太阳有七种颜色》、电视连续剧如《跑跑的天地》、电视系列剧如《女生贾梅》等。

（四）重点作家作品推荐赏析

(1) 主要作家作品

艾尔贝特·阿莫里斯（1922—1970），法国导演，编剧。第一部影片是关于突尼斯的短纪录片（1947），他的故事片《白鬃野马》（1952），《红气球》（1956），都获得戛纳电影节大奖。

马哲·麦基迪（1959— ），伊朗当代最著名的电影导演之一。1959 年出生于德黑兰，十四岁起即在业余剧团中表演，在伊朗伊斯兰革命后加入了政府伊斯兰文化指导部的艺术部门，担任许多伊朗电影的演员，其中，他最重要的经历就是在马克马巴夫的多部作品中担任主角，马克马巴夫对于乡野传奇近乎天马行空的想象力，以及善于利用影像制造出强烈戏剧张力的手法，对于日后虽然投身于极简风格的麦基迪，在叙事方法上也有很大的影响。1991 年开拍第一部剧情片《手足情深》，首度获选 1992 年戛纳影展导演双周放映。1998 年，他先是以《小鞋子》入围了奥斯卡最佳外语片，并在美国获得近百万美金的票房（创下伊朗电影票房纪录)，接着又以《天堂的颜色》在美拿下更惊人的一百七十万美元票房(仅三十家戏院不到)，成为既是得奖常胜军，又是超级票房保证的伊朗之光。

吉斯皮·托那托利(1956—　)，导演，编剧。1956年5月27日出生于意大利，早年从事摄影工作，曾任电视台的纪录片导演，其电影作品曾多次参加国际比赛得奖。他首次导演短片就有佳绩，1982年在意大利萨莱诺影展中曾以长篇纪录片得奖。1985年编导首部剧情片《被称为教授的男人》，此后他导演的电影作品也几乎都由自己编剧。1988年三十二岁的时候执导第二部影片《天堂电影院》(即《星光伴我心》)在戛纳电影节获评审团大奖，次年又获奥斯卡最佳外语片奖，这也是一部在中国有着重大影响的影片。1995年他编导的《新天堂星探》获意大利大卫奖最佳导演奖及威尼斯影展评审团特别奖；1998年四十二岁时编导的史诗巨作《海上钢琴师》(即《星光伴我飞》)，捧回意大利大卫奖最佳导演奖；2000年四十四岁时编导了《西西里岛的美丽传说》(即《真爱伴我行》)。

斯蒂芬·斯皮尔伯格(1946—　)，犹太裔美国导演。1946年生于俄亥俄州的辛辛纳提，他自小就热爱电影艺术。四岁时就用家里的8毫米摄影机拍摄周围的生活。十六岁时，初步具备电影思想与实践能力的斯皮尔伯格拍摄了第一部标准长度的影片《火光》，少年斯皮尔伯格依靠这部电影赚到了一百美元，这是他的第一笔票房收入。从此，斯皮尔伯格踏上了电影征程。在他三十多年的导演生涯中，既有《大白鲨》、《E·T·外星人》、《夺宝奇兵》、《拯救大兵瑞恩》这些振聋发聩的商业力作，又有《紫色》、《太阳帝国》、《辛德勒名单》这样散发着浓郁艺术气息的佳品，还有《人工智能》、《少数派报告》、《世界大战》这样领风气之先、玩高科技制作于股掌的时髦作品。《E· T·外星人》是一部温馨的科幻片，讲述了一个被同伴不小心留在地球上的外星人与小南海艾里奥特建立起纯真友谊的故事，二十年来受到了全世界影迷的热爱，成为妇孺皆知的电影经典。

谢晋(1923—2008)，浙江省上虞人，著名导演。曾就读于四川江安国立戏剧专科学校，后主动辍学，去重庆中国青年剧社工作，在《槿花之歌》等戏中担任剧务、场记和演员。这一时期，确立了向导演专业发展的艺术志向。他曾在《鸡毛信》中担任副导演。1953年在上海电影制片厂任导演，导演了《女篮5号》、《红色娘子军》、《舞台姐妹》、《天云山传奇》、《牧马人》、《高山下的花环》、《芙蓉镇》、《最后的贵族》、《秋瑾》、《鸦片战争》等许多优秀影片。

夏有志(1939—　)，著名儿童文学作家，编剧。1962年毕业于北京艺术学院美术系留校任教，后又在中学任教多年。编剧的电影作品有《普来维梯彻公司》、《冬冬的故事》(合作)、《紫石峪五道湾》、《未完成的日记》等，电视剧《俊俊》等30部。曾获飞天奖儿童故事片一等奖。此外，他还著有长篇小说《我真的没有见过你》、中篇小说《窗台上的脚印》等儿童文学作品。

王君正(1945—　)，陕西延安人，导演。1968年毕业于北京电影学院导演系。1980年独立指导影片《苗苗》。导演的影片还有《应声阿哥》、《山林中头一个女人》、《大侦探》、《女人·TAXI·女人》、《天堂回信》、《私人保镖》等。导演的电视剧作品有《高敬亭》、《猴娃》等六部。导演的影视作品曾获得中国电影金鸡奖、文化部优秀影片奖、柏林国际电影节青少年中心电影奖、中国电视剧飞天奖等国内外多项奖励。

张之路(1945—　)，山东诸城人，毕业于首都师范大学物理系。1982年进入中国儿童电影制片厂工作，曾任编辑、文学部主任等职务。中国作家协会儿童文学委员会副主任。2000年并入中国电影集团公司任策划部副主任、编剧。中国电影集团一级编剧、艺术委员会委员，国家授予的有特殊贡献的专家。创作并拍摄完成的电影剧本有：《霹雳贝贝》、《魔表》、《暗号》、《足球大侠》、《扬起你的笑脸》、《疯狂的兔子》、《妈妈没有走远》、《危险智能》、《我要做好孩子》等。同时，担任过影片《我的九月》等剧本的责任编辑。还创作了长篇小说《第三军团》、《蝉为谁鸣》、《非法智慧》等文学作品和多部电视剧。作品多次获国际和国家级奖项。

(2) 作品常析举例

以下以国内外经典美术电影(动画片)为例进行赏析。

提到美术片,不可忽略的是迪斯尼公司的动画电影;而提到迪斯尼,首先会想到的就是米老鼠和唐老鸭。但迪斯尼的大名之所以能够传遍全球,更应该得益于一部部制作精良的动画片。

取材于《格林童话》的动画片《白雪公主》(1937)选择了白雪公主与七个小矮人的经典故事。故事讲述白雪公主因为美丽、善良而被其后母妒忌,发誓要把她置于死地。但在七个小矮人的帮助下,逃过了劫难,后母则自食其果死于山崖下。因为是首部,所以迪斯尼公司投入的精力很多。整部作品的画面非常精美,是迪斯尼公司最负有盛名的代表作之一。

《木偶奇遇记》(1940)取材于意大利作家卡洛·科洛迪同名小说,叙述一个老木匠雕塑的小木偶变成了一个小男孩的过程。小木偶的诚实、勇敢和爱心感动读者,教育我们青少年儿童在成长的过程中要做一个对人真诚、不说瞎话、坚强勇敢的好孩子。

《狮子王》(1994)创作灵感来自莎士比亚名剧《哈姆雷特》。故事讲述了小狮子王辛巴在众多热情忠心的朋友陪伴下,经历了生命中最光荣的时刻,也遭遇了最艰难的挑战,最后终于登上了森林之王宝座的经历。画面宏伟壮观,无论对成人观众还是小观众都有强烈的吸引力。

《玩具总动员》(1995),迪斯尼第一部全计算机制作的动画,花了上亿元成本,历时四年才完成,工程之浩大令人叹为观止。这是叙述小男孩与玩具之间发生的故事。胡迪是小主人公安弟最喜欢的传统牛仔玩偶,他和其他的玩具趁主人不在时便会活跃起来一起玩闹,可是好景不长,最新奇的热门玩具巴斯光年来了,他使胡迪受到冷落。失宠的胡迪为了巩固自己的地位,处心积虑地想要赶走巴斯光年。在一次意外中,胡迪和巴斯光年不慎陷入一个玩具虐待狂的邻居家而危在旦夕。两个冤家路窄互不相容的对手,最终化敌为友,发挥聪明才智,顺利地完成冒险之旅,回到小主人的身边。紧张刺激的故事内容让观众叹为观止,大呼过瘾!

中国的动画是由丰富多彩的艺术风格和多种多样的艺术形式构成的,其中水墨动画的试制成功,成功地奠定了"中国学派"的国际地位,水墨动画片是将中国绘画的水墨画与动画技术结合起来,打破了传统动画单线平涂的技法,将中国画特有的笔墨情趣,完美再现于银幕,震惊了国际影坛。水墨动画所创造的银幕景象,成为最具有中国品格的动画精品。同时水墨动画也是中国特有的奇葩。

《小蝌蚪找妈妈》(1960)一片的角色取自齐白石绘画的笔墨风格,片中那些没有任何感情器官的、墨点似的小蝌蚪,影片巧妙地将它们游动时尾巴运动的频率的变化,转化为这些小生灵传达情感的方式,频频地摆动表示欢乐;缓缓地移动表示惆怅。这是中国书画艺术中笔墨符号的创造性发展,此时的"像"不再是客观的物像,而是"人的情感对象化"的意象,且是"气韵生动"的意象,有如我们能理解"感时花溅泪,恨别鸟惊心"一样,观众能够理解小蝌蚪的尾巴在摆动时不同的变化所传达出的情感信息。动画片里,空白中水草轻柔地摆动,就似一汪清水在轻轻地荡漾,意趣盎然,这种有限的空白传递了无限的画意,使画面充满了诗意和美感。

中国美术片的巅峰之作,大型动画片《大闹天宫》(上,1961;下,1964)是根据《西游记》原著改编的。它将孙悟空这个具有猴的特征、神的威力、人的情感的神话英雄生动地再现于银幕。《大闹天宫》在把握了原著精髓的同时,又能够根据儿童的欣赏心理来进行情节的编排和形象的刻画。因此,整部影片色彩浓重,造型奇异,场面雄伟壮丽,形象特征鲜明,情节跌宕有致,具有独特的艺术色彩。在造型形式上,影片以"古雅"和"神奇"制胜,这是美术家从古典绘画中提炼和升华而进行再创作的结果,是追求一种超凡出世的"奇崛"风格。这些都使《大闹天宫》成为中国动画片的不朽之作。

作品选读

小熊拔牙

柯　岩

(人物：狗熊妈妈、小熊、小白兔医生、小黄狗、小花猫、大尾巴松鼠、小鸟)

妈妈：我是狗熊妈妈。

小熊：我是狗熊娃娃。

妈妈：我长得又胖又大。

小熊：我就像我妈妈。

妈妈：妈妈要去上班。

小熊：小熊在家玩耍。

妈妈：不对，你要先洗洗脸……

小熊：嗯嗯……好吧，洗一下。

妈妈：不对，你还要刷牙……

小熊：嗯嗯……好吧，刷一下。

妈妈：不对，要好好的刷，还有……

小熊：还有，还有……什么也没有啦！

妈妈：不对，想想吧！……不自己拿饼干，……不自己拿……

小熊：好啦，好啦，都知道啦！不许拿饼干，不许吃甜瓜，不许抓糖果，还不许打架……

(小熊用脑袋把妈妈往门口顶，妈妈疼爱的戳一下他的额头，出去了。)

小熊：妈妈走了，啦啦啦，现在我当家，啦啦啦。先唱个小熊歌，1234，哇呀呀呀，呀。再跳个小熊舞，5432，蹦蹦蹦蹦，哒！

小熊：哎呀，答应过妈妈洗脸呀，先洗洗小熊眼，再擦擦小熊嘴巴，熊鼻子抹一抹，熊耳朵拉两拉，熊头发梳三下，嗯，就不爱刷牙。

小熊：饼干拿一叠，……唉，答应过不吃它。糖球抓一把……唉，答应过不吃它。这罐糖蜂蜜，哈，没说过不吃它。这桶果子酱，哈哈，妈妈也忘了提它。

小熊：先吃一勺蜜，真甜！再吃一勺酱，真鲜！勺儿才舀一点点，不如盛上一小盘，越吃越想吃，干脆添一碗。一勺、一盘、一大碗，吃完挨个舔三舔……

小熊：小熊吃得真高兴，小熊吃得肚子圆。啦啦啦，甜到舌头底，啦啦啦，甜到牙齿尖。唉呀呀，咝，咝，咝，怎么甜变了酸？酸到舌头底、酸到牙齿尖。唉呀呀，嘶，嘶，嘶，怎么变成了疼？疼的没法儿办。哎哟，哎哟，疼的小熊直打转；哎哟，哎哟，疼的小熊直叫唤。

小兔：(唱)身穿白衣裳，手提医药箱，每天给人去看病，小兔大夫真正忙。

小熊：大夫，大夫，快来呀！牙齿疼得像针扎……

小兔：你先别哎哟，别直着嗓子叫。嘴巴张开来，让我瞧一瞧。唉，你的牙齿真不好。唔，这一颗要补一补，唔，这一颗嘛，要拔掉。你坐好，唉，我够不着，你怎么长得这么高？搬个板凳当梯子，爬上去给你打麻药。哎，你坐好，别害怕，钳子夹牢才能拔……拔呀，拔，拔不动它，你这颗牙齿怎么这么大？

小熊：哎哟哟，快拔掉！你怎么长得这样——小？

二人：小狗小狗快快来！

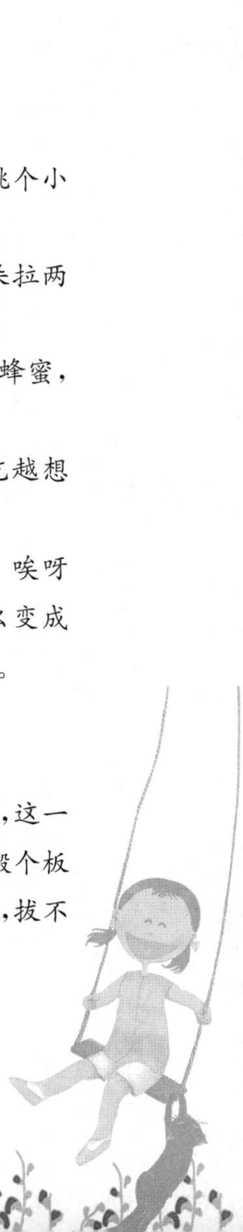

小狗：汪汪汪，我来了。

三人：帮助快把牙拔掉，拔呀，拔，拔不动……你这颗牙齿怎么这么重？

小熊：哎哟哟，快拔掉，疼得小熊眼泪冒。

三人：小猫小猫快快来！

小猫：喵喵喵，我来了。

四人：帮助快把牙拔掉，拔呀，拔，唉呀！

（大家差一点跌倒）

小兔：夹碎了，你这颗牙齿都烂透了。

小熊：哎哟哟，快拔掉，疼得小熊双脚跳。

四人：松鼠松鼠快快来！

松鼠：吱吱吱，我来了。

五人：帮助快把牙拔掉。拔呀，拔，还是拔不动。你这颗牙齿可真要命！

小熊：哎哟哟，快拔掉，我实在疼得不得了。

五人：小鸟小鸟快快来！

小鸟：叽叽叽，我来了。

六人：帮助快把牙拔掉，拔呀，拔，拔不掉，一二，一二，一二，哎咗，哎咗，哎咗哟！（“咕咚”，大家摔倒在地）总算拔掉了。

小兔：现在还疼吗？

小熊：嘻，一点也不疼了。

小兔：好，现在涂一点药，以后牙齿要保护好，要不一颗一颗都要烂，一颗一颗这样来拔掉。

小熊：嗯嗯，我不来。嗯嗯，我不干。为什么光叫我牙疼，你们牙齿都不烂？

小兔：我们从来不挑食。

小狗：汪汪汪，从来不多吃甜饼干。

小猫：喵喵喵，也不偷把蜂蜜吃。

松鼠：吱吱吱，也不偷把果酱舔。

小鸟：也吃菜，也吃饭。

小猫：也吃鱼，

小狗：也吃蛋，

松鼠：也吃胡萝卜，

小鸟：也吃棒子面……

众：　该吃什么吃什么，牙齿每天刷几遍。

小熊：那……以后我也不挑食，每天也把牙齿刷几遍。

小兔：（示范）这样刷，这样刷，上上下下、里里外外都刷遍。

小熊：（学着）这样刷，这样刷，上上下下，里里外外都刷遍。

小兔：说到一定要做到，省得把牙齿全拔光。

小熊：说到一定要做到。

众：　千万别把牙齿全拔光。

下篇 实践

第六章

儿童文学作品阅读指导

第一节　打开孩子第一扇心灵之窗

一、书对人的成长影响是巨大的

中国有句古话:“秀才不出门,尽知天下事。”“秀才”为什么有如此大的本领呢? 关键便在读书,大量地阅读。通过博览群书,扩大视野,通古知今,明事达理,锻炼心智,可以造就敏锐的思维、锐利的目光,使人变得聪明起来。高尔基说:“书好比一座好园子,园子里什么都有:有的叫人见了有趣,有的对人有用处。”他还说:“我读得愈多,书就使我和世界愈接近,生活对我变得更加光辉,更加美丽。”高尔基这两句话雄辩地说明了书对一个人的成长影响是十分巨大的。高尔基自身的成长也证明了这一点。他从小嗜书如命,读了大量的书,最后成为一位伟大的作家。

在我们的日常生活中,类似的例子也是举不胜举的。九岁的刘倩倩写出《请您别再问我》,在世界儿童诗比赛中获奖。十三岁就出了两本诗集的田晓菲,读初三就考上中国科大少年班的沈宇,十五岁就上大学的冯珑珑……他们成才的道路虽不一样,但有一点是共同的,从小就爱读书,在大量广泛阅读中迸发出耀眼的智慧火花。高尔基深有体会地在他的《文学的本质》中说道:“差不多任何一本书都告诉我许多我所不知道的和未曾见过的人物、感情、思想和关系等等,好像在我眼前打开一扇通向未知世界的窗子。”一本好书往往能在孩子的成长过程中产生难以估量的作用,甚至能改变人的一生。

二、民族的精神境界取决于全民阅读水平

一个爱读书的人,就会变得聪明起来,健康成长。一个民族都爱读书,就能提高民族的文化素质,为一个民族的振兴打下坚实基础。

在知识爆炸的今天,许多国家的领导人都看到儿童阅读的重要性。1983 年,在美国教育部的推动下,组织全美知名专家学者,详读了一万多份有关儿童阅读的调查报告后,发表了一份《成为阅读大国》的报告,认为儿童的阅读能力与未来的学习密切关联。学生的阅读经验越丰富,阅读能力越高,越有利于各方面的学习。阅读是学好所有课程的核心和基础。美国前总统克林顿根据相关资料研究后指出:小学三年级之前必须通过培养使之具备良好的阅读能力。这是未来学习成功与否的关键。因此,美国教育部曾陆续提出《挑战美国阅读》、《卓越阅读方案》等文件,推广全民阅读运动。布什总统上台后,更进一步提出“不让任何一个孩子落在后面”的教育改革方案,并且将“阅读优先”作为教改方案的主要内容,拨款五十亿美元,动员全国力量推行,希望在五年内,让美国所有在学儿童在小学三年级之前具备基本的阅读能力。日本文部省也把 2000 年定为“儿童阅读年”,2001 年末又颁布“儿童阅读推进法”,规定每年 4 月 23 日为儿童阅读日。上述事

例说明从小培养阅读能力和阅读习惯是关系到一个国家或一个民族兴衰存亡的大事，不可掉以轻心。如果一个人不是从小培养起阅读能力和阅读习惯，就会缺乏独立思考能力。一个民族群体如果多数人的阅读退化，就会使这些人思维迟钝，智力功能萎缩，导致人文精神失落，更会危及基础素质下降，造成民族文化的退化。

我国教育部于2001年颁布《全日制义务教育语文课程标准（实验稿）》，明确强调"九年课外阅读总量应在四百万字以上"（其中小学阶段应完成一百四十五万字的阅读量），并且积极倡导沟通课堂内外，充分利用学校和社区等图书资源，开展阅读活动，增加学生语文实践的机会。新课程标准的颁布及新教材的改革实施，标志着儿童阅读的重要性，已被全社会关注，引起政府教育部门的高度重视。

前苏联著名教育家苏霍姆林斯基说："使学生变聪明的方法，不是补课，不是增加作业量，而是阅读、阅读、再阅读。"高尔基也说："一个人想聪明，就得多读书。"从国内对母语教育的实践也证明，阅读教育是母语教育的核心环节。只有经过广泛的阅读和大量的积累才能真正学好语文。

书是人类数千年来智慧的结晶。它像一座知识的宝库，它能在我们面前不断展现一个个新的神奇的世界。孩子来到这个世界不久，对一切事物都是好奇的，我们引导孩子走向美丽、有趣、可亲的书籍，就好比打开孩子第一扇心灵之窗，让他对整个世界充满了对美好事物的向往。

为孩子们打开第一扇心灵之窗后，作为教师应该做好进一步的阅读指导工作，下面分别从启蒙、起步、初级、成熟四个阶段作一些介绍，供读者参考。毫无疑问，阅读指导也是一项创造性劳动，有待每一位优秀教师去实践、创造，所以这里介绍的内容也仅仅是参考。

第二节　阅读启蒙阶段的指导

打开孩子第一扇心灵之窗的，就是书。在启蒙阶段，对书的选择尤其重要。孩子接触的第一本书，最好有鲜艳的色彩、美丽的图画、有趣的故事，还有故事里绚丽多彩的想象世界。刚刚接触书的婴幼儿还不识字，所以得以图画书为主，并且由爸爸妈妈或者托儿所、幼儿园老师用富于韵律节奏、美妙动人的声调读给他们听。既能刺激孩子的视觉，又能刺激孩子的听觉，吸引孩子对书从小有一种亲近感，品尝书籍带来的甜美感觉。这对婴幼儿来讲是非常迷人的。要让孩子一开始就感到读书是一件轻松的事，快乐的事。只有读书对儿童意味着快乐，今后他们才会自觉自愿去找书读。这个阶段的启蒙十分重要。

一、阅读的启蒙越早越好

卢梭在《爱弥儿》一书中写道："人的教育在他出生的时候就开始了，在他能够说话和听别人说话以前，他已经就受到教育了。"

因此，刚刚来到这个世界，对婴儿的启蒙就应该开始了。也许有人会质疑："那么小的婴儿能听懂些什么？"

其实，还有更早的呐！美国曾有科学家做了有趣的实验，他们请三十三位怀孕的准妈妈在产前六周起就开始定时给胎儿朗读有趣的童话故事，每天三遍。当孩子出生后的第四天，再给他朗读相关的故事，科学家们惊奇地发现孩子在听到他"熟悉"的故事情节时，就明显地表现出一种特殊的兴趣和表情。

二、让孩子感受读书的快乐

读书是一种快乐。但这种快乐不会从天上掉下来。奥维尔·普丽斯科德在他的名著《一个读书给孩子听的父亲》中提醒我们："很少儿童会自己爱上读书的，一定要有人诱导他们进入书写文字的奇妙世界，给他们指示阅读的途径。"

阅读的途径和方法很多，而且还有待不断发现和创造，可以说千条、万条，但应该是条条道路通罗马——启蒙阶段的阅读，一定要让孩子感受读书的快乐。这是关键，也是我们阅读指导的目的。只有读书对儿童意味着快乐，他们才会与书亲近，才会自愿读书。

一开始我们就应该通过成人的诱导，让孩子们感受到书里有一个神奇、美丽的世界；有神奇的幻想、动人的故事、美妙的词语、绚丽的思绪、感人的事迹、神奇的大千世界、悲欢离合的际遇……都可以在书里找到，当孩子们与这些产生情感共鸣时，就会产生快乐的感觉。

成人的启发和诱导，最好用讲故事的方法传达书中生动感人的情节。

但是千万别把给孩子讲不讲书中的故事当作达成另一种目的武器，例如“你如不打扫好房间，晚上就不讲故事给你听！”这样就会挫伤孩子听故事的积极性。更不能阻止孩子看他想看的书，否则会使他对书产生疏离和厌恶的感情。

孩子在启蒙阶段，成人的诱导有着不可忽视的作用。对书的爱好就要从小培养，孩子一生对书的快乐感悟也从这里开始。

这一阶段的启蒙十分重要，而成人用动听的声调为他们演绎书中的美好世界，这可是一种全身心的美的享受。

三、图画书可以成为最早的导游

在儿童文学里，图画书是一个重要的门类，是幼儿最喜爱的文学形式。它成为幼儿文学中一种特殊的也是基础的样式。在幼儿眼里，图画也是一种语言符号，是一种早于文字且比文字更加直观的语言。在图画书里，图画具有叙事功能。图画本身能够表情达意。著名儿童文学学者李利安・H・史密斯在她的名著《欢欣岁月》图画书一章中曾这样写道：“一个男孩子和弟弟坐在一起看威廉・尼克尔松的《聪明的彼尔》。哥哥对弟弟说：‘托米，你不认识字也没关系，只要挨页翻，看画就能明白故事’”这句话形象地点明图画书作为儿童文学一种样式的艺术特征：用图画讲述故事。对尚未识字的幼儿来说，这是“人生最早遇到的第一本书”。新西兰图书馆馆员多罗西・怀特说：“图画书是孩子们在人生道路上最初见到的书，是人生在漫长的读书生涯中读到的书中最重要的书。一个孩子从图画书中体会到多少快乐，将决定他一生是否喜欢读书。儿童时代的感受也将影响他长大成人以后的想象力。”更重要的是图画书可以引导孩子自己去找书看，引导他从书中去发现他未曾见过的新奇世界。这绚丽的新奇世界，图画书往往就成为最早的导游。

佳作赏析一　宫西达也：《你看起来好像很好吃》

简介和评论：

这是一本让你很开心的书。

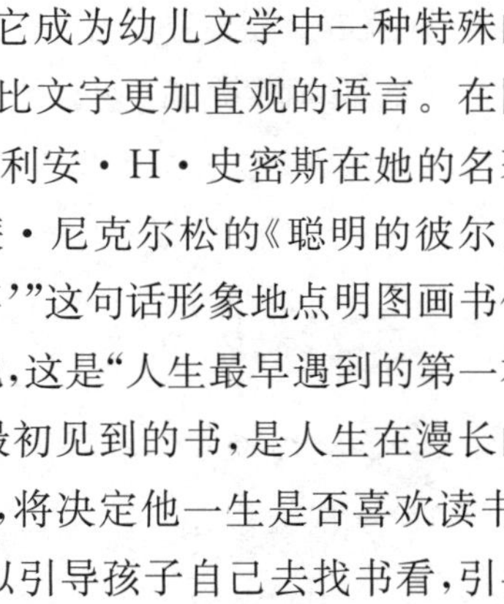

以前，以前，很久以前，在一个晴朗的日子里，在广漠的丘陵上，一只雪白的蛋轻轻向我们走近了。哎呀不好，山嘭嘭嘭地喷火，地咚咚咚地摇晃，这只甲龙宝宝就这样来到了人间，可是——孤单单的他只有抽抽搭搭地哭泣……

更不幸的是，那弱小的身体却被巨大的阴影笼罩了，面对着惊天动地的一声“嗷呜——”你用脚趾都可以想到，是恐龙中的霸主——霸王龙出现了。“嘿嘿嘿嘿。你看起来好像很好吃。”霸王龙滴滴答答地流着口水，正要猛扑过去……小甲龙，你可真够惨的了。

然而奇迹就在这个时候发生了——

“爸爸！”甲龙宝宝一把抱住了霸王龙：“我好害怕哟！”

霸王龙吓了一大跳，不由得说：“你怎么知道我是你的爸爸呢？”

“因为你叫我的名字呀。知道我的名字的，一定就是我的爸爸。”

“名、名字？”

“嗯，你说‘你看起来好像很好吃’。我的名字就叫‘很好吃’嘛。”

霸王龙瞪大眼睛。

小甲龙眯着眼睛无限亲热地抱着霸王龙强健的脚趾，让谁看了都会心里软软的，霸王龙也不例外了。

就这样，霸王龙和小甲龙开始了共同生活。连霸王龙自己都没想到，好像有一股神秘的力量牵引，他居然为了保护这个小东西和吉兰泰龙拼了命，甚至连吃了一辈子的食物都改变了，成了一个吃“小红果”的霸王龙。

“哇，太棒了！我也想早点长得像爸爸一样。”

那是霸王龙在教小甲龙“吼叫”。

这也是让孩子们最最开心的一段，在小甲龙充满崇拜、骄傲的欢叫声中，霸王龙就像一个真正的伟大的父亲一样，白天教小甲龙练习各种本领，晚上就把他拥在怀里，在美丽的星空下进入梦乡。可爱的小甲龙，唤醒了霸王龙深藏在心底的那颗爱的种子。

可是，霸王龙能和小甲龙一直生活下去吗？

这，就要你自己从书中找出答案了。

这是日本画家宫西达也的绘本(即图画书)作品，他除了故事一流外，画功也是超棒的，线条格外简单，而且大刀阔斧，运用了几种非常鲜艳浓烈的色彩来构建画面——大红、明黄、深灰，配上故事，超级棒啊。

活动设计一

活动目标：

一、熟悉这个幼儿都感兴趣的恐龙的温馨故事。

二、引导幼儿理解“爱能改变一切”这个永恒的故事主题。

三、欣赏以朱红色、明黄色、黑色为主的图画效果，体验画面鲜明、热烈、粗犷的风格。

活动准备： 图画书；投影仪；各种恐龙图片或玩具。

活动过程：

一、谈话引起兴趣

老师：小朋友，你们喜欢恐龙吗？你们听过恐龙的哪些故事？老师今天也来给你们讲一个关于恐龙的故事，故事的题目叫《你看起来好像很好吃》。

出示图画书的封面

二、老师生动地、有感情地把故事讲述一遍，结合投影仪边讲故事边给小朋友看图画书中的图片。然后简单提问：

1. 故事的名字叫什么？

2. 故事中有谁？小恐龙的名字叫什么？

三、老师再次讲述故事，然后根据故事内容详细提问，帮助小朋友尽快掌握故事：

1. 故事发生在什么时候？周围环境怎样？

2. 谁出生了？
3. 甲龙宝宝觉得怎样？
4. 谁来了？他是怎么叫的？
5. 霸王龙怎么说的？他想怎样？
6. 甲龙宝宝把霸王龙当成谁了？他怎么说的？霸王龙说什么？
7. “很好吃”能长得像霸王龙一样吗？
8. 谁来了？他想干什么？
9. 霸王龙做了什么？“很好吃”知道吗？
10. 霸王龙的心里为什么比背上的伤口还要疼？
11. “很好吃”不见了，霸王龙做了什么？
12. “很好吃”干什么去了？他为什么那么做？
13. 霸王龙教“很好吃”哪些本领？
14. 霸王龙想和“很好吃”分开，“很好吃”愿意吗？他们怎么说的？
15. “很好吃”为什么拼命地往山上跑？
16. “很好吃”最后遇到了谁？
17. 霸王龙小声地说了什么？做了什么？他的心里会怎样想？
18. 你喜欢故事中的哪个角色？为什么喜欢？

四、引导幼儿欣赏图画书中的图画，并介绍图画特色

特色之一：人物（恐龙）形象的大小对比。

特色之二：以朱红色、明黄色、黑色为主的块面色彩，粗犷的黑线条，风格鲜明、热烈。

特色之三：绿色很少，火山经常喷发，说明这是一个缺乏食物的年代，恐龙当时的生存环境非常恶劣。

五、介绍作者和作品

告诉幼儿：本书的文字和图画的作者都是日本的宫西达也，翻译是杨文。

本作品获得了“剑渊本乡绘本奖”，曾经入选日本“第15届读书感想画比赛指定图书”的小学低年级第一名。

六、自由讲述别的恐龙故事

老师把一些恐龙图片或玩具发给幼儿，让幼儿轮流给自己组的小朋友讲述恐龙故事。

活动延伸：

一、收集关于恐龙的图片、资料，对史前大型动物恐龙有科学的认识，并想想恐龙灭绝之谜。

二、绘画：恐龙。

佳作赏析二　谢尔·希尔弗斯坦：《爱心树》

【内容简介】

一个男孩儿幸运地遇到了一棵因爱而给予，因给予而快乐的大树。大树用他全部的生命陪伴男孩儿一生，为他创造了一生。男孩儿曾因成长而离开，但他在生命的开始与结尾都和大树为伴，为此，大树幸福不已。理解这个故事的孩子会隐约地感受到自己与亲人的关系和男孩儿与大树的关系有相似之处。这是一本不分读者群的经典图画书，作者希尔弗斯坦是二十世纪最伟大的绘本

作家之一，绘图以简单利落的黑白线条勾勒形象，没有背景，留有很大的空白。文字简洁、明了，略含幽默、讽刺、忧伤的气息，在整体氛围上图文的配合非常融洽。希尔弗斯坦的其他作品如《失落的一角》也保持了同样的风格。

从前有一棵大树，它和一个男孩儿是好朋友。每天男孩儿都跑来和它一起玩，他们很快乐。可是随着时光流逝，男孩儿长大了。大树感到了孤寂。一天，孩子来看大树，"我需要一些钱。"于是大树把自己的苹果给了孩子。后来又一天，长大了的孩子来了，"我需要一幢房子。"于是大树把所有的树枝都给了孩子。又过了很长时间，孩子又回来了，"我需要一条船，驾着它到远方去。"于是大树又把自己的树干给了孩子。又过了很久，已经变老了的孩子回来了。"非常抱歉，孩子，"大树说，"我现在只是个老树墩，没有什么可以给你的了。""我现在需要的实在不多，"孩子说，"我只想找个安静的地方坐坐，我太累了"。于是孩子坐下了。大树很快乐。

【作品点评】

另类的天才大叔谢尔·希尔弗斯坦①

在你的想象中，一个举世闻名的儿童文学作家应该长什么样子呢？我敢保证，肯定不是美国作家谢尔那样子吧。他的一位老朋友是这样描述的："他走在纽约的人行道上，挎着一个旧邮包，鼓鼓囊囊的包里塞满了歌谱。他脚穿破旧的牛仔靴，身上穿的是不知洗过多少遍的牛仔裤……"。在忙碌的大都市里，如果你撞上这个身材魁梧却衣着邋遢的光头佬，你能想象得出他就是那个迷倒全世界数亿读者的诗人、卡通画家、插画家、剧作家、作曲家、乡村歌手吗？是的，他就是谢尔·希尔弗斯坦(1930—1999)。他为大人们创作过800多首歌曲，曾经获得格莱美大奖、奥斯卡最佳原创歌曲奖提名，他也为孩子们创作过400多首诗歌，他创作的儿童诗集和图画书风靡整个世界。20世纪的儿童文学，因为有了谢尔而变得特别趣致。

谢尔在少年时代就是个很另类的家伙。他说自己很喜欢棒球，可一到球场就追不上球；他还很喜欢跟女孩子套近乎，可是没有女孩愿意搭理他，因为他连跳舞都不会。没办法，他只好一个人在一旁写写画画。但更有趣的是，他甚至没想起来去读那些著名作家的作品，所以没有哪位前辈对他产生影响，他只是执著地写呀画呀，渐渐形成了自己独特的风格。

一开始，没有人特别留意这个多才多艺的天才。谢尔酷爱自由，喜欢背着旧行囊、挎着吉他四处游逛。他也当过兵，可是在部队里也主要是写写画画、弹弹唱唱。年轻时，他写过许多歌，画过许多漫画，但知道谢尔大名的人多半只知道他是个让人快活的乡村歌手。直到有一天，一位朋友把他拉到某个儿童读物出版商的面前。

"什么？为孩子们创作?"——这是他从来没有想过的念头。朋友和出版商极力怂恿他，他们死拉硬拽着让谢尔为孩子们写本书。谢尔仔细琢磨：怎么写啊？——大概像乡村歌曲那样简单却充满韵味儿，欢快又略带一丝忧郁吧。于是，第一本《爱心树》诞生了。这是一本图画和文字都非常简单的图画书，图画是黑白的，只有一棵苹果树和一个小男孩，文字也是很简单的韵文，就像一首朴实的歌：

从前有一棵大树……

---

① 阿甲：《另类的天才大叔谢尔·希尔弗斯坦》，见《泥巴书虫》2003.12

它喜欢上一个男孩儿。
男孩儿每天会跑到树下
采集树叶，
给自己做王冠，
想象自己就是森林之王。

在这个故事里，小男孩儿是大树的玩伴，他爬树、摘树叶、吃苹果，在树阴下乘凉，在树干上荡秋千。男孩很开心，大树也很开心。可是，男孩渐渐长大，他有了自己的朋友，不再与大树一起玩耍。男孩长大后，希望获得金钱，大树便把苹果给了他；男孩需要建立家庭，大树把树枝给他造房；男孩对生活不满意，希望出去远航，大树把树干给他造船。许多年过去，男孩已经变成垂暮的老人，疲倦地回到大树的身边。大树已经没有什么可以给他，只是让男孩坐在自己的树墩上，好好休息……

怀着试探的心情，谢尔把这个简单的故事交付出版。他自己也没有想到，这个故事立刻征服了所有人。每一个读到的孩子或大人都被它打动，因为它讲述了一段深沉的爱，一种无私的给予和奉献。最受感动的读者是那些爸爸妈妈们，他们读着读着，甚至禁不住流下热泪。

在这个纷扰嘈杂的世界里，也许一些简单的线条、一段简单的故事，更能打动人们的心。谢尔看来并不满足《爱心树》的简单。之后，他还创作了多本同样简单也同样动人的作品，包括著名的儿童诗集《阁楼上的光》，这些作品给他带来了功名和财富。可是，他仍在孜孜不倦地追求着“简单”。

有一天，灵感撞击了他。他先在纸上画了一根长长的线，然后在线上画了一个圆，这个圆缺了一角，就像张开嘴巴的脸，缺角的上方有个黑点，就像一只眼睛。好啦，主人公就是这个缺角的圆，背景就是那根长长的线。这个圆要去找它那失落的一角。于是故事开始啦。《失落的一角》可能是图画书有史以来最为简单的一本书，但所有读过这本书的人都为它的“不简单”而感到震惊。这条线，这个有缺憾的圆，和一些角，构成了一个深具哲理的童话。

它让全世界的人都记住了这位另类的天才大叔谢尔·希尔弗斯坦。

一个4岁的孩子说，这颗爱心树就像我的妈妈！

活动设计二

活动目标：

一、知道这是一个关于奉献和爱的故事，引导幼儿感受树对小男孩的无私的爱。

二、了解美国作家谢尔·希尔弗斯坦，知道他是一位艺术天才，他的艺术风格是简单。

三、认识生字：男孩、树；读准字音，理解字意。

四、引导幼儿欣赏书中的插图，感受黑白画的美感。初步培养幼儿的审美能力。

活动准备： 绘本；投影仪；小男孩布偶一个；树的图片一张；相应的音乐一段；生字卡；男孩；树。

活动过程：

课前游戏：《我们都是木头人》

一、出示小男孩布偶和树的图片，引起兴趣。

师：小朋友，你们看这是谁？（这是一个小男孩）这是什么？（这是一棵树）小朋友想一想，小男孩和树之间会有什么样的故事呢？

(让小朋友充分发挥想象,请多个小朋友回答)

出示书的封面,略作介绍。

二、老师生动地有感情地讲述故事一遍。加上文学的分析。结合投影仪边讲故事边给小朋友看图片。然后简单提问:

1. 故事的题目叫什么?

2. 故事中有谁?(小男孩和树)

3. 发生了一件什么事情?

三、老师边讲故事边表演,再次相对完整地讲述故事一遍,在适当的地方添加音乐背景。然后根据故事内容详细提问,帮助小朋友尽快掌握故事:

1. 大树和谁是好朋友?(大树和男孩儿是好朋友)

2. 他们是怎么玩的?

3. 男孩长高长大了,谈恋爱了,树变得孤独。树对男孩说什么?

(快爬上树干来,吃苹果)

4. 男孩说什么?(我需要钱)

5. 树怎么做的?(树让男孩摘苹果,去卖钱)

6. 男孩好久没有来。有一天,男孩又来了。

7. 树怎么说?(你来了)男孩怎么说?(我太忙了,我需要房子)

8. 树让男孩做什么?(砍了树枝盖房子)男孩做了吗?(男孩把树枝砍了盖房子)

9. 树感觉怎样?(树觉得好快乐)

10. 有一天,男孩又说什么?(我需要一条船,去远航)

11. 树让男孩做什么?(树让男孩砍了做成船,说:“去远航吧,你会快乐的。”)

12. 树快乐吗?(树好快乐。但,这不是真的)

13. 过了很久,男孩又回来了,他成了一个老头。树怎么说?(我已经没有东西给你了)

14. 男孩怎么说?(我的牙没有了,咬不动苹果了)

15. 树怎么说?(我没有树干了)

16. 男孩怎么说?(我也荡不动秋千了。我现在要的不多,只想休息)

17. 最后男孩怎样了?树觉得怎样?(男孩就坐在树墩上休息。树很快乐)

四、请小朋友跟着老师一起来看图复述故事。

五、请小朋友跟着老师边做动作边复述故事。

六、请学得较好的2个小朋友分别扮演男孩和树上前来表演故事。

七、请小朋友两个一组分角色表演故事,老师在旁指导。

八、认识生字:男孩、树

九、拓展思维,进一步想象,继续理解故事

1. 树表达自己对男孩的爱还有什么方法?

2. 如果你是树,你会怎样对待男孩?

3. 如果你是男孩?你会怎样对待树?

四、亲子共读的意义及方法

孩子的成长过程,尤其是阅读的启蒙阶段,是一条培养孩子热爱阅读并养成阅读习惯的最佳途径。什么是亲子共读，就是在一个家庭中大人和孩子一起读书。一般把亲子共读理解为大人与自己的孩子共同阅读。其实，不妨把它理解得更加宽泛一些，既是自家的孩子，也可以别家的孩子与自家的孩子一起共读。

前面我们已经提到培养儿童对阅读的爱好和习惯，不仅关系一个人的成长，也是关系一个民族或一个国家兴衰的大事。

我们对培养儿童阅读的兴趣和习惯的深远意义是不言自明的。这里需要强调的是，我们的目的不是为了让孩子早识字成为早慧的天才，而是充分开发儿童的心智和潜能，让孩子从小热爱书本，养成阅读习惯，为他们成长过程中的认知和交流开通一条必要的渠道。要让孩子亲近书，首先要让他感到读书是一种快乐，从而成为自觉的、独立的、热诚的、终身的爱好书的读者，让阅读为他们带来一生的幸福。

英国著名作家戈登·饯伯斯说："阅读者不是天生的，是培养成的。"而实践证明，亲子共读就是培养儿童阅读兴趣和习惯的最佳途径之一。

亲子共读可以让孩子与亲人一起享受阅读的快乐。通过融洽的亲情氛围在爱的传导中，让孩子在一种特别的愉悦中亲近书、热爱书，从阅读中感受到快乐，从而养成一种阅读的爱好，不知不觉中形成一种阅读习惯。

有一首最受美国人喜爱的诗——《阅读的妈妈》：

你或许拥有无限的财富，
一箱箱的珠宝与一柜柜的黄金。
但你永远不会比我富有——
我有一位读书给我听的妈妈。

诗人史里克兰·吉利兰的这首诗，从另一角度充分说明亲子共读的意义。

亲子共读最好的方法，是选择在临睡前，全家人坐在一起共读一本书。

爱听故事是儿童的天性。在孩子很小的时候，母亲常常成了讲故事的主角。母亲如能用优美悦耳的声调来朗读或讲述书中的故事，让孩子用听觉来感受故事带给他的快乐。

儿童对图画非常敏感，幼儿一边通过图画理解故事，一边听母亲的讲述，有故事情节的演变，有背景描述，有人物的对话。视觉和听觉和谐结合，产生了一种欣赏影剧相似的快乐，多么温馨美好啊！

第三节　阅读起步阶段的指导

一、让孩子开始独立探索

当孩子跨进小学，掌握了一定量的文字和词汇，尤其是初步具备了运用工具书的能力，例如已学会查字典的能力时，孩子们已为自己的起步阅读做好了充分准备，也就是说这时孩子们已跨越阅读的启蒙阶段，开始独立探索智慧的阶段，也就是进入了一个阅读的起步阶段。这是儿童阅读能力的培养与训练的关键阶段。

作为阅读指导者的成人，首先应该对这一阶段的意识和重要性有一个正确的充分认识。在这个阶段儿童阅读能力的培养与训练不仅仅是开发儿童语言的主要方面，同时也是提高儿童的学习能力、锻炼其思维能力的重要途径。因此，要把培养儿童的独立探索放在一个重要位置上。

二、起步阅读的必要准备

1. 帮助孩子掌握熟练的汉语拼音能力，尤其在小学低年级时，当儿童认识的字和词汇尚不多时，借以减少他们在阅读时所遇到的障碍和困难。

2. 帮助孩子在尽快的时间内，在快乐的氛围中认识更多的字汇和词汇，这是提高阅读能力的必要的工具。

3. 帮助孩子在获得成就感的体验中掌握由初级到高级的各种工具书。

4. 培养孩子对未知世界充满好奇心和亲近感。愿意自己去发现书中的新天地，从书中找到乐趣，体会书中所传达的信息和意义，从中汲取智慧的营养。而且让他们感受到一种体验，一种从书中寻找到乐趣的体验。

5. 培养孩子的独立意识。让孩子能够从自己整理过的书架上，确切地找到自己想要阅读的书。爱读什么书就让他读他爱读的书，不要有过多的干预。

三、成人的作用

在阅读的起步阶段，成人可能从旁起着两种不同的作用。

1. 朋友式的向导

在起步阶段，成人的指导最好是作朋友式的指导，千万不要让孩子感到有压力。

苏洵和苏轼、苏辙父子是中国文学史上"宋代三苏"，都是著名的文学家。苏洵在儿童阅读指导方面堪称典范。他培养孩子阅读兴趣方面就是朋友式的。据说，当苏洵想要儿子们读一本书时，他常常先把那本书放在自己的书桌上，当儿子跑进书房时，他就拿起那本书津津有味地看，然后当作有事外出，当即将书放进抽屉里离开书房。两兄弟感到奇怪以为父亲有什么有趣的书不让他俩看，就趁父亲出门离家时，偷偷地拿来细细阅读。

2. 家长式的指挥

起步阶段的阅读指导，大人如果采取家长式的指挥，发号施令，把课外阅读当作死板的作业，必然会使孩子感到阅读是一种沉重负担，遏制了他对书本的亲近感，甚至会产生逆反心理，对孩子阅读能力的培养产生种种消极影响。

有的家长望子成龙，把课外阅读当作功课安排，规定今天读这本，明天读那本，使孩子感到阅读就是负担，就是压力，就是不愉快，就是痛苦，对阅读毫无兴趣，产生一种厌烦情绪，慢慢就远离书本。这是起步阅读阶段最需注意的。这里要提醒每一位家长：兴趣是孩子阅读的最好老师。

四、起步迟早问题

这是个比较复杂的问题，不同的人不同的情况有迟有早。启蒙早的可以在入学之前，一般可在进小学后，当然受特殊情况影响，延后也无妨。无论早或迟，关键在于让孩子对阅读感到快乐，千万别让孩子当作负担。

第四节　阅读初级阶段的指导

一、步入书的殿堂

这是真正意义上的阅读入门阶段。进入这一阶段的孩子，不再被动地接受来自书籍的信息，开始尝试与书籍交流，主动接近书籍，从阅读中品尝快乐。这时他就不仅用眼睛阅读，而是用"心"在阅读，心领神会，步入书的殿堂。

二、阅读是一个复杂的心理过程

从表面上看，阅读书籍就是用眼睛看书。其实并不如此简单，阅读是一个处理信息的复杂心理过程。

有成效的阅读要求儿童不仅用眼睛看，还得用心“看”，用嘴“看”，用手“看”，即我国古代人总结读书经验的“四到”，即眼到、心到、口到、手到。从儿童心理学和现代阅读心理学研究结果也证实了儿童阅读的入门阶段，有效的阅读离不开“四到”，对年龄幼小的儿童说，“口到”更有它不可忽视的作用。

三、激发创造力

创造力是每个人都具有的，每个儿童都具有创造的潜能。而且，创造力的开发要从儿童抓起，这是一个关键期，如果错过或延误，不及时加以培育，以后从生活中就很难再被激发出来。

真正意义上的阅读，是需要创造力的。如果一个儿童处于被动状态进行阅读，是不可能迸发出创造性的智慧火花的。当阅读进入痴迷境界，常常会产生一种创作的冲动，这本书写得太美、太感动人了！有朝一日，我也要写一本！这种创造力的冲动，常常会伴随阅读而被激发出来。

四、成人在这阶段的作用

这一阶段，成人最好充分发挥儿童的独立、自主意识，少干预、多鼓励，更不要批评、斥责。在阅读指导上当个参谋、做个顾问。

在当参谋、顾问时，成人宜贯彻以下原则。

1. 循序渐进：儿童阅读能力的训练宜根据儿童心理发展规律、自身的阅读水平以及阅读心理规律循序渐进，不要急于求成。

2. 兴趣第一：儿童的阅读兴趣，直接影响阅读能力的提高。实践证明阅读能力发展好的儿童，大多对阅读有浓厚兴趣；反之，阅读能力差的儿童对阅读产生厌恶的情绪。

3. 创造性阅读：儿童天性喜爱新奇，好奇心强，且富于想象，凡事都愿意积极尝试、参与。因此在这一阶段阅读指导要引导儿童创造性阅读。阅读不要让孩子停留在书本本身的信息，而要引导他们积极调动已具有的相关知识多思、多想、多问，并在理解的基础上，或大胆质疑，或展开想象的翅膀，进行多角度的联想，生发出新的信息。

第五节　阅读成熟阶段的指导

今天青少年的阅读几乎全部是以各种考试内容为轴心而转动，很少有时间和精力去扩大自己的视野。在当前满眼浮躁的社会里，应试教育造成阅读率下降，也毁掉阅读的本身价值。因此，阅读的成熟阶段，就是让阅读回归本来的价值。

作为全国政协委员、苏州市副市长朱永新一直在为推动全民阅读而努力，曾在全国政协会议上五次提交议案：将孔子诞辰日（每年9月28日）设立为国家阅读节。他认为：阅读是当前中华民族最重要的事情。和世界上其他民族相比，我们中华民族的阅读水平堪忧。由于国民疏于阅读，远离经典，导致部分国民缺乏应有的文化底蕴，心态浮躁。他同时指出：一个人的精神发育史就是阅读史，精神发展的重要的载体就是阅读。同时，一个民族的精神境界取决于阅读水平。因此，能否让每一个青少年都能进入阅读成熟阶段，是关系到民族精神境界的大事。

一、阅读进入成熟阶段的标志

1. 感悟阅读价值

2. 开阔阅读视野

3. 坚持有品位阅读

4. 自主选择经典阅读

二、阅读的一对翅膀

坚强的阅读基础与良好的阅读趣味是阅读能否起飞的一对翅膀。进入阅读的成熟阶段就能让双翅振动飞上智慧的天空，自由翱翔。

三、领会阅读经典的乐趣

先是解决一个认识问题，不是只有成年人读的书才有经典，各个年龄段阅读都有经典，儿童阅读世界也一样有。经典作家的作品出手非凡，容易引起儿童阅读的兴趣。让孩子们从小就与大师级的作家直接对话，不仅可以培养、领会阅读的兴趣，而且还可以使他们在快乐阅读中节省很多时间。

四、孩子找到属于自己的位置

青少年在打好坚实的阅读基础和培养了良好的阅读习惯之后，眼界更加开阔，品味不断提升，慢慢地感悟到人类智慧深邃，知识广博，在这样广阔无垠的书的海洋里，他们会自然地找到一个属于自己的领域和位置。

五、成人的作用逐渐淡化

进入本阶段，成人的指导作用可以逐步淡化，可以在下列方面做些工作：

1. 营造良好的读书氛围。

读书是需要氛围的，营造读书氛围对激发青少年读书兴趣能起很好的作用。例如向孩子多侧面宣传一些经典作品，介绍一些读书的经验和方法，开展一些生动的交流活动……为孩子们创造一个书香环境。

2. 帮助青少年制订一个切实可行的读书计划，保证阅读的时间。

3. 多开展一些丰富多彩的读书活动。如召开故事会、佳作欣赏会、人物评析会、读书心得交流会、优秀诗文朗诵会、读书笔记本展评、读书知识竞赛等。

4. 充分利用公共的图书资源。无论一个人多么富有，也不可能买尽天下的书。我们要教会青少年学会使用图书馆、书店、文化馆、互联网等公共的阅读资源。

第七章

儿童文学作品的朗读

第一节　朗读是最好的实践活动

朗读是一种艺术，艺术能满足人们的精神需求，提升人的精神品质。朗读也是古今中外人们喜爱的学习、娱乐的重要方式。朗读自古就有，很难追溯到它的真正源头，它可以说随着文字的产生而产生，与人们生产、文化、娱乐需要息息相关。没有文字之前，朗读赖以存在的文本形式还未形成，也就没有这种有声的艺术——朗读。朗读作为一门艺术，深受古今之人的喜爱，这种艺术经久不衰，古人有言“目视其文，口发其声，心同其情，耳醉其音”，所谓一咏三叹、摇头晃脑，可见古人对朗读的喜爱。朗读在古代是一种普遍的学习方式，西汉大文学家扬雄说：“大谛能读千赋，则能为之”，又有古人“熟读唐诗三百首，不会作诗也会吟”之说，可见朗读是古人提高作文能力的手段，是读书学习的捷径，它深受人们的重视与喜爱。如今朗读活动经久不衰，朗读的形式更是层出不穷，如举行朗读会，开展朗读比赛等等，朗读这种古老的艺术实践形式必将传承永远。

儿童文学作品的朗读与成人文学作品朗读是有差异的，这种差异表现在：首先，朗读的文本对象不同，儿童文学作品朗读材料限于适合儿童阅读、能为儿童接受和理解的儿童喜爱的文学作品；其次，朗读活动的实践主体主要为少年儿童，同时包括为儿童（特别低幼儿童）作朗读活动的成人朗读者；最后，儿童文学作品的朗读活动主要面向的听、观众是少年儿童，朗读是满足少年儿童精神需求，培养少年儿童文学素养的实践活动。成人有义务在少年儿童中大力推广儿童文学作品的朗读活动，不仅在课堂教学中加强朗读教学，还让朗读走进儿童的生活。

朗读是一种实践活动，也是最好的实践活动。

从人的全面发展出发，朗读可以是实现人的全面发展的重要的有效途径之一。朗读是最重要的语文实践活动，通过朗读，提高语文能力。即达到人们生活所必需的三个层面的目标：一是“读说写演”语文技能目标；二是知识能力目标；三是思想道德目标。在实现这些目标的诸种手段中，朗读是最主要、最有效的实践活动。朗读就是用清晰响亮的声音读书，这是语文教学中最重要、最经常的训练，新颁布的《小学语文课程标准》指出：“小学语文是实践性很强的课程，应着重培养学生的语文实践能力，而培养这种能力的主要途径是语文实践活动，要让学生更多地接受语文材料，在大量的语文实践中掌握运用语文的能力。”“读说写演”是重要的语文实践活动，无论是阅读能力、口语交际能力还是习作能力，都要以学生亲身参与实践活动才会慢慢习得，朗读活动提供了最好的训练、提高、巩固这些能力、增长科学文化知识的平台。在朗读中，少年儿童一方面通过对儿童文学作品的深入体会，形成自己的道德思想观念；另一方面，少年儿童自身的阅读能力、写作能力、说话能力、听力能力都得到提高。好的儿童文学作品，通过朗读这种方式，对少年儿童产生的深远影响是不容忽视的。

朗读是语言技能养成的实践活动，朗读与言语活动两位一体不可分，朗读无法离开言语活动这个传播中介。朗读活动从朗读者对文本的“读得正确”开始，语音必须标准，听众无法体会一个普通话不标准并且无法听懂朗读者所传达的感情，朗读也就一定不能达到好的效果。所谓“准”，就是要求朗读者发音准，不念错，不任意添字、丢字，每个字的发音要清楚、响亮。长期的正确的朗读练习是纠正方言音、提高语言表达能力的重要手段。

朗读是一种重要的情感实践活动，与美术、艺术等其他艺术形式类似，朗读是少年儿童悟情、培养敏锐感情触觉的重要实践活动。儿童文学作品中所蕴含的情感，通过语言文字表现出来；少年儿童在阅读文学作品中所领略到、酝酿出的主体情感，通过好的朗读以美的语音的形式将它更为准确更为生动地再现出来；只有通过朗读，朗读者和听众能同时身临其境地参与体验作品，进而发生由朗读、朗读者、听众三方构成，对作品进行体验与再创造式的情感共鸣。

朗读是重要的审美实践，通过朗读达到两个层面的审美。

一是音律、节奏与声音层面的审美体验，这是作用于人的听觉的层面。汉字是音、形、义的结合体，字音一般由韵、声、调三部分组成，音节纯一，铺排富有节奏感、音律美，朗读起来可以得到美的享受。别林斯基曾说：“音乐对于儿童富有很美好的感染作用。他们亲身体验这种东西愈早，对他们愈有好处。……音乐能给幼小心灵插上灵巧的翅膀，使其能从低洼的山谷扶摇直上，达到那灵魂向往的快乐国度……”①诗歌是最能体现音乐性的文学样式，而儿童文学中，幼儿诗歌在节奏性、韵律性，声音的流畅性、乐感等方面表现得最为突出。幼儿拒绝刻板、雕琢的词藻，他们呼唤鲜活、跳跃如乐曲般美妙的诗歌。

如圣野的《扮老公公》：

老公公，
出来了，

白胡子，
白眉毛，

点点头，
弯弯腰。

脚一滑，
摔一跤，

一摸胡子掉下了，
乐得大家哈哈笑。

这首诗三字一诗行，两行一小节，“老爷爷”一步一弯腰，一步一点头，构成了音乐中的三拍子节拍，而且按照走路的节奏，每两拍一小节，儿童喜欢边朗读边跟着扮演这位可爱的“老爷爷”，三个音节过后，音律上突然来了个变奏，“脚一滑，摔一跤”，真相大白了，“一摸胡子掉下了，乐得大家哈哈笑”。

二是情感内容或优美意境层面的审美；仅选一抒情类儿童文学作品即可。现在的小学语文课本及优秀的儿童文学作品中，蕴含着丰富的情和美。如：壮美之情、奋进之情、悲伤之情…… 语言之美、形象之美、意境之美……儿童在朗读中不知不觉进入审美的意境，得到审美灵敏度的提升，灵魂的净化，受到美的感染。

如黄庆云的《摇篮》：

---

① 〔苏联〕别林斯基：《幼儿文学探索》，少年儿童出版社，1987 年。

蓝天是摇篮，　　花园是摇篮，
摇着星宝宝，　　摇着花宝宝，
白云轻轻飘，　　风儿轻轻吹，
星宝宝睡着了。　花宝宝睡着了。

大海是摇篮，　　妈妈的手是摇篮，
摇着鱼宝宝，　　摇着小宝宝，
浪花轻轻翻，　　歌儿轻轻唱，
鱼宝宝睡着了。　宝宝睡着了。

这首诗不仅音韵美胜似摇篮曲，而且以相同句式构成的四个诗段，展现出有着同样美质的四个温柔场景，天上、海中、花圃、人间，其爱融融，令人遐想，令人怀念。每个句式的安排都为展现如此柔美动人的意境与场景作了铺垫：四句为一诗段，前三句五字为一诗行，第四句为六字诗行。舒缓了整个诗段的节奏，四个诗段都采用这种节奏回缓的方法，回环往复，意境无穷，画面也似在这种节奏中轻轻飘动，使人陶醉在无声的爱中。

朗读是实现文学作品的价值的实践活动；已经完成的儿童文学作品本身是一个相对封闭的构成，而有人这一主体参与的朗读却是鲜活和富于个性和创造的，少年儿童对儿童文学作品的朗读给作品以生命。与其他文本实践活动，如阅读、默读、讲解等相比较，朗读有它独特的魅力，而且比较讲解、默读等单向活动式的实践，朗读是架构读者与文本的精神、情感融合的最好手段。

儿童作品的朗读对象不限于儿童，因而儿童文学作品朗读又可以分为儿童的朗读实践活动和成人以孩子为朗读对象的朗读实践活动，两者目的、动机、效果、意义不同。

第二节　为什么要朗读

一、从小培养孩子读书的兴趣

研究表明，儿童时期的兴趣培养对儿童的未来所从事职业，所掌握的专业技能，成年之后的各方面发展等深有影响。在众多应予以重视的儿童的兴趣中，读书无疑是最首要需培养的，它和音乐绘画等艺术兴趣同样重要，儿童的成长离不开读书活动。他们的知识文化结构的成长离不开读书活动，他们的情感逐渐成长过程离不开读书活动。朗读是读书的最重要的实践活动，另一方面儿童的读书兴趣可以通过朗读活动实现培养的可能。

多种形式的朗读可以提高儿童的读书兴趣，抓住儿童的心理特征，使朗读活动形式本身的趣味性促进儿童的读书兴趣的形成。

1. 朗读活动完全是一种自觉的活动，根据不同年龄段，儿童可以采用适当、有效的朗读形式，开展积极主动愉快的朗读活动以充分提高儿童的读书兴趣，低龄儿童的朗读兴趣表现在：对同一有趣的朗读材料重复表现浓厚的兴趣，他们要求爸爸妈妈或身边为他们的朗读的人一次一次重复同一个故事，还能为其中的情节哈哈大笑，乐此不疲。经典在这方面也起了很大作用，经过几个世纪，仍能为各个时代的孩子喜欢，而且百看不厌、百听不厌。如《三只小猪》、《七色花》、《木偶奇遇记》等等。为孩子们选择经典、朗读经典是成人的一项重要工作。

2. 有些朗读作品，特别是童话等，特别适合分角色朗读的，教师和家长们应当抓住机会让儿童朗读者参与富有感染力的分角色朗读，由于其作品中的角色魅力及语言表现的魅力，深受儿童的欢迎：如普希金的《渔夫和金鱼的故事》。

3. 朗读的过程是将无声的文字符号，由视觉到思维经过理解加工转换成有声语言，再现故事情节，描绘景物，塑造人物形象。朗读是对优秀儿童作品的二次演绎，每个儿童对同一个作品的感受是不同的，对作品的情节、人物的理解和感受因人而异，这种富有再创性的活动使儿童在朗读中体会到一种成就感，而且身临其境，与作品中人物同在。他们喜欢这种优秀的作品传达给他们的美妙的感觉，而且在其间流连忘返，无法区分现实与幻想，达到审美的更高境界。如贝洛的《小红帽》，儿童在朗读中走入那个童话的世界，走在小红帽走的那条偏僻的小路上，当外婆和小红帽被大灰狼吞到肚子里，他们一定同样紧张、担心，猎人打死狼救了小红帽和外婆，孩子们也会拍手叫好，为他们共同的胜利而欢呼雀跃。

二、可以丰富孩子的词汇

朗读活动相比较阅读、写作等手段，是最能有效地丰富儿童词汇的。通过朗读，还可以使儿童了解词句的各种结构，掌握词句的节奏。一篇词汇丰富、语言精彩的文章，如果能反复朗读，达到朗朗上口，熟读成诵，不仅锻炼了语言表达能力，还能增长知识。

如任溶溶的《一只小鸡叽叽叽》：

一只小鸡叽叽叽；
二只小狗汪汪汪；
三只绵羊咩咩咩；
四只老鼠吱吱吱；
五只鹁鸪咕咕咕；
六只青蛙咯咯咯；
七只蟋蟀唧唧唧；
八只小鸭呷呷呷；
九只斑鸠啾啾啾。

朗读这首诗孩子们可以学小鸡、小狗、绵羊、老鼠的样子，还能在拟声词汇的朗读中知道一些自然的知识，他们知道了小鸡不应该叫汪汪，啾啾啾的可能就是斑鸠。这种在表演朗读中激起的兴趣让孩子们自然学会了很多知识，比单纯教授他们这些知识效果要更好。

如任溶溶的《洗手歌》：

排好队，
向前走，
做什么？
去洗手。
小肥皂，
给我擦擦手；
自来水，
给我冲冲手；
小毛巾，给我揩揩手。
小手洗得真干净，
我们大家拍拍手。

排队、洗手、擦肥皂、冲手、擦手、拍手，一切都那么有趣，边洗小手边唱儿歌，还有哪位孩子会因为不爱洗手而逃跑呢？

朗读活动使书本的语言逐渐变成自己的语言，成为自己的储备和财富。一旦用到某些词汇、句式、表达方式时，就会涌上笔端，运用语言的能力自然会大大提高。不读书或读得不熟就很难把作者的语言学到手。心理学认为：熟读成诵就是对文章反复感知的结果，能够储存到长期记忆中去，再经过大脑的整合和同化，成为有序的记忆组块，在进行语言交流和表达时，就能够准确地再现和进行矫正。因而，朗读是最有效掌握词汇，学习语言的方式，对儿童来说，通过朗读自然识字可能是效果很好的学习方法，因此，我们的儿童语文教育中要充分利用朗读这种教学实践方法。

如教授诗词时，教师可让学生对诗词反复朗诵，从中品味诗词的语言美，领略诗词的节奏美，欣赏诗词的韵律美，感受作者的情感美，体会诗词的意境美。从而领略中国语言文字和语言艺术的魅力所在。在教学《日月潭》、《黄山奇石》等描述祖国壮丽河山、旖旎风光的文章时，可以结合多媒体进行教学，让学生先一边听范读一边欣赏该地的风景录像，优美的意境、生动的语言、丰富的情感融于一体，使学生仿佛在如画的湖光山色中漫游。如法国夏多布里昂的《密西西比河风光》就是一篇文质兼美的，值得阅读的好文章。

三、可以提高孩子的阅读能力

朗读通过有声语言表情达意地再现作品的内容，能加深学生对作品的理解，儿童时期的生理特征决定，儿童对声音、图画等的反应、感受要强于对文字的感受，朗读帮助儿童记忆和理解。早在古代，人们就发现了“书读百遍，其义自见”，反复朗读能达到分析、讲授不能达到的效果，儿童在朗读中领悟出作品的深意，体会作品的内在意蕴。久而久之，儿童的阅读能力大大提高。提高主要在如下几个方面潜移默化地进行。

熟读精思，朗读促进思维的运作，朗读的主体积极性带动儿童的思考积极性，思考是建立在深层理解的基础上的，朗读能促进理解作品的同时，必定加快了思考的进行。选择熟读的内容不一定是整个作品，可以根据需要选择其中的片断，儿童在这点上完全可以有自主选择权。

提高语感素质，朗读可以培养儿童的提高语感素质，朗读在所有的言语活动中起关键作用是毋庸置疑的，是听、说、读、写等言语活动的质量和效率的杠杆，而且朗读是提高儿童语言感悟能力的行之有效的好方法。所谓“熟读唐诗三百首，不会作诗也会吟”。在朗读时，对于文中所涉及的语音、词语、文字等的品味与琢磨，更是一种不知不觉的语感训练。朗诵时声情并茂、声音响亮、抑扬顿挫，恰当地掌握语速的缓急和语气的轻重，可以促使学生将自身的情感融入作品，大大提高了儿童的语感素质。

朗读的方式多种多样，品读（如冰波的《窗下的树皮小屋》、《孤独的螃蟹》）、评读（如任溶溶《没头脑和不高兴》）、表演读（如语言故事《狼和小羊》），另外还可以有：诵读、角色读、竞赛读等。相互吸引、相互碰撞、相互触发、争先表现，能营造浓烈的阅读氛围，强化朗读能吸引学生主动融入阅读情境，感受语言的神奇、内容的丰富多彩、内蕴的意味绵长，与作者心灵相通，感悟美、体验美，得到爱的抚慰、情的熏陶。从而促进儿童阅读意识、能力与品质充分发展。朗读一旦成为学生的快乐，那么，就一定能唤起儿童对阅读的深爱，阅读就会成为他们无限的乐趣和不断的追求。

四、可以大幅度改善儿童的朗读习惯

朗读能使儿童逐渐形成良好的学习习惯。儿童在朗读的过程中会随着朗读的不断深入而产生疑问和不同的情感体验。通过谈话、讨论、补充等形式发表自己的见解和体会。朗读过程中的主动探索性，思考的积极性就形成了。好的朗读习惯的培养需注意以下几点：

（一）正确的朗读

首先要注意每个字、每个词的准确发音，这一点上，小学低年级阶段的拼音教学十分重要。掌握标准的普通话，特别非北方方言区的朗读者，朗读是更应避免夹杂方言音的普通话朗读。如张继楼的儿歌《知了》：

知了知了，
停在树梢。
不去采蜜，
不把屋造。
整天喊叫，
吵吵闹闹。
秋风一吹，
冷得难熬。
再想办法，
迟了迟了！

这首儿歌对南方语言环境下成长的儿童来说，要特别注意朗读过程中分清平翘舌音（知 zhi、梢 shao、造

zao、吵 chao、吹 chui、迟 chi)，家长和老师特别注意要教给孩子最纯正的普通话，体会语言本身的美，也不会造成理解上的错误。

（二）流利的朗读

儿童虽然能读准字音，但是读句子或读课文时，总是一字一顿，没有轻重快慢，怎样才能使儿童朗读流利呢？首先我们体会到词是表达意思的基本单位，必须连起来读，而一个句子中间又有需要稍作停顿的地方，这不但是因生理上要舒缓一口气，而且这样才能更好地表达语句中的内容。

（三）溶情的朗读

儿童有表情地朗读课文，是与他们理解作品的程度及对于作品中人物、事件爱憎的感染程度有关的。越是理解和感染得深刻，就越能朗读得有表情。儿童体会了课文的内容和感情，掌握了课文的基本思想，才能做到有表情地朗读。在语文教学中，教儿童掌握表达某种感情的各种语气也是非常重要的。我们通过教师示范及联系实际生活中的情况，让儿童体会到表示高兴、悲伤、发怒等各种情绪的语调的读法。

第三节 朗读的方法

儿童的朗读活动与成人不同，成人朗读的方法研究，是就朗读学与朗读美学的角度，对朗读做技术上的分析和方式方法的归纳。成人朗读的理论直接对朗读进行指导意义，人们把理论成果直接运用于成人的朗读实践中，主要包括对语音技术层面如：发声、停顿、语调、语速，及艺术表现层面的方法研究：眼神、手势、身势、仪态等。儿童的朗读的理论研究，很大一部分是不对儿童朗读者进行直接指导的。就低幼儿、识字不多的儿童来说，朗读是以儿童为朗读对象的，朗读的主体是家长或老师或其他成人，朗读的受众是儿童，朗读方法有一部分是针对成人面向儿童的朗读活动提出的；而对于那些已有了一定朗读与阅读能力的儿童来说，他们的朗读活动可大致分为课内朗读和课外活动，课内儿童朗读活动是教学的一部分，朗读方法的提出渗透在教学活动中，也是语文教育理论的重要部分。另外一部分，是直接指导儿童自己的朗读活动的朗读方法理论。

学生课外的朗读活动主要以求知或欣赏娱乐为主，课内的朗读材料较全面，包括：儿童小说、科学文艺。为欣赏和娱乐而进行的朗读，童话、诗歌、寓言、儿童故事等等文体的朗读深受喜欢。在教学中或儿童阅读实践中积累的一些朗读方法上的经验，对完善我们少年儿童的朗读，达到好的朗读效果有着指导的作用。

一、指导朗读的方法原则

1. 多领悟体验、少技巧指导

最好的朗读方法就是无方法，在朗读中体验，在感悟中读出美，过于程式化、僵化的理论指导只能使朗读变成了矫揉造作或味同嚼蜡的作品复制。

日本佐野洋子的图画书《活了 100 万次的猫》，大人孩子都在读，都爱读。孩子们从这个活了一百万次，为了白猫最后却没有再活过来的奇怪的猫身上体会到了深深的依恋和爱。大人们从这个充满人生与爱的哲理的故事中，感慨生活对于活了一百次又活了一百次的猫来说，是“生命中不能承受之轻”；对白猫的爱让它再也没有起死回生过。通过这么一个简单的猫的故事，人们能体会到爱的分量和生命的意义，同时唤醒心中的爱的意识。一本图画书，解答了哲学家难以解决的问题。孩子们读这样的故事也许不能认识到其中深刻的哲学主题，但是不用担心，也不用费心告诉他们，为什么猫死过一百万次，又活了一百万次，为什么成了老奶奶的白猫再也没醒来的一天，猫哭了有一百万次，哭声停止了，猫再也没有活过来。对爱的天生的体验与需要，让他们读到这样的语句时自然知道答案：

……有一百万个人宠爱过它，有一百万个人在它死的时候哭过，可它连一次都没有哭过……

它被锯死过、被狗咬死过、老死过……它已经不在乎死亡了……

有一天，它在白猫面前翻了三个跟头，说："我呀，曾经是马戏团的猫呢。""是吗？"白猫只说了这么一声。"我呀，我死过一百万次……"说到一半的时候，它问白猫，"我可以呆在你身边吗？"……

它再也不说"我呀，我死过一百万次……"它比喜欢自己还喜欢白猫和它的小猫们。

有一天，白猫在它身边静静地不动了。它哭了起来，从夜里哭到早上，又从早上哭到夜里……

猫再也没有起死回生过。

2. 努力营造朗读的氛围

营造一种氛围，用灵活多变的形式激发学生朗读的乐趣、激活朗读的欲望。朗读是需要氛围的，这不仅包括朗读主体，儿童的朗读兴趣、听众的听的热情高涨等等这些朗读活动的内部环境，还需要好的朗读场景、适合的听众群体这样好的朗读外部环境；朗读活动进行中，应保持朗读场所的安静，场所的清洁。

山姆麦克布雷尼的《猜猜我有多爱你》是写亲情的图画书，同样受到小读者甚至大人的欢迎。小兔子想让大兔子知道自己有多么爱她，它伸开双臂、举起胳膊、它倒立把脚伸直，它跳上又跳下，它说它爱大兔子有"那么多、那么高、那么长……"再看看大兔子吧，它张开大手臂、它举起长胳膊、它把小兔子高高地抛在空中，它的爱总是要比小兔子多一点……"我爱你，一直到月亮那么高。"小兔子说。"我爱你，到月亮那么高，再——绕回来。"

化不开的亲情在精美的画面流淌，在小兔子充满稚气的举动中，大兔子慈爱的呵护下，爱是萦绕不去的永远的主题。这本书适合成人为低幼儿童朗读和已经识字的儿童自己朗读。这样的亲子故事，朗读时间也可选择睡前，或者周围环境安静的地方，周末家庭聚会或饭后朗读活动也是最佳时期。建议朗读过程中，鼓励孩子们看着画面欣赏，以给他们心理、视觉、听觉的享受。

家庭朗读活动可以放在户外进行，如公园、草坪等，选择适中的天气和时间，读一些有关语言优美的抒情性的美妙文章。课堂上的朗读更要保证朗读主体与听众百分之百的参与，若有不适合朗读的事件发生，教师也应该先处理这些突发事件后进行朗读，使朗读达到最佳效果。听众多一些肯定、鼓励，少一些批评、指责。课外的朗读活动，听众的选择可以由朗读者儿童自己自行选择，以避免儿童由于某些原因，不愿意进行朗读活动，而粗心的家长采取强行手段让他们完成这一毫无意义的"任务"。创建朗读所需的条件，使朗读在吸引孩子的同时达到最佳效果。

二、朗读的基本要求

1. 认真读正确，扫清朗读的基本障碍

先做到音准字熟，借助拼音，感知语言，尝试朗读；进而朗读指导，读准字音；初步练读，多读多练，熟能上口（自由读、互读，相互指点；交流朗读，点拨，听众评价）。

2. 连读读流利，感知语言的基本意思

眼到口到，流利朗读，是培养学生朗读能力的十分重要的要求。让学生放声朗读，连词成句，连句成段，朗朗上口；读中要求学生声音响亮，自信心强。

3. 精读有情感，培养有感情朗读的能力

引导学生主动体会，形成读的见解，并通过读表现出来（即自我体会的情感朗读）；结合语境理解，或联系生活思考，或积极启发想象，或对照图像认知，在读中感悟意思，在读中学习朗读方法。

4. 熟读记于心，丰富学生语言积累

引导学生从小积累大量的优美词句段篇，学生终身受益，这是发展学生语文能力、提高学生语文内蕴的基础。教学中，或引导学生看板书读诵，或借助图画读诵，或通过表演读诵，或由老师穿插揭示读诵，或假设情境读诵，还可集思广益，鼓励学生选择适合自己的方法读诵等。

针对不同朗读材料的不同朗读方法特点：朗读能否有实效，最首先要做的是朗读的材料的掌握，把握作品的基调。首先要熟悉作品，从理性上把握作品的思想内容和精神实质。只有透彻的理解，才能有深切的感受，才能准确地掌握作品的情调与节奏，正确地表现作品的思想感情。

第一，了解作者当时的思想和作品的时代背景。对于叙事性文章，如叙事性诗歌、适合阅读的儿童故事、小说等，朗读者可以事先理解作者和作品背景，这项工作可以通过教师的介绍，家长也可鼓励孩子们上网查询各种资料。这项工作可以安排在朗读之前。

第二，深刻理解作品的主题，这是深刻理解作品的关键。理解体会作品的主题可以在朗读过程中达到这一目的，多次朗读与自行感受，深层的主题自然就体味到了。

第三，根据不同体裁作品的特点，熟悉作品的内容和结构。对于抒情性作品，应着重熟悉其抒情线索和感情格调。对于叙事作品，应着重熟悉作品的情节与人物性格。对于论述文，需要通过逐段分析理解，抓住中心论点和各分论点，明确文章的论据和论述方法，或者抓住文章的说明次序和说明方法。总之，只有掌握了不同作品的特点，熟悉了作品的具体内容，才能准确地把握不同的朗读方法。

三、诗歌朗读方法举例

（一）儿童诗的朗读

妹妹的红雨鞋

林焕彰

妹妹的红雨鞋，
是新买的。
下雨天，
她最喜欢穿着
到屋外去游戏，

我喜欢躲在屋子里，
隔着玻璃窗看它们
游来游去，
像鱼缸里的一对
红金鱼。

林焕彰先生的《妹妹的红雨鞋》是一首充满童趣的儿童叙事诗，妹妹喜欢她的红雨鞋，雨天穿着它在屋外走来走去，我透过玻璃窗看着这对“红金鱼”游来游去，我也喜欢它们。孩子们对自己心爱的东西总是怀有一种特别的感情，他们对美的敏感度总是令我们吃惊。读这样的作品，体会姐妹俩雨天的乐趣，也许孩子们在生活中还能发现更多美的东西。这首叙事诗写的也是爱，“游来游去/像鱼缸里的一对/红金鱼”这句是点睛之笔，要让听众体会到整首诗的意味，同时产生对身边美好事物的喜爱，读好这句是关键。“游来游去”要读出鱼儿自由自在的畅快劲，想象着鱼儿的心情，和我看着漂亮的红雨鞋时的心情，自由轻松地读。

春的消息

金　波

风，摇绿了树的枝条，水，漂白了鸭的羽毛，盼望了整整一个冬天，你看，春天已经来到！

让我们换上春装，像小鸟换上新的羽毛，飞过树林，飞上山冈，到处有春天的欢笑。

看到第一只蝴蝶飞，它牵引着我的双脚；我高兴地捕捉住它，又爱怜地把它放掉。

看到第一朵雏菊开放，我会禁不住欣喜地雀跃，小花朵，你还认得我吗？你看我又长高了多少！

来到去年叶落的枝头，等待它吐出新的绿苞；再去唤醒沉睡的溪流，听它唱歌，和你一起奔跑。

走累了，我就躺在田野上，头顶有明丽的太阳照耀。是谁搔痒了我的面颊？啊，身边又钻出嫩绿的小草……

这是金波先生的一首优美的抒情诗，它更像一首美妙的春天乐曲，唤醒儿童对春的喜悦，春风、春水、小鸟、笑声、春天的使者引领着孩子们奔向山野、亲近小溪、抚摸小草、沐浴阳光。怎样的朗读才能让听众和朗读者一起领略诗中的意境？诗歌的基调是柔和的，语速整体稍缓，（风，摇绿了树的枝条，水，漂白了鸭的羽毛……）但也适当有急切的地方，表现孩子们对春天到来的欢悦，这时语速渐进，音调提高（让我们换上春装，像小鸟换上新的羽毛，飞过树林，飞上山冈，到处有春天的欢笑），这样的处理符合孩子渴望融入大自然、亲近春天的急切心情。三、四、五句用叙述的语言，缓缓说出眼中的春天，和蝴蝶玩耍、和小花朵对话、和阳光拥抱，将自己的全身心的爱投入语词的朗读中，令观众们不得不为之动容。

（二）低幼儿儿歌的朗读

节奏感强的儿歌适合幼儿自编自演，如陈伯吹《三只小花猫》：

三只小花猫

三只小花猫，
东跑跑，西跑跑，
咪呜咪呜叫。

三只小花猫，
东找找，西找找，
咪呜咪呜叫。

三只小花猫，
吃呀吃，肚吃饱，
妙乎妙乎笑。

三只小花猫，
洗呀洗，脸洗好，
妙乎妙乎笑。

三只小花猫，
打个滚，要睡觉，
呼噜呼噜声音闹，
不再咪呜咪呜叫。

三只小花猫，
一觉醒来黄昏到，
伸伸腰，练练爪，
乐得妙乎妙乎笑。

朗读这个作品，可以采用三人一组的形式，头戴花猫头饰，面向观众，或三人围成一圈，多组同时表演。儿歌表演中的节奏或速度、音调高低的控制，组织者不宜作切割式的分析而忽略了儿童的整体感受效果，在教师或家长带读或儿童自行认读后，让儿童自己去体会儿歌的情趣，自然掌握其中的节奏。《三只小花猫》由六个结构相同的段组成，节奏特点也是以每一段为一个单元，三个诗行为一段，而且朗读者在朗读中，为了一种和谐的节奏效果，会自然地将第一诗行"三只小花猫"的语速放慢尾音自然延长，儿童在表演时将自己融入角色中，为了让听众喜欢上这"三只小花猫"，他们喜欢边做小猫的动作，边向听众展示自己。同样是为了节奏音律上的完美，每一诗段的后面两行被处理得紧凑、活泼，二行三行之间连接，小朋友知道为什么要这么读，他们能理解，小花猫在饿肚子到处找吃的时候着急的心情。读到后半部分，他们会用伸伸腿弯弯腰，表现出小花猫吃饱饭、洗完脸之后的满足心情。儿童喜欢按他们的理解来表现诗歌中的人物，这首儿歌中，如果儿童喜欢用象声词"mi wu mi wu""miao hu miao hu" "hu lu hu lu" 代替"咪呜咪呜"、"妙乎妙乎"、"呼噜呼噜"，家长老师一定不要阻止他们，还要给他们必要的表扬。

这首描写三只快乐的小猫的儿歌最适合儿童以三人为一组集体朗读表演，教师在课堂可以通过三位小朋友上台表演的形式，也可以分组，三人一组多次朗读表演后，儿童在轻松愉快的朗读与表演的体验中，学会了这首儿歌。

除了这些节奏性极强的儿歌，还有些颇有生活趣味的儿歌，采用在生活场景当中朗读，体会诗歌的诗趣，感受生活的快乐应该是最好的方法了：

睡　午　觉

郑春华

枕头放放平，
花被盖盖好。
小枕头，小花被，
跟我一起睡午觉，
看谁先睡着。

儿歌对答也是颇受孩子们欢迎的一种朗读方式：

青　　蛙

张秋生

"咕儿呱，咕儿呱。"
"你是谁?""小青蛙。"
小青蛙，小青蛙，
你到城里来干啥?
"树林里，花儿美，
池塘里面开荷花，
如今城里花园多，
我到城里来安家……"
咕儿呱，咕儿呱，
真是快乐的小青蛙。

需要注意的是，为孩子进行的朗读活动在方法指导上要遵循以儿童听众为中心的原则。专家指出：培养儿童良好阅读能力的唯一重要途径就是为儿童朗读，在进行这项伟大而有意义的工作时，我们通常要注意以下五点。

第一，坚持常读。凡事只有持之以恒，才有成效，朗读也如此。儿童的求知欲旺，记忆力好，可塑性强，正是朗读、积累语言的最佳时期，“只要时间允许，尽量频繁地为你的孩子（或班级）大声读书。”“每天至少安排一个固定的时间来读故事，尝试使之成为一种传统。要富有感情地朗读。如有可能，在朗读对话时相应变换语调。”

第二，根据故事情节的发展调整语速。读到让人紧张的悬念处，要慢下来，把字句拉长，要让你的听众坐立不安。

第三，朗读者最常犯的错误就是读得太快。要读得慢一些，让孩子在脑海中形成画面，要让孩子比较从容地看到书里的画。读得太快，朗读者也没有时间来运用表达技巧。

第四，应该预先读给自己听，这样你可以对素材进行删减，或者对某些地方精心设计。

第五，朗读者的情感投入对听众的影响大，要让孩子看到，你在为他们读的时候很开心，而自己读的时候也很快乐。如果你读到好作品，可以和孩子们一起分享你的热情。

第四节　如何选取最佳朗读教材

不妨将儿童朗读材料分为两大类：一类是适合为孩子朗读的书；另一类是孩子们适合朗读的书。适合为孩子朗读的一类书，美国崔利斯在《大声为孩子读书吧——朗读手册》中提到相关作品应该具备：（1）情节发展的节奏快；（2）人物形象鲜明、丰满；（3）对话明快、易读；（4）大段描写极少，特别是开头。而对于婴幼儿来说，选读的书中应该包含可重复元素（注：如重复的音节、象声词、短句等），这一点非常关键。当孩子渐渐长大，逐步增加可预测结果的书。

针对由低而高年龄段的读者，选择材料时应从图画书开始，开始每页只有少量的字句，渐渐使用文字越来越多、图画越来越少的书，逐步拓展到故事书和小说。此外，还要时常调整读物的长度和主题。避免读太长的描述性的句子和段落，孩子们的想象力可能无法驾驭，而且他们的注意力也有限。对材料适当裁短甚至删除也无不妥。事先预读能帮助朗读者找到这些地方，可以用铅笔在旁边做标记。在成人为孩子读书时，要尽量避免那些可能让孩子们糊涂或失去耐性的地方，为了做到这一点，甚至不惜对原文做点小手术。而且宁愿让儿童读太简单的书也不要让他们读太难的书，不可揠苗助长。

优秀儿童文学作品是最好的朗读材料，在题材、构思、语言等方面，一般比较贴近学生的生活实际。无论是儿童诗、小说、散文、寓言还是谜语，其中蕴含的创新精神都能激发学生的阅读兴趣，开拓学生的视野，触发学生的灵性。而名著的内容丰富而深刻，语言精炼，文质兼美。多阅读一些名著能使学生受到情感熏陶，获得思想启迪，享受审美乐趣，在品味感悟中提高欣赏品位和审美情趣。学生阅读完，往往受益匪浅。历史学家、诗人郭沫若就主张“多读名著”。读物的内容富有时代气息，语言鲜活，表现手法多变，切合现代学生的特点。

第八章

儿童文学教学

第一节　儿童文学教学的类型

一、按文体分类

（一）图画书学习活动的组织和设计

① 图画书教案的组成部分

了解一本书：了解这本图画书的基本面貌（封面、封底、扉页、版权页等）。

文学欣赏：阅读该图画书内容，并对该图画书的文学内涵进行剖析解读。也可同时对该书的图画进行解析。

活动设计：该部分是图画书教案的主体。主要包括教学提示、教学目标、教学准备、教学过程等。

拓展延伸：该部分可以让儿童自制图画书——扩编或续写故事。也可以围绕这本图画书的内容开展游戏表演、手工等多种活动。

亲子阅读：主要是针对孩子家长的阅读建议，是幼儿园教学的延伸。

② 教师在具体的实施过程中的注意事项

首先应该会选择图画书。一般而言，图画书只要主题正确，使用的文字简单，内容叙述流畅，图画风格明朗，印刷精美，字号适中，都可以说是适合学生阅读的图画书。不过，并非适合学生阅读的图画书都适合教学，教师在挑选图画书时还要考虑以下因素：第一，图画书是否适合做阅读教学载体？有些图画书虽然有趣，但只适合个人或者家庭亲子阅读欣赏，不适合教学。第二，图画书是否可以作为全班朗读？图画的大小是否可以让幼儿都能看清楚？（教师也可以扫描成投影使用）第三，图画书的内容是否能引起幼儿的兴趣？内容主题是否适合教学？第四，图画书的难度是否稍高于全体幼儿的平均阅读能力和理解能力？第五，故事情节是否生动、紧凑？能否持续吸引幼儿的阅读兴趣；第六，作者的写作风格是否鲜明？使用的叙述手法和词汇是否太复杂、太费解？当然，这些都只是一些基本的要素，教师还可以依据某一专题，选择同一主题的图画书进行教学。

选定图画书以后，教师可以朗读或者讲述给学生听，和学生一起分享故事。朗读一来可以克服识字少的障碍，二来可以让学生通过“听赏”和“观赏”，在头脑中将声音和画面整合，综合发展学生的潜能。教师朗读或者讲述时要从封面开始，让学生通过书名和封面图画猜一猜，作者大概会讲一个什么故事？教师在阅读故事时，首先要注意控制翻页的速度，让学生有足够的时间观察画面；其次可以根据内容，适当增减文字，或者加入一些摹声词和动作，增强故事的趣味；最后，还可以在故事转折的关键部分故意停顿，让学生猜一猜故事接下来会如何发展，培养学生的想象能力，也可以让学生印证自己的猜想。

读完图画书后，教师就可以进入教学的重点部分——讨论活动。讨论活动之所以重要，是因为它一方面可以深化学生对文本的理解，另一方面可以让学生体会阅读的乐趣，加拿大儿童文学教授帕瑞·罗德曼曾说，"阅读儿童文学的最大的乐趣就是交流的乐趣"。为了让讨论能顺利进行，教师要精心设计问题，少问一些简单重复故事情节的小问题，或者是"你读了这个故事，懂得了什么道理"等比较泛的问题，而是要深入文本，从帮助学生澄清观念，激发创意思维的角度设问。例如，图画书《爷爷一定有办法》讲述了一个犹太民族的古老故事：约瑟出生后，爷爷送了一条毯子给他，后来毯子破旧了，爷爷把它缝成了外套；外套破旧后，爷爷把它缝成背心；背心破旧后，爷爷把它缝成领带。最后还分别变成了手帕、纽扣，当最后纽扣也找不到时，约瑟说："还可以作为一个故事的材料。"故事中不光有节约的观念，还有祖孙的爱，还有爷爷办法的巧妙。如果老师提问，"小毯子变成过几种东西？""最后变成了什么，你觉得有趣吗？"这类问题就太直接了，如果将问题换成"为什么约瑟不愿丢掉用旧了的东西呢？""你有没有用旧的东西也舍不得丢的，你能想出什么好的利用方法吗？"就要巧妙一些，也更能激发幼儿的思维。教师也可以让幼儿自己提问，请其他小朋友帮助回答。

除了讨论活动外，教师还可以配合游戏、手工、绘画做一些其他的延伸活动，进一步提升学生的阅读兴趣。教师需要注意的是，图画书运用在幼儿园教学中时，目标的达成往往是综合的，不必分得太细。图画书对学生观察能力、想象能力、艺术欣赏能力的作用，常常会超乎语言教学本身的意义。

（二）幼儿童话故事学习活动的组织和设计

在幼儿园的儿童文学教学中，幼儿童话占了相当大的比例。所以，幼儿童话故事学习活动组织和设计显得尤为重要。其组织和设计的方式主要有以下两种：

1. 欣赏性讲述

幼儿园童话故事教学，最基本的途径是教师将童话故事内容通过讲述传达给幼儿。童话故事的讲述不能仅仅停留于故事情节的了解，关键是要引领幼儿欣赏作品中的语言艺术和情感因素。童话故事对幼儿来说，最有价值的是那些形象性强和饱含想象力的语言，最富意义的是情感传递。所以在讲述中，要好好把握幼儿文学语言和内在的情感。

2. 故事表演游戏

这种表演游戏可以随时随地进行，往往不需要太大的场地、不需要注重化妆，只需要准备一些简单的小道具，如头饰等就可以开始表演。

其实童话故事的教学设计方式还有许多，只要是能够带给幼儿知识和快乐的，都可以根据各自幼儿园的特点进行尝试。

（三）儿童诗歌学习活动的组织和设计

儿童诗歌是幼儿文学的一种样式，也是幼儿园语言教育活动的一种主要形式。其活动的组织是在学习具体的儿歌作品的基础上，由教师为幼儿创设必要的条件，提供更多的可以相互交往的机会，使幼儿在轻松愉快的环境中，感受儿歌的节奏美与内涵美。

具体实施可以分为以下三部分。

1. 引入阶段

在幼儿的思维中，形象思维占主导地位，他们对某一具体事物的认识往往趋于只管表象化性，因此，在正式学习某篇儿童诗歌之前，教师可组织相关的游戏，或带领孩子实际接触作品所描绘的事物或情景，引导幼儿积累有关的经验，为他们更多地理解作品内容打下基础。

2. 正式学习阶段

第一环节，其重点放在幼儿的理解方面，不强调让幼儿机械地记忆背诵作品内容，以便他们能将注意力更多地投向学习过程的理解和思考。第二环节，是由教师设计和组织与作品内容相关的活动，如作品演唱、表演、绘画等，帮助幼儿理解体验作品内涵，尤其是让幼儿切身感受作品中所展示的情感和精神世界。

3. 学习迁移阶段

幼儿学习语言的特点是既有模仿又有创造的，因此，我们在帮助幼儿深入理解体验作品的基础上，还需进一步组织与作品重点内容相关的活动，帮助幼儿将文学作品内容纳入自己的经验范畴，获得能力的迁移，同时扩展幼儿的想象，锻炼其艺术思维，最终使他们的语言得到发展。

（四）幼儿散文学习活动的组织和设计

因为幼儿散文物我交融、语言优美，富有浓厚的感情色彩。所以幼儿散文学习目的在于让幼儿感受语言美、感受生活美。

主要可采用以下三种方式进行组织设计。

1. 触景生情

前苏联教育学家苏霍姆林斯基任教期间，经常把学前班的孩子带到大自然中去，让他们领略大自然的优美风光。幼儿散文中有许多是赞颂大自然的篇目。讲这类的作品时，教师不妨试试，把孩子带到大自然中去。夏天在树阴下做游戏，秋天在田野捕蛐蛐，冬天在雪地堆雪人。然后给幼儿讲解《我的梦》。孩子便会体会到其中独特的韵味！

2. 情境表演法

此方法适合于一些既有故事情节，又有动作描写的幼儿散文作品。教师可以预先准备好道具，布置好会场，让幼儿在自我表演的过程中理解散文的内容。

3. 欣赏课

一些篇幅较长的散文，需要教师通过欣赏课对幼儿进行引导和学习。欣赏课一般先由教师示范朗诵，让幼儿对作品形成初步的印象，然后再组织具体的分段欣赏、讨论、阅读、对一些优美的语句或较为复杂的词语，可以抽出来反复朗诵和讲解，最后再完整地欣赏教师的朗诵或者是让幼儿完整地来诵读。

（五）影视戏剧学习活动的组织与设计

幼儿园影视学习活动主要是采用谈话的方式。如可在幼儿园大班开展谈话活动《说说动画片中的人物形象》。

首先是活动准备，教师要对近期电影、电视中放映的动画片有一定的了解，以便指导幼儿更好地了解人物形象。并且教师平日注意了解幼儿观看动画片的情况，鼓励幼儿多看儿童动画片。

其次是活动过程，教师要用恰当的方式引入话题。如教师用快速放映的方法，将很多动画片的画面呈现在幼儿面前。然后让幼儿说出自己看到了什么？让幼儿说出动画片中的人物角色，并让幼儿尝试说说各个角色的形象特征。假如再要深入进行，可以让儿童对人物形象进行分析，以及自己的喜好。在这个步骤中，幼儿教师一定要精心设计，认真引导幼儿的表达与认识。

最后，可以做拓展延伸，可以让幼儿扮演角色，伴着动画片里的主题曲做游戏。

幼儿园的戏剧活动主要是指故事表演游戏的组织与指导（这部分在下面的内容中有具体的介绍）。

二、按学习方式分类

（一）作品讲述

讲述是运用独白体口语完整、连贯地述说一件事或者一个道理的语言交际过程。讲述在幼儿园是运用得最广泛、最灵活的一种教育手段。幼儿文学教学的讲述活动更可以用于各种故事——文字故事、图画故事、屏幕故事等的欣赏活动中，并且可以满足任何欣赏层次的要求，为任何一种欣赏目的服务。

与朗诵相比，讲述更适合幼儿。原因之一，朗诵者手执书本，已经给孩子带来距离感，听到的又是用口语表达的书面语言，与他们熟悉的口头语言有一定的距离，孩子不习惯。而讲述会使孩子感到亲切，容易接受。年龄越小的孩子越是这样。原因之二，讲述时，讲述者不用过多地将眼神和精力放在书本上，增加了与幼儿进行交流与沟通的可能，气氛更加融洽自然，幼儿的注意力不容易分散。在欣赏过程中，也便于插入必要的提示和解释性的话语，减少幼儿听赏的困难。

幼儿文学教学中常用的讲述方式有以下三种。

1. 原文讲述

这是在朗读基础上，将叙事性文学作品背下来，再以独白体口语形式照原文讲述给幼儿听赏的一种方式。原文讲述可以保持作品文学语言准确、鲜明、生动、精炼的特点和艺术表现的风格，防止了艺术语言和其他艺术元素的“丢失”，可以保证幼儿欣赏到原汁原味的作品。

2. 记忆讲述

指通过对文学作品多次阅读，达到耳熟能详的程度，再凭借记忆来讲述作品内容的一种讲述方式。记忆讲述虽不用背下原文，但准备过程中也需要对作品进行深入的分析与理解，弄清内部结构、记清情节发展的线索、理清人物关系和人物性格特点有关的关键性词句，讲述出来的与原作品相比也应“八九不离十”。

记忆讲述不完全受原作品语言文字的限制，有经验的讲述者可以以更贴近听赏者语言的理解水平的更加口语化的语言来讲述，孩子更容易接受。

记忆讲述十分适合用来讲述图画故事、影视故事、漫画故事等一些用朗读难以表现的作品。讲述者可以用对画面形象的感受，发挥艺术想象力，充分发挥自己口语表达才能，用形象化、儿童化的生动语言为幼儿讲述。

表面看，记忆讲述可以不用背原作品，似乎比原文讲述更容易。其实不然。记忆讲述对讲述者语言能力的要求没有降低反而提高了。他既要根据作品内容又要根据听赏者的理解水平来遣词造句、组织段落，创造性地运用叙述、描写以及各种修辞方法，才能尽善尽美地表现作品。如果面对神话、传说等民间文学作品或语言等具有较深含义的文学作品，讲述之前的作品准备工作实际上是对文学作品的“改编”，否则孩子们难以接受。

3. 幼儿看图讲述

幼儿期是学习语言的最佳时期，教师如果能引导幼儿进行正确的讲述活动，对培养他们的创造、想象和表达能力都有很大帮助。

挂图是看图讲述活动不可缺少的教具，幼儿可以借助色彩鲜艳、形象逼真的图画来看看、说说、想想、编编，继而达到促进幼儿发展的目的。但看图讲述的挂图要色彩搭配合理、层次感强。并且为了让幼儿能更好地讲述图上内容，每上完一节看图讲述课后，教师可以把挂图放在教室的一角，让幼儿自由地看、自由地讲，这是提高幼儿讲述的一个好办法，孩子们下课后能自发地对图片观察、讲述、交流，并把新发现告诉教师。

在幼儿看图讲述过程中，教师的提问引导方式非常重要，它能引发幼儿对图片的兴趣，促使幼儿仔细观察图片，独立思考问题和讲述故事。教师要通过提问引导幼儿构思情节，编出故事的组成部分，通过提问引导幼儿创编故事发展部分，帮助幼儿理清思路，完整讲述故事。

在讲述中，教师一般要注意以下五个方面。

首先，应该注意讲故事与讲述的区别。讲故事一般以文本为主体，比较注重完整地再现故事本身。而讲述是表达讲述者对文本的理解，通常会比较多地采用比较精彩的叙述性语言来介绍文本，并表达自己的观点。讲述者会因为对文本把握的不同，而选择不同的切入角度，选择不同的片段来进行阐释，即使是相同的文本也会产生不同的讲述效果。

其次，讲述时应该最大可能地引起读者深入阅读的兴趣。讲述时，讲述者要努力营造一种氛围让听众融入，并与你的讲述并行甚至引发更多；同时，讲述者应该给读者提供尽可能大的联想和思考空间。

第三，讲述常常会因为受众的不同，因为场合的不同，因为时间要求的不同，而产生不同的效果。因此一定要根据这些不同而调整自己的讲述内容与风格。

第四，投放自己足够的情感。当每一个人都以自己特别的喜爱、特别的热情、特别的认真去讲述，去传达个人感受的时候，讲述才是成功的。当然不同的人讲述同一个文本风格也会有所不同，我们应该追求不同的语言风格和形成不同的讲述特色。

最后，可以辅助以一定的手段。例如，讲述时可以翻动图画书，可以适当使用多媒体，或者用音乐进行渲染等等。

（二）作品欣赏

幼儿园儿童文学作品欣赏应当是爱与美的统一，所以其主要目标为：提升儿童审美情趣和能力，丰富儿童情感体验和感受。

重作品审美：儿童文学是为满足儿童的审美需要而存在的，其最突出的功能就是培养儿童的美感和审美能力：语言与韵律美、幻想与想象美、幽默与夸张的美。

重作品体验：应由对作品作理性分析转为运用直接思维，强调感受、意会、体悟。幼儿在欣赏童话作品时获得初步理解后，教师不可丢弃故事，而要进一步帮助幼儿懂得作品中人物的心理特点和故事情节的变化，以便幼儿更好地理解作品中展示的生活。

重作品情感基调：以往幼儿园教学中特别重视对作品主旨的解释，其实儿童作品欣赏更重要的是对情感基调的把握。儿童会与主人公产生情感共鸣，一起伤心，一起渴望，一起爱这个世界。

重激发想象：如幼儿在欣赏儿童诗《如果我是一片雪花》时，产生了创编的兴趣："如果我是一片雪花，飘到大树上，给他们喝足够的水。""如果我是一片雪花，飘到农田里，给他们盖上厚厚的棉被。""如果我是一片雪花，飘到小动物身上，给他们洗洗澡。"孩子们创编的诗句既充满爱心又富于童趣和想象。

重作品的表现：教师要对幼儿实行完全开放性的活动、开放性的思考展现。同时教师应不断改变语言活动的环境布置，改变活动材料的性质，提供多种材料，使活动内容、活动方式多样化。尤其是活动材料的变化对激发和促进幼儿的创造性思维很有作用。

儿童文学作品欣赏应注意以下问题。

加强儿童文学作品文学性的欣赏，延长欣赏时间。作品必须慢慢地反复品味，才能沉浸在它的音韵及想象之中。专门欣赏活动之后还要利用日常生活中的点滴时间，如餐前眠后和自由活动时间。并且可以丰富欣赏手段。可以朗诵，也可以探索计算机多媒体图画、声音及动画融为一体的强大功能在欣赏中的运用等。

拓展题材范围。不同体裁的作品，诗歌短小凝练，散文优美抒情，童话和故事情节生动曲折……不同风格的作品或质朴生动，或优美抒情，或诙谐风趣，使得儿童文学园地万紫千红。

提高教师的修养。教师要建立丰富的作品库，掌握大量古今中外的儿童文学作品，了解其精髓及不同的创作风格，能够为幼儿选择适宜的作品。教师还要锻炼朗诵技巧，包括声调抑扬顿挫，身体语言和表情的合理使用。朗诵是一种再创造，教师应表现和传达作品的光彩和生命力，以出色的朗读或讲述感染幼儿。

总之，儿童文学作品欣赏能给幼儿以美的享受、思想感情的陶冶，激发幼儿对文学作品的兴趣和求知欲，提高幼儿的语言表达能力、想象力、创造力等。给能力强的孩子更多的机会提高语言发展的条件，也充实他们语言完善的基础。对能力一般的孩子，鼓励他们也积极地参与，感受作品中完美的语言、丰富的词汇、变化有趣的情节，在倾听同伴的回答中也能更好地理解作品。对于能力弱的孩子，他们虽然有时不能对作品完全理解透彻，但是在其他小朋友的回答中，他们也有机会欣赏到作品的内涵，初步体验优美的词句，为他们将来对文学作品的理解打基础。希望这个"摇篮"使孩子们感到温馨亲切，使孩子们在不知不觉中发展、成长。

（三）幼儿文艺作品表演游戏的组织与指导

幼儿作品表演游戏即幼儿扮演儿童文学作品中的角色，用对话、动作、表情等富有创造性的表演，再现文学作品。由于表演游戏是通过表演来创造性地再现文学作品，所以也是一种创造性游戏。

故事表演游戏允许儿童根据作品提供的想象线索，通过角色扮演开展游戏活动。在表演过程中，教师可用旁白或串联情节的方式来帮助幼儿推动游戏进程，不再要求儿童记忆复述故事，重点集中在理解作品内容，体验角色心理，并用适当的语言、动作、表情再现人物形象及情节发展。因此故事表演游戏突出了游戏和活动的特点，在儿童文学教学的同时，尊重幼儿大胆的想象和创新，尊重幼儿喜爱娱乐和活动的特点。

故事表演游戏可分为三种类型，分别采用不同的组织方式。

1. 整体表演型

即要求幼儿在理解文学作品的基础上，按照故事的情节发展连贯完整地表演动作，表演的成分居多。在表演活动时，儿童一对一地扮演角色，即故事中的个体角色由一名儿童表演，群体角色则不作严格限制，可由若干儿童同时担任。例如《拔萝卜》、《小兔乖乖》在表演过程中，教师在旁边领诵故事，串联情节，扮演角色的儿童则在角色台词需要时参与对话或对白，其余儿童可随教师附诵故事。

组织指导应注意：

（1）教师讲1—2遍故事后，帮助幼儿分析作品中人物形象的特征。

（2）让幼儿自己讨论如何用动作、语言表现角色的特征，讨论需要什么道具，用什么东西来代替（充分发挥讨论在表演游戏中的作用）。

（3）表演过程中，不严格要求幼儿复述故事，而是由教师串联情节，导引故事。

（4）提供的道具要简单，且易于操作，可以虚代实，不要装饰性过强或过实的道具。因为：① 幼儿注意力容易集中在道具上，忽略了角色动作和情感体验。② 游戏以物代物象征性作用的需要。

充分发挥讨论在表演游戏中的作用：① 通过和幼儿讨论老师可以了解幼儿的计划、愿望和经验，以便在游戏中给予幼儿最大的支持。② 讨论可以起到承上启下，把活动引向深入的作用。③ 讨论中存在的问题，还可以作为下一次活动的出发点。如《小蝌蚪找妈妈》问题：青蛙产卵后是否孵卵？

2. 分段表演型

即将整个故事切割成若干段落，讲一段故事，进行一段表演。这种类型的表演游戏可以由多人扮演同一角色，例如中班《三只蝴蝶》中红蝴蝶、白蝴蝶、黄蝴蝶、红花、白花、黄花、太阳公公、雨都可以根据需要，让若干幼儿扮演，解决了角色少、观众多的矛盾，每个幼儿都扮演一定的角色，没有台上台下的感觉，幼儿能够比较轻松地进入角色。

组织指导应注意：

（1）故事虽然被分割成几个段落进行，教师仍要注意引导幼儿讨论，体验角色的心理发展变化。

（2）如果若干幼儿表演同一角色，可提示幼儿一起商量角色的动作，同时鼓励幼儿做出与同伴不一样的动作，尤其是每一段结尾的造型动作。

（3）参加表演的人较多，教师的指导有难度，教师一方面不要控制干预太多，另一方面又要防止失控、乱糟糟的局面。

（4）道具同样要求简单、方便，能帮助儿童进入角色。

3. 区域活动型(表演区)

即在活动区(或表演区、语言区、角色表演区)开展的故事表演游戏。特点是自主性强,游戏成分多。

(1) 幼儿在区域中自主进行的故事表演游戏的一般规律:

首先,目的性角色行为逐渐减少,嬉戏性角色行为逐步增加。

幼儿表演游戏中的角色行为可以分为目的性角色行为与嬉戏性角色行为。目的性角色行为是指幼儿按自己的兴趣扮演角色,嬉戏打闹,他们玩的内容可能与故事内容有关也可能无关。一般来讲,随着游戏过程的展开和时间的延续,幼儿的目的性角色行为逐渐减少,嬉戏性角色行为逐步增多。也就是说,在表演游戏的最初阶段,幼儿关注故事情节及情节的表现,因而目的性角色行为较多;随着游戏时间的延续,幼儿感兴趣的东西逐渐增多,出现越来越多的与故事内容不甚相关的行为,或者幼儿不满足于原来的故事情节,自己注意发挥和改编,(例如:狼一遍遍撞房子,小动物们热衷于追打狐狸等)这就是嬉戏性角色行为。要使幼儿的嬉戏性角色行为再度向目的性角色行为发展,并使其在原有水平上有所提高,需要教师适时地介入和指导。

其次,以一般性表现为主,生动性表现在游戏过程中没有明显增加。

幼儿的目的性角色行为分为三种:被动性表现:幼儿需要他人的提示,告知才能扮演角色。一般性表现:幼儿表演时说话语气平淡,表情单调。生动性表现:幼儿能够逼真形象地扮演角色,能用夸张但适宜的语气、语调、动作、表情等去表现角色。

幼儿表演游戏中以一般性表现为主,说明幼儿自身很难完成从一般性表现到生动性表现的提升。

再次,同伴交往是表演游戏的重要组成部分。

同伴交往是幼儿表演游戏的有机组成部分,它既可以帮助幼儿进一步理解故事内容,又是幼儿合作表现故事内容的必要手段,对于表演游戏的开展具有支持作用。

表演游戏中的同伴交往内容可以分为五类:角色:幼儿围绕角色认定和分配所进行的沟通。规则:幼儿围绕游戏的开始,出场顺序、动作和对白顺序等进行的沟通。情节:幼儿围绕故事序列、细节、内容进行的沟通。材料:幼儿围绕材料的使用、材料分配进行沟通。动作对白:幼儿围绕故事中出现的动作、对话等进行的沟通。

嬉戏性角色行为,一般性表现,同伴交往等虽然不是表演游戏的理想状态,但却有着其自身不容忽视的价值,它们是幼儿表演游戏自然发展过程中不可缺少的重要因素。嬉戏性角色行为是幼儿在表演游戏多样性探究阶段出现的行为,它为以后游戏内容或情节的丰富提供素材;一般性表现行为既是幼儿交往合作的初步成果,也是幼儿把别人的(角色的)言语、动作转变为自己的言语、动作的最初形态,它为生动性表现奠定基础;同伴交往则有助于幼儿理解故事和合作游戏。

幼儿已有的经验不但是表演游戏顺利进行的保证,而且决定着表演游戏的发展方向。

(2) 组织指导:

一是帮助幼儿理解文学作品,丰富生活经验。

二是根据作品中的主要活动情境来设置场景,布置游戏区。

三是在游戏表演区放置一定数量的玩具和材料,有利于幼儿进一步拓展游戏表演的内容。

四是角色的扮演基本上由儿童根据自己的意愿选择。

五是指导游戏,可以采用外部干预、内部干预两种方法。

外部干预即教师在区域外及时向幼儿提供合理性建议,控制过分的行为(教师要注意把握时机)。内部干预即教师扮演游戏中的一个主要角色,引导儿童的游戏进程。

第二节　儿童文学教案设计

一、图画书教案设计

图画书阅读

胡萝卜先生的胡子

王一梅

胡萝卜先生的胡子被看成是烦恼，必须每天都去刮，偏偏这个胡萝卜先生是个近视眼，他漏刮了一根胡子。

正是这漏刮的胡子，让大家看到了胡子的作用，胡子被用来放风筝、晾尿布、系住眼镜。

阅读提示

一根胡须带来的快乐

一根蘸了果酱的胡须会越长越长，最后，可以用来放风筝、晾尿布、系住眼镜……

按照这样的思路，孩子们一定还能想出更加多的用处来，比如：系鞋带、做钓鱼线、包扎书、补渔网……

正是因为胡萝卜胡须的用处很多，所以，大家剪下了一段又一段的胡萝卜须，获得了胡萝卜须的朋友们很快乐，付出了胡须的胡萝卜先生也很快乐。付出和获得同样是快乐的。胡萝卜先生体会到的就是分享的快乐。

显然，童话采用的是夸张的手法，生活中的胡萝卜须没有这样神奇。但是，童话告诉我们的道理却是千真万确的，那就是：许多被我们认为没有用处的物品，在一定的场合或情况下也可能发挥出独特的作用来。

活动设计

活动名称： 阅读图画书《胡萝卜先生的胡子》（中班下学期）

活动目标：

一、尝试依靠文学的想象来理解故事情节，感受“一物多用”给大家带来的分享快乐。

二、在自主阅读与集体阅读交替的过程中，体会独立阅读图画书和共同阅读图画书的快乐，发现图画书文字和图画的趣味。

活动准备：

一、课前自主阅读图画书《胡萝卜先生的胡子》。

二、教师用大图画书一本，幼儿用图画书二十本。

三、"胡萝卜先生"的胡子道具一副，有根须的胡萝卜一个。

活动过程：

一、回忆图画书《胡萝卜先生的胡子》的故事情节，鼓励幼儿大胆讲述。

教师："上星期五，我们阅读了一本《胡萝卜先生的胡子》的故事书，这本书讲了一个什么样的故事？"

二、教师归纳幼儿阅读到的故事情节，并在脱离图书的情况下完整讲述故事，要求幼儿认真倾听故事。

教师："每个小朋友都认真地阅读了图画书，知道了一根很长很长的胡子的故事，还认识了有着好长好长胡子的胡萝卜先生。老师也读了这本书，你们想不想听我在这本书里读到了些什么呀？如果你们听的时候觉得有趣，不要大声笑，我们用一个没有声音的动作表示快乐，好不好？"（第一遍讲述故事）

三、欣赏图画书

教师："胡萝卜先生其实啊就是一个胡萝卜"，（出示实物胡萝卜）"那么，胡萝卜先生的胡子呢？原来是胡萝卜的根须"，（特别展示根须）"可是啊，书上的胡萝卜先生可不是现在这个样子的，他是怎样的呢？"（幼儿自由发言，说说胡萝卜先生的形象）"我们一起打开书，来看看胡萝卜先生和他那根胡子的故事吧。"（集体欣赏图画书）

问题设计

1. 胡萝卜先生的胡子被小女孩剪了一段，用来做什么？被鸟太太剪了一段，用来做什么？鼹鼠老师用它来做什么？鸭先生用胡子做什么呢？

2. 你猜胡萝卜先生会生气吗？为什么？

3. 如果胡萝卜先生的胡子被大家用完了，你觉得大家还会喜欢他吗？为什么？

4. 请出"胡萝卜先生"与大家交流。（可以表达一下自己对胡萝卜先生的喜爱之情，然后，想一下他的长胡子还可以用来干什么……）

四、自主阅读

教师："刚才我们一起欣赏了图画书《胡萝卜先生的胡子》，现在你们自己再仔细阅读这本书吧。"

五、续编图画书《胡萝卜先生的胡子》，建议让幼儿自由选择绘画或讲述的方式来表达自己的故事。

相关准备和阅读延伸：

我们在设计本次语言教学活动的同时，还设计了以下相关活动作为本次语言活动的准备和延续，供选择使用。

一、"观察胡萝卜"和"各种各样根须"的自然科学活动；

二、利用新鲜胡萝卜进行"胡萝卜一家"等美术制作活动。

三、包装带剪成一小段系在一根横线上，系多成一丛，撕开宽的带子成胡须状，两边打圆环结，便于幼儿套在耳朵和下巴上扮演成胡萝卜先生。

四、围绕绳子、线在生活中的用处进行实际操作活动；如：使用细线可以进行切割，钉纽扣等，线还可以包裹书籍等物品，线可以编织，线还可以做游戏等等。

五、扩展想象，续编图画书《胡萝卜先生的胡子》的文学美术展示活动。

亲子阅读：

一、这是一个适合讲述性的故事，家长可以和孩子一起制作简单的道具，如胡萝卜须扮演成胡萝卜先生，然后边阅读图书边表演故事。可增加孩子的阅读兴趣。

二、讨论故事中的胡须，想象胡须还有什么用处？体会"一物多用"，提倡家庭中的"一物多用"，如：可乐罐、打印纸等等。

三、按照故事中的想象方式，学着编故事，比如：妈妈的头发、爷爷的胡须等等。可增加家庭阅读乐趣。

四、说说胡萝卜先生是一个怎样的人？你觉得他快乐吗？生活中有这样的人吗？如果你有一根好长好长的胡萝卜，你也愿意送给别人一部分吗？让孩子懂得帮助别人，和别人分享是快乐的事情。

（苏州高等幼儿师范学校附属花朵幼儿园　司马君）

二、童话故事教案设计

童话阅读

书本里的蚂蚁

王一梅

古老的墙角边，孤零零地开着一朵红色的小花，在风里轻轻地唱着歌。一只黑黑的小蚂蚁，顺着花枝儿往上爬，静静地趴在花蕊里睡觉。

小姑娘经过这儿，采下这朵花，随手夹进了一本陈旧的书里，小蚂蚁当然也进了书本，夹成了一只扁扁的蚂蚁。

"喂，你好，你也是一个字吗？"书本里传来了很整齐的细碎的声音。

"是谁？书本也会说话？"黑蚂蚁奇怪极了。

"我们是字。"细碎的声音回答着。黑蚂蚁这才看清，书本里满是密密麻麻的小字。"我们小得像蚂蚁。"字很不好意思地回答。

"我，我是蚂蚁，噢，我变得这么扁，也像一个字了。"黑蚂蚁挺乐意做一个字。

书本里有了一个会走路的字。第一天，黑蚂蚁住在第100页，第二天就跑到了第50页，第三天又跑到第200页，所有的字都感到很新奇，要知道，这是一本很陈旧的书，很久没有人翻动过了，而这些字从没想动动手脚，走一走，跳一跳，"我们真是太傻了。"字对自己说，现在，它们都学着黑蚂蚁跳跳舞、串串门。这有多快乐呀！

旧书不再是一本安安静静的书了。

有一天，小姑娘想起了那朵美丽的花，就打开书来看。啊！这本她原本看厌的旧书，写着她从来也没有看过的新故事，她一口气读完了这个新故事。

第二天，小姑娘忍不住又打开书来看，她更加惊奇了，她看到的又是一个和昨天不一样的新故事。

这时候，小姑娘突然看到了住在书里的小蚂蚁，问："你是一个字吗？""是的，我原来是一只小蚂蚁，现在，我住在书本里，是会走路的字了。"会走路的字？小姑娘明白了，这本书里的字，每到晚上就走来走去，书里的故事也就变来变去。

是的，第三天的早晨，小姑娘在旧书的封面上发现了一个字，它呀，走得太远不认识回家的路了。不过，这些字没有一个想离家出走的，它们全住在一起，快快乐乐的，每天编出新的故事。

小姑娘再也没有买过故事书。

阅读提示

美妙的文字

一朵孤独的小花，一本安静的书，一个喜欢听故事的女孩，构成了平常的生活，仅仅因为一只小小的蚂蚁闯了进来，一切都发生了变化。

生活就是这样的，平淡中有一点小小的惊喜。小姑娘的惊喜是蚂蚁带来的，是像蚂蚁一样的中国汉字带来的。

中国的汉字，从甲骨文开始，走过了三千多年的历史，这些文字像一个个小小的蚂蚁，排成各种各样的队伍，在历史长河里演绎了一段又一段精彩的故事。

人类的生活因为文字而变得精彩、丰富和深邃。一个小姑娘的生活也因为文字而变得充满了希望和快乐。

活动设计

活动名称： 故事《书本里的蚂蚁》（大班）

活动目标：

一、感受故事奇特的想象，理解故事情节并能充分调动幼儿积极参与，扩展幼儿的想象力。

二、结合幼儿认识的汉字，在想想、说说、做做中发展组词和语言表达能力。

三、正确理解"颠倒歌"，知道"颠倒歌"能产生诙谐可笑的艺术效果，幼儿于欢乐嬉笑中得到愉悦。

活动准备：

童话故事书《书本里的蚂蚁》；视频仪；未完成的书，汉字若干。

活动过程：

一、激趣导入

1. 教师："小朋友们家里有书吗？你们有哪些书？你们的书会变吗？"

2. 教师："有一个小姑娘，她也有一本书，可是这本书很奇特，是一本会变来变去的书。这是什么书呢？这本书怎么会变的呢？你们想知道吗？小朋友们听了这个故事就知道了，故事的名字叫《书本里的蚂蚁》。"

二、故事欣赏

1. 教师利用视频仪再次生动地、有感情地讲述故事一遍。

简单提问：

(1) 故事的名字叫什么？

(2) 故事里有谁？(蚂蚁)蚂蚁怎么会在书里面呢？

2. 发散性提问，帮助小朋友尽快理解故事情节，扩展幼儿想象力。

(1) 孤零零是什么意思？你们有过孤零零的感觉吗？什么时候？

(2) 如果你是小蚂蚁，到了书本里会怎么样？

(3) 谁在向小蚂蚁问好啊？(字)字是用什么样的声音向小蚂蚁问好的啊？(整齐的细碎的声音)我们一起来用整齐的细碎的声音来向小蚂蚁问个好！小蚂蚁觉得怎么样啊？(奇怪极了)它是怎么说的啊？小蚂蚁在反问自己了，你们有反问自己过吗？碰到什么事情你们会反问自己？

(4) 这些密密麻麻的字小朋友认识吗？你认识哪些字？(幼儿讲述，发展组词和语言表达能力)

(5) 小蚂蚁和字哪里很像呀？你们觉得它像什么字？(幼儿想象，教师根据幼儿想象的字写下来给幼儿进行观察比较)书本里有一个会走路的字，指的是谁呀？(小蚂蚁)

(6) 字看见小蚂蚁走来走去的，它们也想学小蚂蚁，它们是怎么学小蚂蚁的？(它们都学着小蚂蚁跳跳舞、串串门)我们也一起来学学看！

(7) 旧书从一本安安静静的书变成了一本什么样的书？(热热闹闹的书)"安安静静"和"热热闹闹"是一对什么样的朋友啊？(反义词朋友)还有谁能把你知道的反义词朋友介绍给大家听！(幼儿讲述)

(8) 呀！小姑娘的眼睛睁得大大的，发生了什么事啊？如果你是小姑娘，你看到这个新故事会怎么样啊？

(9) 书里的故事为什么会不一样？为什么会变来变去的呢？

(10) 我们来看看封面上的是一个什么字啊？(大)如果你是小姑娘，你会对这个"大"字说什么呢？

3. 进一步提问，加深幼儿的理解，并引导幼儿讲述。

(1) 你们喜欢这个童话故事书中的这本书吗？你也想要这样一本书吗？你们注意过这本书一共变了几个故事吗？(四个故事，第一个是"冒失的小精灵"，其余分别是"冒失的小蜜蜂"、"冒失的老巫婆"、"冒失的乌鸦")你们猜猜看这本书会继续变下去吗？又会变成哪些故事啊？(幼儿想象)

(2) 如果你也有了这样一本会变来变去的书，你想做些什么呢？(让幼儿自由发挥想象，引导幼儿讲述)

三、通过游戏正确理解"颠倒歌"，知道"颠倒歌"能产生诙谐可笑的艺术效果，幼儿于欢乐嬉笑中得到愉悦。

1. 教师："老师这儿也有一本书，可是这是一本空白的书，你们愿意学小蚂蚁做会走路的字，住到我这本书里来吗？我们一起来看看这本书一共有几页？"(引导幼儿观看页码)

2. 教师:“小朋友们六人合一组,组成一句完整的句子,分别住进第一、二、三、四页。住的时候要看清页码哦,同一组的小朋友要住同一页。”

3. 教师:“你是谁? 你住进了哪一页? 你们想知道自己编的是什么儿歌吗?”(引导幼儿朗诵“颠倒歌”)

4. 教师:“儿歌里说的事情奇怪吗?”(颠倒)“咦! 老师发现这本书没有名字,我们一起来给它取个名字吧!”(幼儿讲述)“加上名字,如果在书里装饰些图案,画些花纹就成了一本完美的书了,我们一起到活动室去完成吧!”

相关准备和阅读延伸:

一、可带领幼儿散步活动,观察野花和蚂蚁,学习制作植物标本。

二、根据形象想象的规律,进行具体形象的想象训练。比如:树叶想象成船、书签、发卡等等;蘑菇想象成房子、伞等等,再从具体的形象想象扩展到图形的想象,比如:圆形的想象、半圆形的想象等等。

三、颠倒文字顺序,进行文字组合游戏。不同组合会出现完全不同的意义,体会中国汉字的趣味。比如:鸟 在 天上 飞 鱼 在 水里 游,进行随意组合,并大声朗读。

四、爱护自己的图书,找出自己最喜欢的,愿意陪伴自己很久很久,甚至终身的图书。

亲子阅读:

一、家长可以尝试着和幼儿进行简单汉字的阅读,不要求数量,以培养兴趣为主,形式多样,可利用日常生活环境中的汉字来进行认读,不拘泥于书本。根据幼儿年龄特征,家长在和幼儿共读的时候,要从整个字的形状进行认读,不需要拆开讲述字的结构和字义;

二、可尝试用绘画的方式来制作图画书,以便于激发对于书的兴趣;

三、可以在家庭里制作植物标本,家长要妥善保护幼儿的作品,在一定时间之后,要拿出幼儿作品进行欣赏并进一步组织制作活动,比如:制作成书签、贺卡等等。

(苏州市沧浪区双塔幼儿园 黄勤)

三、儿童诗歌教案设计

诗歌阅读

如果我是一片雪花

金 波

如果我是一片雪花,
我飘落到什么地方去呢?

飘到小河里,
变成一滴水,
和小鱼小虾游戏?

飘到广场上，
去堆胖雪人，
望着你笑眯眯？

我飘落在妈妈的脸上，
亲亲她，
然后就快乐地融化。

阅读提示

这是一首以假设的句式开始的诗歌，巧妙地把我和雪花合而为一，引发读者想象，小读者阅读的时候，从小处着眼，仿佛自己就是小雪花，思绪和情感也像雪花一样漫天飘洒。

随着“我飘落到什么地方去呢？”的诗句，小河鱼虾嬉戏、广场雪人的自然情景一一展现，随即从景物转移到人物，作品的情感也从对自然的爱升华为对母亲的爱。运用具体的景物抒发爱的情感是这首诗歌的主要特点，也是适合于小读者阅读和欣赏的重要理由。

活动设计

活动名称：《如果我是一片雪花》（大班上学期）

活动目标：

一、大声朗读诗歌，体会诗歌表现的韵律美、景物之美和情感之美。在景物审美的基础上培养幼儿情感审美能力。

二、展开想象，进行“假如我是……”的诗歌仿编活动。

活动准备：雪花头饰人手一个；图片四幅；优美的音乐一段。

活动过程：

一、音乐表演进入情境：

1. 音乐《小雪花》，儿童扮演雪花。根据音乐旋律自由地发挥想象，自由地进行雪花的舞蹈动作表演。

2. 讨论：假如我是一朵雪花，我的家在哪里？我会去哪里？

二、学习和记忆：

1. 欣赏图片，叙述雪花经过的每一个地方，分别引出诗句。体会诗歌的意境美。

2. 完整地欣赏诗歌，体会诗歌的韵律美。

3. 根据图片，记忆诗歌。大声朗读诗句。体会诗歌的情感之美，在朗读的时候，力求用声音表现诗歌的情感。

4. 根据诗歌情景，在活动室中假设小河、广场区域，让幼儿自由表演。

5. 在各自座位上运用肢体语言大声朗读诗歌。（教师在墙面出现诗句的文字，幼儿园可根据记忆和文字以及图片进行大声朗读。)

三、想象和创编:

1. 围绕"假如我是……"的句式进行扩展想象,口头创编诗歌。

2. 朗读自己的诗歌"假如我是……",鼓励幼儿大胆表达。

相关准备和阅读延伸:

一、事先进行关于雪花形成的科学知识,或者在课后进行知识方面的补充。如果条件许可,可带领幼儿进行堆雪人等活动。

二、可以进行雪花的撕纸或者雪花的剪纸活动。

三、发挥想象,进行"彩色的雪花"的美术活动和讲述活动。

四、收集关于"雪花"的其他儿歌,进行比较学习。

五、进行"假如我是……"的诗歌创编活动,并进行班级展览和朗读活动。

四、儿童散文教案设计

散文阅读

安静的雪人

冰 波

它是一个新鲜的雪人,因为,它刚刚从雪地里长出来。

在雪下得很厚的地方,悄悄的,在你不知道的时候,雪地里会长出雪人来。就像南瓜地里会长出南瓜,西瓜地里会长出西瓜,那么,雪地里就会长雪人。

它静静地看着这个世界。

不管什么东西,总是越长越大的,只有雪人,它是越长越小的。它刚刚长出来的时候,就像一个新鲜的面包,日子一天天过去,它变得越来越硬,越来越小。

所以,雪人的时间不多,等到春天到来的时候,它就没了,变成了一摊水。不过它现在好漂亮啊,它的身上的那些花,好像在告诉我们,雪人也想看到春天的花。

不过……我们知道,雪人是永远看不到春天的。

但雪人还是高高兴兴地看着这个美好的世界。

它是一个安静的雪人。它好像在告诉我们这样一句话:"春天是很美的,春天里有花的……"

阅读提示

这是一篇好安静好安静的散文,一个安安静静的雪人刚刚从雪地里长出来。地里长出来的东西都是会长大的,可是,唯独雪人,他会越长越小,最后,变成什么都没有了。雪人的生命是短暂的,短到看不见春天,这是生命的遗憾,可是,雪人还是高高兴兴地站在那里,生命就应该是这样的,无论是短暂还是长久,都是一个美好的过程。

冬天里的雪人看不见花,而雪人的心里却有着春天的花朵,谁说不是呢?雪人化成了雪水,滋润着土地,于是土地上就有了嫩绿的小草和美丽的花朵。仔细阅读,我们会体会到冬天的沉寂中,孕育着春天的热闹;雪人寒冷的外表下不乏温暖的心;安静的氛围中,时时荡漾着忧伤和快乐两种情感。这两种情感同样是美好和值得回味的。

活动设计

活动名称:《安静的雪人》(大班)

活动目标:

一、阅读散文,体会文字描述的安静画面,启发幼儿化抽象的文字为具体形象的画面。

二、理解作品淡淡的忧伤和雪人乐观美好的心情,引发对生命的思考,培养乐观的人生态度。

活动准备:略带忧伤的音乐磁带;雪人站在雪地上的画一幅;花环一个;彩笔一盒。

活动过程:

一、以故事形式引出图片。

二、幼儿看图讲述图片内容,引导性提问:

雪人是从哪里来的?雪人能够在世界上生活多久?雪人知道自己的生命非常短暂,他还快活吗?雪人去了哪里?

三、听音乐欣赏散文,感受散文的语言、画面的美以及情感。

四、扩展思考:雪人幻想的春天是什么样的?

五、给雪人一个春天,绘画雪人的春天。并且学习散文的语调进行想象性讲述。

六、给朗诵和创编出色的孩子戴上花环。

相关准备和阅读延伸:

一、积累有关雪的科学知识。

二、欣赏外国图画书《雪人》。

三、关于雪景的拟人化叙述方式,可以尝试将散文改成第一人称进行叙述。

四、如果季节条件许可,让孩子亲身体验堆积雪人的快乐,并且和雪人交朋友,直到雪人完全融化。

五、儿童剧影欣赏教案设计

儿童剧阅读

有朋友真好

时间:早晨

地点:大树下

人物:小公鸡 小白鸭 小黑鸭 小白兔 小黑兔 小白蜗牛 小黑蜗牛 小蟋蟀

大树下，小公鸡在捉虫子。

小公鸡："一只两只三四只，五只六只七八只，哈哈，这么多！"

小白鸭走过来，眼睛笑眯眯的，捧着一束鲜花。

小公鸡："早晨好！小白鸭，你要去哪里？"

小白鸭："早晨好！小公鸡，我要去看我的朋友小黑鸭，把我刚从我的花园里摘的花送给它。再见。"

小公鸡望着小白鸭的背影。

小公鸡："有朋友可看，可真好！"

大树下，小公鸡继续在捉虫子。

小公鸡："一只两只三四只，五只六只七八只，哈哈，这么多！"

小白兔蹦过来，眼睛笑眯眯的，提着一篮子胡萝卜。

小公鸡："早晨好！小白兔，你要去哪里？"

小白兔："早晨好！小公鸡，我要去看我的朋友小黑兔，把我刚从我的菜园里拔的萝卜送给它。再见。"

小公鸡望着小白兔的背影。

小公鸡："有朋友可看，可真好！"

大树下，小公鸡继续在捉虫子。

小公鸡："一只两只三四只，五只六只七八只，哈哈，这么多！"

小白蜗牛爬过来，眼睛笑眯眯的，托着一片树叶。

小公鸡："早晨好！小白蜗牛，你要去哪里？"

小白蜗牛："早晨好！小公鸡，我要去看我的朋友小黑蜗牛，把我刚找到的树叶送给它。再见。"

……

小公鸡不能继续捉虫子了，它在大树下来来回回地走，不停地叹气。

小蟋蟀飞过来，眼睛笑眯眯的，扛着一把小提琴。

小蟋蟀："小公鸡，你为什么总叹气啊？"

小公鸡："我没有朋友，正为这事烦着呢！"

小蟋蟀："我是你的朋友啊，来，我把刚学会的一支曲子演奏给你听。"

曲子真好听，小公鸡的眼睛也笑眯眯的了。

阅读提示

一个人自己孤单地玩耍时，心里会有一种空空的感觉。每个人都需要朋友，都需要友谊和爱来填平那内心的洞洞。

一束鲜花，那么美；一个萝卜，那么甜；一片树叶，那么鲜；一支曲子，那么动听……这些质朴的事物，传递着美丽的情感。

孩子们比谁都更懂得这个真理——有朋友真好！

活动设计

活动名称： 有朋友真好（中班）

活动目标：

一、欣赏儿童剧，并结合自己的经历，体会“有朋友真好”的道理。

二、自主协商、分配角色，同小朋友合作表演童话剧。

三、愿意为朋友做些什么，珍惜友谊、共享快乐。

活动准备：

一、配合儿童剧内容的多媒体课件（或图片）。

二、成人准备好的一出儿童剧。

三、儿童剧背景（一棵大树、鲜花和小草）。

四、头饰和鲜花、萝卜、树叶、小提琴等道具（准备若干套）。

活动过程：

一、音乐游戏：找朋友

在快乐轻松的氛围中开始友谊的主题。

二、请孩子们回答：你的好朋友是谁？
你为什么喜欢他（她）？
没有朋友的滋味如何呢？

三、看多媒体课件，认真倾听故事。

四、请孩子们回答：小公鸡在做什么？
都有哪些小动物去看望他的朋友？给他带了什么？
他们为什么要给朋友带这样的礼物？
小公鸡看着他们远去的背影在想什么？
最后谁成了小公鸡的朋友？
小蟋蟀为什么送给小公鸡一首曲子？他喜欢吗？
你愿意为朋友做些什么呢？

这段提问的目的是请孩子们复述故事内容，并理解——为小黑鸭送上鲜花、给小黑兔送上萝卜、给小黑蜗牛带上绿叶、小蟋蟀送给小公鸡一支曲子，因为他们喜欢这样的礼物、需要这样的情感。所以，我们一定要出现在朋友需要的时候，伸出友谊的手，并愿意为朋友做些什么。

五、请孩子们欣赏老师们表演的童话剧。

六、带孩子重复几遍故事，记住对话和情节。

七、小朋友分组，自己选择角色，并和小伙伴协商、合作表演。

相关准备和活动延伸：

一、本节教育活动可分为两个课时，理解故事、记住对话和情节为一个课时，表演为一个课时。

二、发挥孩子们的想象力，猜测这些小动物为什么要去看望他们的朋友，续编小故事。

三、要请孩子们自己选择和分配角色，培养孩子的协商和合作能力。

四、可以请孩子们把故事内容用画画的形式表现出来。

五、儿童剧舞台设计和道具制作可以在孩子们的手工课上进行。

六、表演的时候孩子们互相欣赏。

七、可配上音乐，逐步让表演成熟起来。

八、为其他班级的小朋友表演，让本次开放性活动带给孩子们更多的成就感和快乐。

亲子活动：

一、亲子共读的时间是美好的，请爸爸妈妈每天都有同孩子共同读书的时间。

二、分角色讲故事和表演。

三、和爸爸妈妈共同表演这个小儿童剧。

四、还可以选择更适合在家庭中表演的其他儿童剧在家里游戏。

五、当孩子和其他小朋友有不愉快的事情发生时，能为其疏导心理，引导孩子多站在他人的角度思考问题，并能主动认识到自己的不妥，懂得珍视友谊。

主要参考文献

1.〔日本〕松居直著，季颖译：《我的图画书论》，湖南少年儿童出版社，1997 年
2. 彭懿：《图画书，阅读与经典》，二十一世纪出版社，2006 年
3. 方卫平、王昆建主编：《儿童文学教程》，高等教育出版社，2004 年
4.〔加拿大〕Perry Nodelman：《阅读儿童文学的乐趣》，台湾小鲁文化图书股份有限公司，2009 年
5. 金波：《我们心中的宝库》，见《献给未来儿童文学作家》，北京少年儿童出版社，1992 年
6. 吴其南：《童话的诗学》，中国文联出版社，2001 年
7. 朱智贤：《儿童心理学》，人民教育出版社，1992 年
8. 韦苇：《世界童话史》修订本，福建教育出版社，2002 年
9.〔苏联〕别林斯基：《幼儿文学探索》，少年儿童出版社，1987 年

图书在版编目(CIP)数据

儿童文学理论与实践/孔宝刚主编. —上海：复旦大学出版社，2007.3（2022.7 重印）
普通高等学校学前教育专业系列教材
ISBN 978-7-309-05664-8

Ⅰ. 儿… Ⅱ. 孔… Ⅲ. 儿童文学-文学理论 Ⅳ. I058

中国版本图书馆 CIP 数据核字(2007)第 115116 号

儿童文学理论与实践
孔宝刚 主编
责任编辑/查 莉

复旦大学出版社有限公司出版发行
上海市国权路 579 号 邮编：200433
网址：fupnet@fudanpress.com http://www.fudanpress.com
门市零售：86-21-65102580 团体订购：86-21-65104505
出版部电话：86-21-65642845
浙江临安曙光印务有限公司

开本 890×1240 1/16 印张 10.5 字数 302 千
2022 年 7 月第 1 版第 13 次印刷
印数 42 001—46 100

ISBN 978-7-309-05664-8/I·401
定价：39.00 元